See Jane Score
by Rachel Gibson

幸運の女神

レイチェル・ギブソン
岡本千晶［訳］

JN261901

ライムブックス

SEE JANE SCORE
by Rachel Gibson

Copyright ©2003 by Rachel Gibson
Japanese translation rights arranged
with Harper Collins Publishers
through Japan UNI Agency, Inc.,Tokyo

幸運の女神

主要登場人物

ジェーン・（シャーキー）オールコット……シアトル・タイムズの代理スポーツ記者、コラムニスト
リュック・（ラッキー）マルティノー……ホッケーチーム、シアトル・チヌークスのゴーリー
マリー……リュックの異母妹
キャロライン・メイソン……ジェーンの親友
ダービー・ホーグ……チヌークスのアシスタント・ゼネラルマネージャー
マーク・（ヒットマン）ブレスラー……チヌークスのフォワード、キャプテン
ロブ・（ハンマー）サッター……チヌークスのエンフォーサー
ブルース・（フィッシー）フィッシュ……チヌークスのウィンガー
ニック・（ベア）グリゼル……チヌークスのフォワード
ヴラド・（インペイラー）フェティソフ……チヌークスのロシア人選手
ダニエル・（ストロムスター）ホルストロム……チヌークスの新人ウィンガー、スウェーデン人
ラリー・ニストロム……チヌークスのヘッドコーチ
ヴァージル・ダフィー……チヌークスのオーナー
レナード・キャラウェイ……シアトル・タイムズの編集局長
カーク・ソーントン……シアトル・タイムズのスポーツ担当編集部長

プロローグ

ハニー・パイの日記

紫煙渦巻くバーならシアトルにいくらでもあるだろうに。あの男はよりによって〈ルーズ・スクリュー〉に足を踏み入れるはめになった。そこは私が客にビールを注ぎ、人のタバコの煙を吸い込みながら週に五日働いている地下の酒場。男がキャメルのパッケージとジッポーをカウンターに無造作に置くと、黒い髪が額にはらりと垂れた。

「ヘンリーズ」その声は綿ビロードのようにざらついていた。「急いでくれ。あまり時間がないんだ」

私は昔から、色黒で態度の悪い男に弱い。ひと目見て、この人は雷雲のように色黒で嵐のように態度が悪い男だとわかった。「ボトル？　それとも生《なま》？」

男はタバコに火をつけ、煙の向こうから私を見た。視線を下ろし、罪深い魅力的な青い目をタンクトップに向けている。そして、86Dカップの胸をほめたたえるように唇の片端をすっと上げた。「ボトルで」

私は冷蔵庫からヘンリーズのボトルを急いで取り出し、キャップをはずしてカウンターの向こうへ滑らせた。「三ドル五〇セント」

男は大きな手でボトルをつかんで口元へ運び、あの目で私をじっと見つめながらビールをがぶ飲みした。ボトルを下ろすと、底から泡が浮かび上がり、男が下唇に残ったしずくをなめる。私は膝の裏がぞくっとした。

「君の名前は？」擦り切れたリーバイスの尻ポケットに手をやり、財布を引っ張り出す。

「ハニーよ。ハニー・パイ」

ふっくらした唇のもう片側を上げ、男が五ドル札をくれた。「ストリッパーなのか？」

何度そう訊かれたことか。「時と場合によるわね」

「というと？」

つり銭を渡しながら、男の温かい手のひらに指先を走らせると、手首がぞくぞくして脈が速まってしまった。私は微笑み、たくましい腕と胸、幅のある肩へと視線を漂わせた。私を知る人なら誰でもわかっていることだけど、男性の好みに関して、私にはほとんど節操がない。大柄な不良タイプが好きで、歯と手が清潔じゃないとだめ。まあ、譲れないのはそんなところ。ああ、そうそう、いやらしいことばかり考えているおつむの軽い男のほうがいい。もっとも、絶対条件というわけじゃないけれど。だって、私のほうがいつもいやらしいことばかり考えているのだから。男女の片方がいやらしければ、それで十分でしょう。子供のころでさえ、私の関心の的はセックスだった。ほかの女の子たちはバービー人形で学校ごっこをしていたけれど、私はお医者さんごっこをしていた。ドクター・バービーが患者ケンの下半身のふくらみを診察し、セックスをしてあげると、ケンが汗びっしょりになって昏睡に陥ってしまうといった具合に。

現在、私は二八歳。ほかの女性は趣味でゴルフや陶芸を始めたりするのだろう。でも、私の趣味は男。エルヴィス・プレスリーの安っぽい記念品を集めるように男をコレクションする。カウンターにいる態度の悪い男のセクシーな青い瞳をのぞき込んだ私は、自分の脈が速まり、太もものあいだがうずいていることを確かめた。彼もコレクションに加えるかもしれない、と思いながら。家に連れて帰ろうかしら。車の後部座席で楽しんでもいいし、婦人用トイレの一室でもいいかも。

「相手が何を考えているかによるの」私はようやく答え、カウンターに載せた腕を組んで前かがみになり、完璧な乳房をよく見せてあげた。

男が胸の谷間から視線を上げる。飢えたような熱い眼差し。それから、財布を開き、バッジを見せた。「エディ・コルドヴァを探してる。君は彼と知り合いだそうだね」

ついてない。警官だなんて。「ええ。エディなら知ってるわ」彼とは一度デートをした。二人がしたことをデートと呼ぶならだけど。最後に見たとき、エディはジミー・ウーズのトイレで昏睡状態だった。足首をつかまれていた私は、自由になるために彼の手首を踏んづけなければいけなかった。

「やつがどこにいるかわかるか?」

エディは三流の泥棒だった。いや、もっとひどい。セックスが下手だったのだ。だから私は罪の意識も感じず、「かもね」と答えた。そうよ、この人の手伝いをしてあげてもいいかもしれない。私を見る目つきでわかるもの。彼が情報以上のものを……。

パソコンのわきにある電話が鳴り、ジェーン・オールコットの注意は画面と、そこに記された連載小説『ハニー・パイの日記』の最新回から引き離された。

「まったく」ジェーンは毒づき、メガネの下から指を入れて疲れた目をさすった。指のあいだから発信者番号をちらっと確認し、受話器を取る。

「ジェーン？」挨拶も抜きに『シアトル・タイムズ』紙の編集局長レナード・キャラウェイがしゃべりだす。「今夜、ヴァージル・ダフィーがコーチ陣とゼネラルマネージャーに話をしてくれる。例の仕事は正式に君の担当だ」

ヴァージル・ダフィーは、フォーチュン誌が発表する米企業五〇〇社番付にランキングされる企業の経営者で、ＮＨＬ（ナショナル・ホッケー・リーグ。全米およびカナダのプロアイスホッケーリーグ）に所属する〈シアトル・チヌークス〉のオーナーでもある。「いつから始めればいいんですか？」ジェーンは立ち上がり、マグカップをつかんで口元に運んだが、着古したフランネルのパジャマにコーヒーをこぼしてしまった。

「二日だ」

一月二日からだと、準備に二週間しか取れない。先週、レナードから話があり、スポーツ担当記者クリス・エヴァンズが悪性リンパ腫の治療をするあいだ、代理を務める気はないかと打診された。回復の見込みはあるものの、クリスが休職することになり、新聞社はシアトル・チヌークスの取材を代行する記者が必要になったのだ。ジェーンはまさか自分にその役が回ってくるとは夢にも思っていなかった。

何よりも、ジェーンはシアトル・タイムズで特集記事を担当しているライターであって、名前を知られているのは月一で連載している『シングルガール・イン・ザ・シティ』というコラムのおかげだった。ホッケーのことは何も知らないのだ。

「三日にはチームと一緒に遠征に出てもらう」レナードが続けた。「ダフィーはまずコーチたちと細かな問題を調整したいそうだ。それが済んだら、出発前の月曜日に君をチームに引き合わせることになる」

先週、初めてこの仕事をオファーされたときはびっくりしたし、少なからず戸惑った。ダフィー氏はきっと、別のスポーツ記者に試合の取材をしてほしいはず。しかし、話を聞いてみれば、結局、このオファーは当のチーム・オーナーのアイディアだとわかった。

「コーチたちはどう思うでしょうね?」ジェーンは開いたシステム手帳の横にマグカップを置いた。手帳には色とりどりの付箋がべたべた貼られている。

「それはたいした問題じゃない。ジョン・コワルスキーとヒュー・マイナーが引退してからというもの、あのアリーナは満員御礼になったためしがないし、ダフィーは、シーズンオフに獲得した例のやり手のゴーリー(アイスホッケーにおけるゴールキーパー)に金を払わなきゃならないんだ。ホッケーを愛するオーナーといえども、まずはビジネスマンだからな。ファンをアリーナに呼ぶためにすべきことをしようとしている。で、真っ先に思い浮かんだのが君だったというわけさ。ダフィーはもっと女性ファンを呼び込みたいと思っているんだよ」

レナードが口にしなかったことがある。ダフィーがジェーンに白羽の矢を立てたのは、彼女が女性向けのくだらないコラムを書いていると思ったからだ。だとしても、ジェーンは構わなかった。くだらないコラムを書いているおかげで請求書の支払いもできるし、シアトル・タイムズの女性読者に大変人気があるのだから。でも、くだらないコラムが、すべての支払いをしてくれるわけではなかった。すべてとは程遠い。支払いの大半をまかなってくれるのはポルノ小説だ。男性誌『ＦＨＭ』こと『フォー・ヒム・マガジン』向けに書いている連載ポルノ小説『ハニー・パイの日記』は男性読者に大好評だった。

ダフィーやチヌークスについてレナードが説明しているあいだ、ジェーンはペンを手に取り、ピンクの付箋に「ホッケーの本を買う」とメモをした。それをはがし、手帳のページを一枚めくって、すでに貼ってある何枚かの付箋の下側に貼りつける。

「……それと、君が相手にするのはホッケー選手だってことを肝に銘じておくべきだ。わかってるだろうが、連中は縁起を担ぐ。万が一、チームが負けだしたら、それを君のせいにして、お払い箱にするだろう」

上等だわ。私の首は縁起を担ぐ選手の手にゆだねられているというわけね。ジェーンは『ハニー・パイの日記』の締切日に貼りつけてあった付箋をはがし、ごみ箱に捨てた。

その後、もうしばらく編集局長と話をしてから電話を切り、マグカップを手に取った。シアトルっ子《シアトライト》のご多分にもれず、ジェーンもホッケー選手の名前や顔はどうしても覚えてしまう。シーズンは長いし、地元テレビ局「キング5」のニュースでほぼ毎晩、ホッケーの話題を取り上げている。でも、実際にはチヌークスのメンバーには一人しか会ったことがない。レナードが話題にしたゴーリー、リュック・マルティノーだ。

昨シーズンが終わった夏、リュックがチヌークスにトレードされた直後に、ジェーンは記者クラブのパーティーに出席し、三三〇〇万ドルの三年契約で入団したそのゴーリーに紹介された。会場の中央に立っていた彼は健康そうで、調子もよさそうだったし、まるで謁見《えっけん》式を行っている王様のようだった。リンクの内外にわたる伝説的評判を考えれば、リュックは思ったより背が低かった。身長は一八〇センチちょっとだろう。でも、体つきは筋肉そのもの。耳とシャツの襟にかぶさるダークブロンドの髪が風に吹かれたように少し横に流れていて、手ぐしで整えられていた。

左の頬骨の上に小さな白い傷跡があり、あごにも傷が残っていたが、どちらも彼のとてつもないインパクトを損ねてはいなかった。それどころか、傷跡のおかげで、それはもう悪そうな男に見え、あの会場にいた女性は一人残らず、この不良少年《バッドボーイ》はどれほどのワルなのだろうと思ったはずだ。

彼は地味なチャコールグレーのスーツを着ていて、襟のあいだからシルクの赤いネクタイがのぞいていた。手首にはゴールドのロレックス。それに、態度の大げさなブロンド女性が一人、吸盤のようにぴったりくっついていた。

間違いない、彼はアクセサリーで自分を飾るのが好きなのだ。

ジェーンはそのゴーリーと挨拶を交わし、握手をした。だが、青い目が注がれる間もなく、彼はブロンドの女性を連れてそのまま行ってしまった。つまり、一秒とかからぬうちに、ジェーンは「魅力に欠ける」と見なされ、退けられたということ。リュックのような男性は、ジェーンのような女性、すなわち、身長は一五〇センチをかろうじて上回る程度、髪は黒っぽい茶色、胸はAカップの女性にはあまり注意を払わない。「彼女から何か面白い話がきけるだろうか?」ととどまったりはしないのだ。

リュック・マルティノーと同様、チヌークスのほかの選手も私をさっさと退けるのであれば、腹立たしい数カ月を送ることになるのは必至。でも、チームの遠征に同行するなんて絶好のチャンスだし、逃すわけにはいかない。アイスホッケーというスポーツについて、女性の視点で記事を書こう。期待どおり、試合のハイライトを伝えてみせる。でも、ロッカールームでの出来事により注意を払うようにしよう。かといって、ペニスのサイズや性の悩みを書くわけじゃない。その手のことには興味がないもの。私は、二一世紀になっても女性は差別に遭遇するのかどうか知りたいのよ。

ジェーンはパソコンの前に戻り、椅子に座って再び『ハニー・パイの日記』に取り組んだ。この原稿は明日、編集者に提出し、雑誌の二月号に載ることになっている。多くの男性は『シングルガール・イン・ザ・シティ』をくだらないコラムと見なし、読んでいることを認めようとしないが、彼らの多くは『ハニー・パイの日記』の愛読者でもある。雑誌の編集者エディ・ゴールドマンと、小学校三年生のときからの親友キャロライン・メイソンを除けば、ジェーンが金になる連載小説を月一で書いていることは誰も知らないし、このままずっと秘密にしておきたかった。

ハニーはもう一人の自分。ゴージャスで自由奔放。すべての男性の夢。シアトルじゅうの男を汗まみれにさせ、昏睡状態にさせる快楽主義者。男たちはくたくたで言葉も出ないのに、どういうわけかもっと欲しいと求めてしまうのだ。

ハニー・パイには大規模なファンクラブがあり、ネット上にも片手では数えきれないほどのファン・サイトが存在する。ひどいものもあれば、笑えるものもあり、中には、『ハニー・パイの日記』を書いているのは実は男ではないか、と推測しているサイトもあった。ジェーンはこの説がいちばん気に入っている。

レナードが電話をかけてくる前に書き上げた最後の一行を読むと、口元に笑みが浮かんだ。それから、ジェーンは男をひざまずかせる仕事に戻った。

1 剃髪――ルーキー・イニシエーション

シアトル・センター内にある屋内競技場、キー・アリーナのロッカールームでばか話が飛び交う中、〝ラッキー〟ことリュック・マルティノーは下半身防護用のカップに体を押し込み、防具を装着した。チームメイトの大半は、スウェーデン人のルーキー、ダニエル・ホルストロムを取り囲み、新人の洗礼儀式《ルーキー・イニシエーション》はどちらがいいかと迫っている。選択肢は二つ。頭をモヒカン刈りにされるか、チームメイト全員に食事をごちそうするかだ。「ルーキー・ディナー」となれば、一万から一万二〇〇〇ドルの出費になるのだから、この新人ウィンガーは、当分パンク・ロッカーみたいな風貌でいることになるのだろう、とリュックは考えた。

ダニエルは青い瞳を大きく見開き、からかわれているのではないかと、その兆候を探してロッカールームを見渡した。だが、何も見つからない。かつては皆、ルーキーだった。選手は一人残らず、何かしら新人いじめを受けてきたのだ。リュックがルーキーだったシーズンには、一度ならずスケート靴のひもが行方不明になり、遠征先のホテルでは、シーツが足りないことがしょっちゅうだった。

リュックはスティックをつかみ、通路へ向かった。スティックのブレードをガスバーナーで調整している選手のわきを通り過ぎると、通路の出口付近で、ヘッドコーチのラリー・ニストロムとゼネラルマネージャーのクラーク・ガマチェが、背の低い全身黒ずくめの女性と立ち話をしていた。男性のほうは二人とも胸の前で腕を組み、話しかけてくる女性をしかめっ面で見下ろしている。女性のほうは黒に近い焦げ茶色の髪を後ろになでつけ、リュックの妹がつけているような、シュシュとかいう布製のヘアゴムでまとめている。

軽い好奇心は覚えたものの、それ以上ほとんど注意を払わず、練習を始めるべくリンクに出ると、その女性のことはすっかり忘れてしまった。スケートのエッジを一時間研いだ成果を期待していたリュックは、ウォーミングアップでリンクを何周かしながら、歯切れのいいシャッ、シャッ、シャッという音に耳を傾けた。ひんやりした空気がマスクのすき間を通って頬をかすめ、肺を満たしていく。

ゴーリーは誰でもそうだが、リュックはチームの一員であっても、孤立したポジションゆえ、際立つ存在になってしまう。ゴーリーはごまかしが効かないのだ。パックをネットに入れてしまえば、「こいつがへまをした」と大きなネオンサインが出たかのようにリンクの上の照明が点滅するし、毎試合毎試合、ゴールを守り抜くには強い決意とガッツ以上のものが求められる。自分は無敵だと思い込めるほど負けず嫌いで、傲慢なくらいの男でなければ務まらない。

ゴーリー・コーチのドン・ボクレアがパックの入ったバスケットをリンクに持ってきたので、リュックはこの一一年間、試合日、練習日を問わず続けてきたいつもの儀式を始めた。

まず時計回りにゴールを三周し、次に反対回りで一周する。それからゴールポストのあいだに陣取り、ゴーリー・スティックで左右のポストを強く叩く。そして、ブルーライン（センターラインと平行にリンクを三等分する二本のライン）に立っているドンをじっと見据え、司祭のように胸の前で十字を切った。次の三〇分間、コーチはリュックの周りを滑りながら、ゴーリーが守るべき七つの穴《セブン・ホール》（ゴールの四隅および股下、両わきの下）を狙ってスナイパーのごとくシュートを浴びせた。

　現在、リュックは三二歳。調子はいい。試合の結果にも、体調にも満足している。今は比較的、痛みも感じなくなり、市販の鎮痛剤アドヴィルより強い薬は飲んでいない。ホッケー人生最高のシーズンを送り、カンファレンス・ファイナルを目指している。コンディションは絶好調だ。これ以上のプロ生活はあり得ないだろう。

　残念ながら私生活は困ったことになっていたのだが。

　コーチが素晴らしいシュートを放ち、リュックはバシッという重たい音とともに、パックをグローブでキャッチした。二〇〇グラム弱の硬質ゴムが分厚いパッドの上から手のひらに突き刺さる。リンクに両膝をついたと同時に、五番目の穴、すなわち股下を目がけて、またしてもパックが飛んできて、パッドに強く当たった。アキレス腱と靭帯になじみのある痛みをわずかに感じたが、対処できないものではなかった。どうにもならない痛みはもう感じない。はっきり認めざるを得ないような痛みはいっさいない。

　あいつはもうだめだと言う者もいた。選手生命は終わったと見なされたのだ。二年前、デトロイト・レッドウィングズに在籍していたときに負傷し、両膝が使いものにならなくなった。何度も大がかりな再建手術を受け、途方もない時間をかけてリハビリをし、薬物・アルコール依存症の治療で有名な「ベティー・フォード・クリニック」で一定期間、体から鎮痛剤を抜く治療を受け、シアトル・チヌークスにトレードされた。その後、リュックは復活し、前よりもいいプレーをしている。

今シーズンは証明すべきことがあった。自分に対しても、彼の名前を抹消した人々に対しても。NHL屈指のゴーリーとしての能力を取り戻したことを証明しなくてはならない。リュックにはパックの動きを読み取る超人的センスがあり、プレーの流れが一瞬前にわかるのだ。それに、素早い手の動きをもってしてもパックを止められない場合は腕力に頼ることもあるし、いざとなればフッキング（スティックで相手を引っかけて妨害する反則行為だが、ゴーリーには退場を免れる特権があり、身代わりとして他の選手がペナルティボックスに入る）といった汚い奥の手だって使う。

練習を終えると、リュックはTシャツと短パンに着替え、トレーニングルームへ移動した。まずエアロバイクを四五分、それからダンベルやバーベルを使ったフリーウエイト・トレーニングへ切り替え、一時間半かけて、腕、胸部、腹部を鍛えた。脚と背中の筋肉が熱くなり、苦痛に耐えて呼吸をしていると、汗がこめかみを流れ落ちた。

その後、ゆっくりとシャワーを浴び、腰にタオルを巻いてロッカールームへ向かった。ほかのチームメイトは全員そろっており、手足を広げて椅子やベンチに腰かけ、ガマチェの話に耳を傾けていた。

ヴァージル・ダフィーも来ていて、部屋の真ん中でチケットの売り上げについて話し始めた。チケットを売るのは俺の仕事じゃない、とリュックは思った。俺の仕事はセーブを挙げ、試合に勝つこと。今のところ、役目は果たしている。

　リュックはむき出しになった一方の肩を戸枠にもたせかけた。胸の上で腕を組み、先ほど見かけた背の低い女性へと視線を下ろしていく。彼女はダフィーの隣に立っていた。しげしげと眺めてみれば、薄化粧すらしていない。これが自然体の女性《ナチュラル・ガール》というやつか。青白い顔についている色といえば、細い線のような黒っぽい眉だけ。黒いジャケットとパンツは不格好で、わずかばかりの体の曲線も覆い隠している。片方の肩に革のブリーフケースを下げ、手にはスターバックスのテイクアウト用のカップを持っている。

　醜いわけじゃない。地味なだけだ。こういう飾らないタイプの女性を好む男もいる。だがリュックは違う。彼の好みは、赤い口紅をつけ、パウダーのような香りを漂わせ、脚のむだ毛を剃っている女性。自分をきれいに見せようと努力する女性だ。ここにいる彼女は明らかに何の努力もしていない。

「クリス・エヴァンズ記者が病気で休職していることは君たちも知ってのとおりだ。彼に代わってミズ・ジェーン・オールコットがホームの試合を取材することになった」オーナーが説明した。「それに、シーズンが終わるまで、遠征にも同行してもらう」

　選手たちはあ然として、言葉もなく座っている。誰もひと言もしゃべらない。だが、リュックには皆が何を考えているかわかっていた。自分も同じことを考えていたからだ。記者が遠征についてくるぐらいなら、シュートを浴びるほうがましだ。ましてや女の記者なんて冗談じゃない。

選手たちはチームのキャプテン、〝ヒットマン〟ことマーク・ブレスラーを見た。それからコーチ陣に注意を向けたが、彼らも無表情で黙りこくったまま座っている。皆、誰かが何か言ってくれるのを待っていた。今にも押しつけられようとしている、背の低い、焦げ茶色の髪の悪夢から自分たちを救うために。

「あの……それはどうかと思いますが」キャプテンは口を開いたものの、ヴァージル・ダフィーが冷ややかな灰色の目を向けると、黙ってしまった。再び口を開く勇気のある者は一人もいない。

ただし、リュック・マルティノーを除いて。彼はヴァージルに敬意を払っていたし、少し好感さえ抱いていた。だが、今はホッケー人生最高のシーズンを送っているところなのだ。チヌークスもスタンレー・カップ（NHLプレーオフ・トーナメントのチャンピオンに与えられるトロフィー）を狙える可能性がある。どこかの新聞記者にチームのことをあれこれ書かれたせいでチャンスが台無しになってたまるか。俺は断じて許さない。これがとんだ災難だということはわかりきっている。

「オーナー、失礼ですが、気は確かですか？」リュックは勢いをつけてドアから離れた。遠征に出れば、この国の人々に朝食のテーブルで読んでほしくない出来事だって起きる。一部のチームメイトに比べれば、リュックは慎重に行動しているが、チームにしてみれば、記者が遠征に同行するのは願い下げなのだ。

それに昔から無視できないジンクスがある。何であれ、慣例からはずれたことをすれば、幸運が不運に転じてしまうというジンクスだ。女性が遠征に同行するなんて、まったく慣例からはずれている。

「君たちが何を心配しているのかはわかっている」ヴァージル・ダフィーが続けた。「だが、これは熟慮を重ねた結果だ。それに、シアトル・タイムズとミズ・オールコットからは確約をもらっているから、君たちのプライバシーは保証される。報道で私生活が侵害されることは絶対にない」

嘘つけ、とリュックは思ったが、それ以上、無駄な議論はしなかった。オーナーの顔に浮かぶ決意を目にし、話しても意味がないと悟ったのだ。こっちはヴァージル・ダフィーのおかげで生活ができている。でも、だからといって、この事態を歓迎する義理はない。

「じゃあ、その人に言っておいたほうがいいですよ。ひどく下品な言葉を耳にすることになるから覚悟しておけとね」リュックが警告した。

ミズ・オールコットがリュックに注意を向けた。その眼差しはまっすぐで、動揺している様子はない。少し面白がっているかのように口の片側がすっと上がった。「マルティノーさん、私は記者です」彼女の声には眼差しよりも微妙なニュアンスがあり、意外にも、女性らしさと、とげとげしい決意が入り混じっていた。「皆さんの言葉遣いにショックを受けたりはしませんから」

リュックは、賭けるのか、とばかりににやっとし、部屋の奥にある自分のロッカーのほうへ歩いていった。

「彼女、デートの相手を見つけるコラムを書いてる人だっけ？」〝串刺し公《インペイラー》〟ことヴラド・フェティソフが強いロシア語なまりで尋ねた。

「私はシアトル・タイムズに『シングルガール・イン・ザ・シティ』というコラムを書いてるんです」

「あの写真の女性は東洋人かと思ってた」ブルース・フィッシュが言った。

「違います。あれはアイラインがうまく引けなかっただけで……」オールコットが弁解する。

ふざけるな。彼女は本物のスポーツ記者でさえないのか。リュックは彼女のコラムを何度か読んだことがあった。いや、少なくとも一度は読もうとしたことがあった。彼女は自分や友人の異性問題について書いている女性、「恋愛関係」を話題にしたがるタイプの女性だ。まるで、何もかも徹底的に分析する必要がある、とにかく男女間のたいがいの問題は、女性がでっち上げた、まったくの作り話ではない、と言わんばかりに。

「遠征に出たら、彼女は誰と同室になるのかな？」左から誰かが尋ねて笑いが起き、張り詰めた空気が和んだ。話はオールコットのことから、八日間で四試合という、来るべき大仕事へと移っていく。

リュックは床にタオルを落とし、ダッフルバッグに手を突っ込んで白いブリーフとTシャツを取り出し、ベンチに放った。ヴァージル・ダフィーはぼけてしまったんだな。あるいは、結婚生活でいろいろあったせいで、頭がおかしくなっているのかも。この女性はたぶん、ホッケーのことは何一つ知らない。おそらく選手の気持ちだとか、デートの失敗談だとかを話題にしたいのだろう。まあ、訊きたければ訊けばいい。そのうち、真っ青になって気絶するだろうが、こっちは、いっさい答えてやるつもりはない。ここ数年、リュックは心ない記事に悩まされてきたから、もう記者とは話さなくなっていた。誰が話すもんか。記者が一度、遠征に同行したからといって、状況が変わるわけじゃない。

リュックはブリーフをはいてから、肩越しにちらっとオールコットに目をやり、頭からTシャツをかぶった。彼女は自分の靴をじっと見つめている。女性のスポーツ記者がロッカールームにいるのは珍しいことではない。真っ裸の男だらけのロッカールームを目にしても平気でいられるなら、俺の知る限り、女性記者は男性記者とほぼ同等に扱われる。だが、オールコットは年増の処女みたいに、ひどくぴりぴりしている。もっとも、処女について何でも知ってるわけじゃないが……。

色あせたリーバイスと青いリブ織りのセーターに着替え、黒いブーツに足を突っ込み、ゴールドのロレックスを手首にはめる。時計は契約祝いとしてヴァージル・ダフィーにもらったもの。取引を固めるための、ちょっとした思いつきというわけだ。

ボンバージャケットとダッフルバッグをつかみ、リュックはフロントオフィスへ向かった。そこで八日間の遠征の日程表をもらい、必ず一人部屋にしてくれと事務スタッフに念を押しておいた。この前、トロントでは手違いがあり、ロブ・サッターと同じ部屋に押し込まれるはめになった。いつもなら、横になって数秒と経たないうちに寝てしまうのだが、あのときはロブに電動のこぎりのようないびきをかかれてしまったのだ。

アリーナをあとにしたのは正午を少し回ったころだった。コンクリートの壁にブーツのヒールの音を響かせながら、出口に向かう。外に出ると、灰色の霧雨のような湿気が顔に触れ、ジャケットの襟を滑り落ちた。実際に雨が降っているわけではなく、一種のもやなのだが、ひどく気をめいらせる。シアトルで暮らしていても、いまだに慣れない。遠征で街を出るのが好きな理由の一つはこのもやだが、最大の理由ではない。最大の理由は、心の安らぎを得られるからだ。しかし、その安らぎが破られようとしているという、ひどくいやな予感がした。数メートル先で肩から下げたブリーフケースの中をあさっている女性のせいで。

オールコットは、つるつるした生地のレインコートに身を包み、ウエストでベルトを結んでいた。丈の長い黒のレインコートは湾からの風にあおられて裾がふくらみ、尻に砂袋を載せて運んでいるような格好になっている。彼女は一方の手で相変わらずスターバックスのテイクアウト用カップを持っていた。

「朝六時発のフェニックス行きの便はきついだろ」リュックは駐車場に向かいながら、彼女のほうに近づいていった。「遅れるなよ。乗り損なったらみっともないからな」

「ちゃんと行くわ」素通りしていくリュックに、オールコットがきっぱりと言った。「チームの遠征に同行してほしくないんでしょう。私が女だから?」

リュックは立ち止まり、振り返って彼女と向き合った。身が引き締まるような冷たい風にレインコートの襟が引っ張られ、ポニーテールからこぼれた髪がピンク色の頬にかかってはためいている。近くでよくよく見ても、実のところ、彼女の印象は先ほどとたいして変わらない。「違う。俺は記者が好きじゃないんだ」

「あなたの過去を考えれば、無理もないわね」オールコットが俺のことを徹底的に調べてきたのは明らかだ。

「過去って何だよ？」あのくだらない『ホッケー界のバッドボーイズ』を読んだのだろうか？　その本は写真つきでリュックのネタに五章分を割いていた。著者が言っていることのおよそ半分は単なるゴシップで、まったくのでっち上げだった。リュックが訴訟を起こさなかった理由はただ一つ。それ以上、メディアの関心を引きたくなかったからだ。

「過去にいろいろ報道されてきたでしょ」彼女はコーヒーを飲み、肩をすくめた。「あなたの薬物問題や女性問題に関する報道はあちこちで目にした《ユビキタス》し、ちゃんと知ってるのよ」

やっぱりな。あのクズみたいな本を読んだんだ。おまけに「ユビキタス」なんて言葉を使いやがって。まったく、記者ってやつは。「念のために言っておくが、女性問題はない。ユビキタスだろうが何だろうが存在しない。読んだことを一つ残らず信じるほど君もばかじゃないだろ」

　少なくとも犯罪にかかわることはしていない。それに、鎮痛剤依存になったのは過去の話だし、ずっと過去の話にしておくつもりだ。

　リュックは、後ろになでつけられたオールコットの髪の毛から、シミ一つない顔、さらに、ばかでかいレインコートに包まれた全身へと視線を走らせた。ひょっとすると、髪をほどけば、これほど堅物には見えないかもしれない。「君のコラム、新聞で読んだことがある」リュックは少し目を上げ、彼女の緑の瞳を見つめた。「君は、男が結婚したがらないと文句ばかり言って、相手が見つからないシングルガールなんだろ」彼女が黒っぽい眉をひそめ、目つきがきつくなった。「実際に会ってみて、君の問題がわかったよ」痛いところを突いたらしい。よし。これで彼女も俺には近づいてこないかもしれない。

「今も薬はまったくやってないの？」

答えなければ、何かしら話をでっち上げるのだろう。記者はいつもそうだ。「もちろん」

「本当に？」しかめていた眉が上がり、あまり信じられないわね、とばかりに完璧なアーチを描いた。

リュックは一歩近づき、目の前にいる、ひどく批判的で、ぴりぴりした、おそらく五年はセックスとごぶさたしていそうな女性に尋ねた。「なあ、そのカップに小便をしてやろうか？」

「遠慮しとく。コーヒーはブラックが好きだから」

もし彼女が記者でなければ、もし無理やり押しつけられた女性記者だという意識がなければ、見事な減らず口だと認めてやったかもしれない。「気が変わったら教えてくれ。それから、ダフィーが君をチームに押しつけたからといって、楽に仕事ができるとは思うなよ」

「どういうこと？」

「どうとでも思えばいいさ」リュックは立ち去った。

そこから駐車場まで少し歩き、障害者用区画の隣のスタンドに立てかけてあるグレーのドゥカティに近づいた。このイタリア製バイクの色は、街の上空にかかる厚い雲や薄暗い駐車場とすっかりマッチしている。リュックはバイクの後ろにダッフルバッグを縛りつけ、黒いシートにまたがると、ブーツのヒールでスタンドを蹴り上げ、二気筒エンジンを吹かした。そして、オールコットのことはそれ以上考えず、マフラーでくぐもったエンジン音を響かせながら、スピードを上げて駐車場を出た。

ティニ・ビッグス・バーを通り過ぎ、ブロードウェイを北に進んで二番街に入る。それから数ブロックと行かないうちに、マンションの共用駐車場に到着し、自分のランド・クルーザーの隣にバイクを止めた。

リュックはジャケットの袖を指で押し上げ、腕時計をちらっと見て、ダッフルバッグをつかんだ。あと三時間、平穏な時間を過ごせるな。大画面テレビで試合のビデオでも見ながらリラックスするか。友達を呼んでランチをふるまうのもいいかもしれない。彼の頭に、脚のすらっとした赤毛の友人が思い浮かんだ。

一九階でエレベーターを降り、廊下を進んで北東の角部屋へ向かう。去年の夏、チヌークスへトレードされたあとすぐ、このマンションを買った。インテリアにはあまり関心がない。クローム仕上げや石目調の内装、角に丸みをつけたインテリアを見ていると、古いアニメ『宇宙家族ジェットソン』を思い出してしまう。でも見晴らしは……部屋からの眺めは迫力満点だ。

リュックはドアを開けた。そして、ベージュのカーペットに投げだされた青いノースフェイスのバックパックにつまずいた瞬間、午後の計画は崩壊した。濃紺のレザーソファの上に赤いスノーボード・コートが脱ぎ捨ててあり、飾り鉄《ロートアイアン》とガラスのエンドテーブルの一つに指輪やブレスレットが山になっている。ステレオからラップミュージックがガンガン鳴り響き、大画面テレビのチャンネルはＭＴＶに合わされ、ジャマイカ出身のミュージシャン、シャギーが腰をくねくね動かしていた。

マリーだ。マリーが早く帰ってきたんだ。

リュックはバックパックと自分のダッフルバッグをソファに放り、廊下を進んだ。三つある寝室のうち、いちばん手前の部屋をノックし、ドアを開ける。マリーはベッドで横になっていた。頭の上で引っつめている短い髪は、できそこないの黒い羽根ぼうきのようだ。目の下にマスカラがたまり、頰が青ざめている。マリーはぼろぼろになった青いケアベアのぬいぐるみを抱いていた。

「うちで何してるんだ？」

「学校の先生が電話してくれたけど、リュックが出なかったから……。私、具合が悪いの」

リュックは部屋に入り、レースつきの掛け布団の上で丸くなっている一六歳の妹をよく見た。おそらく母親のことでまた泣いていたのだろう。葬儀からまだ一カ月しか経っていないのだし、慰めの言葉をかけてやるべきだと思うが、何を言えばいいのか本当にわからない。それに、何か言おうとすると、決まって事態をことごとく悪化させてしまうような気がする。

「インフルエンザ？」代わりにこんなことを訊いてしまった。マリーは母親に気味が悪いほどよく似ている。というより、俺が覚えている彼女の母親に似ているのだろう。

「違う」

「じゃあ、普通の風邪？」

「違う」

「どうしたんだ？」

「気持ちが悪いだけ」

妹が生まれたとき、リュックは一六歳だった。彼女はリュックの父親と四番目の妻がもうけた子だ。休暇で何度か父親の家を訪ねたことはあったが、それ以外でマリーとのつきあいはなかった。妹とはかなり歳が離れている。父親の一家はロサンゼルスで暮らしていたが、リュックはカナダで暮らしていた。自分の生活で忙しかったし、一〇年前の父親の葬儀以来、マリーとは会っていなかった。それが先月、二人は一緒に暮らすようになった。今になって突然、リュックはよく知りもしない妹に対して責任を感じている自分に気づいたのだ。マリーにとって、彼は定年を迎えていない唯一の身内だった。プロのホッケー選手だし、独身だし、男だし。ただ、引き取ったものの、彼女をどう扱えばいいのか、さっぱりわからない。

「スープでも飲むかい？」

マリーは目にさらに涙をため、肩をすくめた。「そうね……」と答えて鼻をすする。よかった。リュックはすぐに部屋を出てキッチンに向かった。それから、チキンヌードルの大きな缶を戸棚から引っ張り出し、黒い大理石のカウンターに載っている缶オープナーの下に押し込んだ。マリーがつらい思いをしているのはわかる。でも、まいったな。一緒にいると、いらいらしてしまう。泣いていなければ、ふくれっ面をしているし、ふくれっ面をしていなければ、ばかじゃないのと言いたげに、大きな青い目でこちらをじろっと見る。

リュックは二つの器にスープを注ぎ、水を加えた。マリーにカウンセリングを受けさせようとしたこともあるが、彼女は母親が病気を患っていたときもカウンセリングを受けており、もうたくさんだと言って譲らなかったのだ。

二人分のスープを電子レンジに入れ、時間をセットする。いらいらさせられるのに加え、気難しい十代の女の子が家にいることで、リュックの社交生活はひどく妨げられていた。最近は遠征に出ているときしか独りの時間を持てずにいる。何か手を打たなくては。今のままでは、どちらにとってもいい結果にはならない。留守にするときは、信頼できる女性を雇って家に滞在してもらい、マリーと一緒に過ごしてもらうしかなかった。彼が雇ったグロリア・ジャクソンという女性は、おそらく六〇代だろう。マリーはグロリアが好きではない。でも相手が誰であれ、気に入らないらしい。

いちばんいいのは、きちんとした全寮制の学校を見つけてやることだ。ヘアスタイルやメイクについて知っていて、ラップを聴くのが好きな同世代の女の子たちと一緒に暮らすほうが、マリーも幸せだろう。リュックは少し後ろめたさを覚えた。彼女を全寮制の学校に入れる理由に私心がまったくないと言ったら嘘になる。彼はかつての生活を取り戻したかった。だが、そんなことをしたら、身勝手なろくでなしになってしまうかもしれない。でも、あの生活を取り戻すために必死で頑張ってきたのだ。混沌とした状態からはい上がり、比較的穏やかな生活を取り戻すために。

「少しお金が要るの」

電子レンジの中でぐるぐる回っているスープをじっと見つめていたリュックが振り返ると、キッチンの戸口に妹が立っていた。彼女専用の口座については、もう二人で話し合ったはずだ。「君のお母さんの家が売れて、遺族年金も入ってくるようになったら――」

「今日、要るの」マリーがさえぎった。「今すぐ」

リュックは尻ポケットに入っている財布に手を伸ばした。「いくら要るんだい？」

マリーが眉間にしわを寄せる。「七ドルか八ドルだと思う」

「自分でわからないのか？」

「一〇ドルあれば大丈夫」

どうも変だと思ったのと、目的を訊くべきだと思ったので、リュックは尋ねた。「どうして金が必要なんだい？」

マリーの頬が赤らんだ。「インフルエンザじゃないけど」

「どうしたんだ？」

「生理痛なの。でも何も持ってないのよ」彼女はうつむき、ストッキングに覆われた足を見つめた。「学校には知ってる女の子がいないから頼めないし、看護師さんのところへ行ったときには、もう遅かった。だから早退しなくちゃいけなかったの」

「遅かったって？　何の話をしてるんだ？」

「私、生理痛で、あれを持ってなくて……」マリーは真っ赤になり、つい言ってしまった。「タンポン。バスルームを探しちゃった。ひょっとしたら、リュックのガールフレンドが置いてったやつがあるかもしれないと思ったから。でも、一つもないんだね」

電子レンジがチンと鳴ったと同時に、リュックはようやくマリーの問題を理解した。レンジの扉を開け、カウンターにスープを置くときに親指をやけどした。「ああ」引き出しからスプーンを二本出し、何を言うべきかわからなかったので、こんなことを訊いてしまった。

「クラッカー、食べる？」

「うん」

どうも彼女はそんな歳には見えない。女の子は一六で生理が始まるのか？　そうなんだろうな。でも、女の子の生理がいつ始まるかなんて、考えたこともない。一人っ子として育ち、いつもホッケーのことばかり考えていた。

「アスピリン、飲んでみる？」昔つきあっていたガールフレンドの一人は、生理痛になると彼の鎮痛剤を飲んでいた。思い返せば、そのガールフレンドと共有していたのは、彼の金と薬物中毒だけだった。

「要らない」

「お昼を食べたら、買い物に行こう。俺もデオドラントが必要だから」

マリーはようやく目を上げたが、じっとしている。

「今、行きたい？」

「うん」

自分と同じくらいばつが悪そうに、落ち着かない様子で立っているマリーを目にし、先ほど感じた後ろめたさが和らいだ。同世代の女の子と生活させるのは、確かに正しい手段だ。全寮制の女子校なら、生理痛や女性のいろいろな問題について教えてくれるだろう。

「キーを取ってくるよ」そうなると、今度は話を切り出す方法を見つけなくてはならない。彼女を追い払おうとしているかのような言い方は避けなくては。

2　冗談を交わす――殴り合い

「もう一度、言ってくれる？」キャロライン・メイソンのフォークが途中で止まった。レタスとチキンが宙に浮いている。

「チヌークスの試合を取材する。遠征にも同行する」ジェーンは幼なじみのために、同じ言葉を繰り返した。

「ホッケー・チームの？」キャロラインはノードストローム百貨店で、これなしでは生きられないほど大好きな物を売っている。それは靴。外見はジェーンと正反対。長身でブロンド、瞳はブルー。センスのいい美女とはこういう人だと宣伝する歩く広告塔だ。では、二人の気性はもっと似ているかというと、そうではなかった。ジェーンは内向的、片やキャロラインには表に出さない考えや感情は存在しない。ジェーンはカタログでショッピングをするが、キャロラインはカタログを悪魔の道具と見なしている。

「そう。これが街のこっち側で私がしていることよ。ちょうどチームのオーナーやメンバーとミーティングをしてきたところなの」キャロラインとジェーンは火と氷、昼と夜。しかし、ともに似通った生い立ちや過去を持ち、それが強力接着剤のように二人を結びつけていた。

キャロラインの母親はトラック運転手と駆け落ちをし、娘の人生に出たり入ったりを繰り返してきた。ジェーンは幼くして母親を亡くし、そのまま大きくなった。二人ともシアトル近郊のタコマで、同じさびれたブロックに住んでいた。貧しかったのだ。つまり持たざる者。ほとんどの生徒が革靴を履いているときに、カンバス地のスニーカーで学校に通うのがどういうことか知っている。

大人になった今、二人はそれぞれ自分なりのやり方で過去の後始末をつけていた。ジェーンは給料をもらうたびに、これが最後の報酬とばかりに金をため込み、キャロラインはイメルダ・マルコスのごとく、デザイナーズ・シューズにこれでもかというほど金をつぎ込んでいる。

キャロラインが皿のわきにフォークを置き、片手を胸に当てた。「チヌークスの遠征に同行して、選手が裸でいるあいだにインタビューをするのね？」

ジェーンはうなずき、マカロニチーズにスモークハムの厚切りと砕いたクルトンを載せて焼いた日替わりランチに手をつけた。外はあんな天気だし、今日は断然マカロニチーズ日和だ。

「できれば、私がロッカールームを出るまで皆がパンツを上げててくれるといいんだけど」

「冗談でしょ？　汗くさいロッカールームに入っていく理由なんて、裸の男を見る以外に何があるって言うのよ？」

「新聞向けにインタビューするの」今朝、全選手を見てしまったものだから、少し心配になってきた。ジェーンの身長は一五二センチ。近くにいた選手たちは巨人のように大きかった。

「こっそり写真を撮ったら、ばれるかしら？」

「たぶんね」ジェーンが笑った。「あなたが思ってるほど選手はばかじゃないわ」

「それは残念。私なら裸のホッケー選手を見るのは全然構わないけどな」

全選手を見てしまった今、ジェーンにとって、裸の彼らを目にすることは、この仕事をするうえで懸念材料になっていた。あの人たちと旅をしなければならない。飛行機で一緒に座らなければいけない。服を脱いだ彼らがどんなふうかなんて知りたくもない。裸の男性のそばにいたいと思うのは、自分も裸でいるときだけだ。生活のために、露骨な官能小説を書いてはいるけれど、実生活であからさまに裸など見せられたら、それほど落ち着いてはいられない。シアトル・タイムズのコラムでデートや恋愛関係について書いている女性に近いかといえば、そうでもないし、ハニー・パイとは似ても似つかない。ジェーン・オールコットはペテン師だ。

「写真がだめなら――」キャロラインが再びフォークを持ち、オリエンタル・サラダのチキンを刺した。「私のためにメモを取っておいてね」

「それは、いろんな意味で倫理に反するの」ジェーンは友人に伝えたものの、次の瞬間、リュック・マルティノーからコーヒーに小便をしてやると言われたことを思い出した。あの人に関しては倫理を曲げたって構わないわよね。「リュック・マルティノーのお尻なら見たわ」

「裸の？」

「生まれたままの姿ってこと」

　キャロラインが身を乗り出した。「どうだった?」

「よかった」ジェーンは彫像のようなリュックの肩と背中、背骨のくぼみ、完璧な形のヒップを滑り落ちたタオルを思い出した。「本当に見事だった」確かにそう。リュックは目を楽しませてくれる男性だ。何とも残念なのは、性格が最低だってこと。

「ああ」キャロラインがため息をついた。「大学を出て、あなたみたいな仕事に就けばよかった」

「てんてこまいの日ばっかりよ」

「あ、そうだ」キャロラインはいったん言葉を切り、にこっと微笑んだ。「アシスタントがいるでしょ。私を連れてって」

「新聞社はアシスタントのお給料まで払ってくれないわ」

「がっかり」笑顔が消え、キャロラインはジェーンのブレザーに目を落とした。「新しい服を買うべきね」

「新しい服ならあるってば」ジェーンはハムとチーズを一口食べて言った。

「新しい、人目を引く服ってこと。いつも黒やグレーばかり着てるじゃない。うつなのかと思われるわよ」

「私はうつじゃない」

「たぶんね。でも、明るい色の服にしなきゃだめ。特にお薦めなのは赤や緑。これからシーズンが終わるまでずっと、男性ホルモンがたっぷり染み込んだ、たくましい大男たちと旅をするんでしょう。男性に関心を持ってもらう絶好のチャンスよ」

私は仕事でチームの遠征に同行するの。男性の関心は引きたくない。とりわけホッケー選手の関心は。選手が皆、リュック・マルティノーみたいな男ならなおさらのこと。コーヒーに関する提案を断ったとき、彼は危うく笑みを浮かべそうになったくせに。微笑むどころか、「気が変わったら教えてくれ」と言ったのよ。ただし「アバウト」の発音が「アブート」になってたけど。リュックはカナダなまりが抜けきっていない、いやなやつ。彼みたいな男の気を引くなんて願い下げ。まっぴらごめんだわ。ジェーンは自分の黒いブレザーとパンツ、グレーのブラウスをちらっと見下ろした。おかしくないと思うけど。「これ、Jクルーよ」

キャロラインが青い目を細めるのを見て、何を言おうとしているのかわかった。Jクルーはダナ・キャランとは違うと言いたいのだ。「そのとおり。カタログ通販のでしょ？」

「もちろん」

「それに黒」

「ほら、私、色覚障害だし」

「あなたは色覚障害じゃない。着ている物の色が自分に合ってなくてもわからないだけ」

「言えてる」だから黒がいいの。黒なら格好よく見えるから。黒を着ていればファッションで失敗を犯すことはないでしょう。

「ジェーン、せっかく小柄で素敵な体があるんだから、それを生かさなきゃ。自分の体をよく見せるようにするの。食べ終わったら私と一緒にノードストロームに戻るのよ。服を選ぶの手伝ってあげる」

「勘弁して。この前、あなたに服を選んでもらったら、『ゆかいなブレディ一家』のグレッグ（七〇年代にヒットしたホームドラマに登場する長男。放映当時はティーンのアイドル、ファッション・アイコンだった）みたいになっちゃったでしょ。ただし、私は彼ほどイカしてなかったけど」

「小学校六年生のときの話だし、私たち、買い物するならリサイクルショップに行くしかなかったじゃない。でも今は大人なんだし、昔よりお金を持ってる。少なくともあなたはね」

ええ、持ってる。それに、昔と同じようにお金は取っておくつもり。貯金の使い道は考えている。家を買うことはプランに入っているけど、デザイナーズ・ブランドの服は入っていない。「私は自分の服装が気に入ってるの」二人は過去に同じ会話を何度もしていたが、ジェーンはそんなことはなかったかのように言った。

キャロラインはあきれた顔をし、話題を変えた。「この前、ある男性と知り合ったの」

出会いがあって当然と言えば当然だ。去年の春、二人が三十路を迎えて以来、キャロラインは自分の出産可能年齢が気になりだし、卵子の老化ということしか考えられなくなっていた。そろそろ結婚してもいい時期だと判断したのだが、ジェーンを仲間はずれにしたくなかったので、ならば二人とも結婚すればいいとの結論に達したのだった。しかし、キャロラインの計画には一つ問題があった。ジェーンは、自分が引き寄せてしまう男性には結局、傷つけられるし、ひどい扱いを受けると決めてかかっていた。自分をメロメロにさせ、汗まみれにさせてくれる唯一のタイプはろくでもない男のようなので、いっそのこと猫でも飼って家にこもっていようかと思っていたのだ。だが、どうにもならないジレンマにはまっていた。家にこもっていたら、『シングルガール・イン・ザ・シティ』の新しいネタが見つからなくなってしまう。

「彼に友達がいてね」

「この前、あなたが紹介してくれた〝友達〟は、後部座席がカウチ・ソファになってる、連続殺人鬼御用達のバンを運転してる男だったでしょう」

「わかってる。それにあの人、あなたのコラムに自分のことが書かれているのを読んで、あまり喜んでなかったわ」

「それは残念ね。彼は、私があんなコラムを書いているから、この女は崖っぷちで、やりたがってると勝手に思い込んでる類《たぐい》の男だった」

「今度は違うから」

「いいってば」

「気に入るかもしれないでしょう」

「そこが問題なのよ。もし気に入ったら、その人は私をひどい目に遭わせて、結局、捨てるってわかってるもの」

「ジェーン、相手が誰であれ、あなたは捨てるチャンスさえほとんど与えてない。いつも片足をドアの外に出しておいて、逃げる口実ができるのを待ってるのよ」

キャロラインも人のことは言えない。彼女の場合、完璧すぎるという理由で男を振ってしまうのだ。「ヴィニーと別れたあと、ボーイフレンドはいないんでしょ」キャロラインが言った。

「ええ。あのとき、どういう結果になったか思い出して」ヴィニーは私に借金をして、ほかの女性にあげるプレゼントを買ったのだ。覚えている限り、彼が私に買ってくれたのはたいてい安物の下着だった。安っぽい下着は大嫌いなのに。

「いいほうに考えたら？　彼を振ったあと、あなたはすごく動揺して、バスルームの目地を塗り直したじゃない」

失恋したり、落ち込んだりすると、ものすごい勢いで掃除をする。これはジェーンの人生の悲しい現実だった。幸せなときは、クローゼットからタオルが頭の上に落ちてきても大目に見てしまうというのに。

昼食後、車でキャロラインをノードストロームまで送ってから、シアトル・タイムズのオフィスへ向かった。担当しているのは月一のコラムなので、この新聞社に自分のデスクはない。それどころか、建物に足を踏み入れたこともほとんどなかった。

ジェーンはスポーツ担当の編集部長、カーク・ソーントンと会った。彼女にクリス・エヴァンズの代わりをさせることをカークがこれっぽっちも喜んでいないのは見え見えだった。彼の出迎えはそれはもう冷淡で、あれなら額でグラスが冷やせただろう。ジェーンはほかの三人のスポーツ記者と引き合わされたが、彼らの迎え方もカークとあまり変わらなかった。

ただしジェフ・ヌーナンは例外だ。

ここにはほとんど来たことがないジェーンでも、ジェフ・ヌーナンの噂は聞いていた。女性スタッフのあいだでは、真昼の情事《ヌーナー》と呼ばれている。いつセクハラ訴訟を起こされてもおかしくない男。女が本来いるべき場所はキッチンだと思っているばかりか、女はキッチンテーブルで仰向けになるべきだと思っているのだ。ジェーンを見る目つきは、彼女の裸を想像していることを物語っており、お世辞でも言ったらどうだとばかりに微笑んだ。

お返しに、ジェーンは目でこう語りかけた。そんなことをするぐらいなら、猫いらずを飲んだほうがましよ。

チームの専用機、BAC一一一機は午前六時二三分にシアトル・タコマ国際空港《SEA-TAC》を発った。双発ジェットは数分のうちに空を覆う雲を突き抜け、機体を左に傾けて旋回した。楕円形の窓から朝日がスポットライトのように射し込んでくる。ほぼ一斉にシェードがバタバタと下ろされ、容赦のない、まぶしい光がさえぎられた。アフターシェーブ・ローションとオーデコロンが混じったにおいが機内に立ちこめたころ、飛行機は上昇を終え、動きが安定した。そして、四時間のフライトをぐっすり寝て過ごそうと、大勢のホッケー選手が座席を後ろに倒した。

ジェーンは膝に置いた遠征の日程表を見つめたまま、頭の上に手を伸ばし、空調を調節した。風が顔に強く当たるようにしながら、チームのスケジュールに目を通したところ、試合直後の便で移動する場合もあれば、翌朝の便で移動する場合もあるとわかった。しかし、フライトの時間を別にすれば、遠征中のスケジュールはいつも同じだ。チームは試合前日に練習を行い、当日は軽い調整をする。このパターンは決して変わらない。

ジェーンは日程表をわきに置き、専門誌『ザ・ホッケー・ニュース』を手に取った。NHL関連のページにシェードを下ろしていない窓から朝日が注ぎ、彼女はチヌークスに関するコラムに目を留めた。小見出しには「チヌークス成功の鍵はゴーリー」とある。

この数週間、NHLの統計データを頭に詰め込み、チヌークスの関連記事には見つけられる限り目を通してきた。おかげで選手の名前とポジションはよくわかるようになったが、ホッケーという競技、個々のプレーについては、まだきちんと把握していない。この分だと、手探りで取材を切り抜けるはめになるだろう。大きなへまをしないことを願うばかりだ。私はここにいる選手たちに敬意を払い、彼らを信頼しなくちゃいけない。選手たちにも、ほかのスポーツ記者に対するのと同じように、私を信頼してほしい。

ジェーンはブリーフケースに貴重な参考書を二冊、こっそり忍ばせてきた。『サルでもわかるアイスホッケー』と『ホッケー界のバッドボーイズ』だ。一冊目は基本的なことを教えてくれる入門書、二冊目は競技やプレーをする男たちの影の部分が描かれた暴露本だ。

ジェーンは顔を下げたまま、通路とその横の席に視線を走らせた。紺のカーペットが敷かれた通路に続く非常灯をたどり、リュック・マルティノーのよく磨かれたローファーとチャコールグレーのズボンに目を留める。キー・アリーナで言葉を交わして以来、彼についてはほかの選手よりも詳しくリサーチを重ねてきた。

生まれも育ちもカナダのアルバータ州エドモントン。父親はフランス系カナダ人で、リュックの母親とは彼がまだ五歳のときに離婚している。一九歳でNHLのドラフト全体六位でエドモントン・オイラーズに入団。その後、デトロイト・レッドウィングズへトレードされ、最終的にシアトル・チヌークスへ移籍した。読んでいていちばん興味を引かれたのは『ホッケー界のバッドボーイズ』に載っていた話だ。この本はリュックのエピソードに五章も割き、ゴーリーのバッドボーイぶりを詳しく述べていた。それによれば、彼はリンクの上であれ外であれ、手の早さでは誰にも負けない。ページをめくると、彼と腕を組む女優やモデルの写真が次々と現れた。女性たちは皆、彼と寝たとはっきり肯定はしなかったが、否定もしていない。

ジェーンは視線を上げ、リュックの大きな手と、座席の肘掛けを叩く長い指を見た。白と青のストライプのシャツのカフスからゴールドのロレックスのシルバーの部分がのぞいている。それから、彼の肩、高い頬骨、まっすぐな鼻をじっと見つめる。髪は、戦う覚悟を決めた古代ローマの剣闘士《グラタディエーター》のように短い。暴露本に詳しく書かれているきわどい話の半分が事実だとすれば、リュック・マルティノーは遠征の先々にこっそりつきあっている女性がいる。それでも精根尽き果てることがないなんて、あきれてしまう。

ほかのチームメイトと同様、今朝のリュックはホッケー選手というよりビジネスマンのようだ。出発前の空港で、今からオフィスに出勤とばかりにチーム全員がスーツとネクタイ姿で現れたのを目にしたときはびっくりした。

突然視界をさえぎられ、ちらっと見上げると、チームのエンフォーサー（相手を威圧し、ラフプレーを積極的に行う用心棒役）、〝ハンマー〟ことロブ・サッターがそこにいた。低い天井に合わせて前かがみになっていると、いつもより怖そうに見える。まだチヌークス全選手の顔は記憶していなかったが、ロブは覚えやすい人物の一人だった。身長一九〇・五センチ、体重一一三キロ、人を怖じ気づかせるほどの筋肉の持ち主。今はあごひげをはやしていて、緑色の目の片側の下に立派な黒あざができている。ロブは上着を脱いでおり、シャツの袖をまくって、ネクタイをゆるめていた。茶色の髪が伸びすぎていて、鼻柱には白いテープが貼られている。彼はジェーンの隣の席に置いてあるブリーフケースに目をやった。

「ちょっと座っても構わないかな？」

自分で認めるのはいやだけど、大男がそばに来ると、いつも怖じ気づいてしまう。彼らはとても場所を取るし、自分がちっぽけで無防備な存在に思えてしまうのだ。「ええ、どうぞ」

ジェーンは革の持ち手をつかむと、カバンをどさっと足元に置いた。

ロブは隣の席に巨体を押し込み、彼女が持っている雑誌を指差した。「俺が書いた記事、読んだ？　六ページに載ってる」

「まだよ」なんだか閉じ込められているような気がしたが、ジェーンは六ページをめくり、ロブ・サッターの試合の写真を見た。ある選手にヘッドロックをかけ、顔にパンチを食らわせている。

「それが俺。ルーキー・シーズンのラスムッセンに昼飯《ランチ》をごちそうしてやったんだ」

ジェーンは横目でロブの黒あざと折れた鼻を見た。「どうして？」

「ハットトリックをしやがった」

「それが彼の仕事なんじゃない？」

「まあな。でも、こいつに手荒なまねをするのが俺の仕事でね」ロブは肩をすくめた。「俺が近づいてくるのを見たら、ちょっとびびるようにしてやるんだ」

ロブの仕事に関する私の考えは胸に留めておくのが賢明だろう。「鼻はどうしたの？」

「スティックに近づきすぎたんだ」彼がまた雑誌を指差した。「どう思う？」

ジェーンは記事をざっと読んだ。かなりうまく書けているような気はする。

「第一グラフで読者の心をつかんでるかな？」

「グラフ？」

「パラグラフの略だよ。記者はそういう言い方するんだろう」
グ、ラ、フが何のことかはわかったけど……。「〝俺をただの叩かれ役だと思ったら大間違いだ〟」ジェーンは声に出して読んだ。「私の心をつかんだのはここね」
ロブがにこっと笑い、きれいな白い歯がのぞいた。さんざん歯をだめにしてきたのだろう。何度取り替えたのかしら？「それを書いてるときはすごく楽しかったよ。引退したら、書くのを本業にするのもいいんじゃないかと思ってさ。君にいろいろ教えてもらえたら嬉しいんだけどな」

足がかりをつかむってやつね。口で言うほど簡単ではないのよ。それに私の履歴書だって、それほど立派なものでもないし。でも、本当のことを言ってロブの期待をぶち壊すのはやめておこう。「私にできることなら力になるわ」

「ありがとう」ロブは腰を浮かし、ズボンのポケットから財布を引っ張り出した。そして再び腰を下ろすと、財布を開き、一枚の写真をジェーンに渡した。「この子はアメリア」彼の胸で眠っている女の赤ん坊が写っている。

「ちっちゃいのね。いくつなの？」

「一カ月。こんなかわいい子、見たことないだろう？」

ハンマーと議論をするつもりはない。「とびきりの美人さんね」

「また、赤ん坊の写真の見せっこか？」

顔を上げると、前の席から茶色の目がじっとこちらを見つめていた。その男性が写真を差し出した。「こっちは俺の娘、テイラー・リー。二歳だ」

ジェーンは、その男性と同様、頭に毛のない幼児の写真を見た。皆、誰だって人の赤ん坊の写真を見たがるものだと決めてかかっているけど、どうしてなんだろう？　背もたれ越しにこちらを見ている男性の顔に見覚えはなかったが、ようやくハンマーが思い出すヒントをくれた。

「フィッシー、この子はいつになったら毛が生えてくるんだ？」

ブルース・フィッシュ。セカンドライン（アイスホッケーではフォワードの三人、またはディフェンダーの二人を組みにして「ライン」と呼び、通常はこのラインごと

（選手交替を行う）のウィンガーだ。彼は腰を浮かせ、写真を取り戻した。毛のない頭に光が反射していたが、顔の下半分はむさくるしいひげに覆われている。「俺の場合、五歳でようやく毛が生えてきた。で、かわいいお子様になったってわけさ」

ジェーンは何とか笑いをこらえた。ブルース・フィッシュはパックの扱いはうまいのかもしれないが、容姿で人を魅了する男ではない。

「子供はいるのかい？」ブルースが尋ねた。

「いいえ。結婚はしたことないの」ジェーンが答えると、今度は、チヌークスの誰が結婚していて、子供は何人いるかという話になった。刺激的な会話とはちょっと違っていたけれど、選手に締め出されるのではないかと思っていた彼女の不安は和らいだ。

ハンマーに写真を返し、心を決める。本題に入ろう。私はしっかりリサーチしているのだと選手に大いに印象づけなくちゃ。いや、せめてまったく無知ではないことを証明しなくては。「主力選手の不在や年齢を考えると、今季のコヨーテスは予想以上によくやってるでしょう」ジェーンは読んだばかりの情報をそのまま口にした。「水曜日の試合に向けて、いちばん気にかかっているのはどんなこと？」

二人とも、ジェーンが理解できない言語をしゃべっているかのように見つめている。ラテン語にでも聞こえたのかもしれない。

ブルース・フィッシュは回れ右をして座席の向こうに姿を消し、ハンマーは子供の写真を財布に戻した。

「朝食が来た」と言ってハンマーが立ち上がり、さっさと席を離れた。ジャーナリズムや子供の話をする分には構わないが、あんたとホッケーの話をするつもりはないと、思いっきり態度で示している。それに、時間が経つにつれ、選手たちが自分を無視していることがジェーンにもはっきりわかってきた。ブルースやハンマーとちょっと話をしたのを除けば、話しかけてくる者は誰もいない。まあいいわ。ずっと無視し続けるわけにはいかないのよ。私をロッカールームに入れて、質問に答える必要があるんだから。そのときは私と話さなきゃいけないの。さもないと、男女差別訴訟を起こされることになるわよ。

ジェーンはマフィンとオレンジジュースを断ると、座席のあいだの肘掛けを上げ、急いで通路側の席に移った。まず新聞や雑誌の切り抜きと本を広げ、ウール地のグレーのブレザーを脱ぐ。やるべきことに取りかかろう。ゴール数はわかるけど、ポイントって何？　どの反則に対して、どんなペナルティが与えられるの？　いつまで経ってもよくわからない反則〈アイシング〉……。ジェーンはそういったことを理解しようと努めた。ブリーフケースから引ったくるように付箋の束を取り出し、メモをし、本に貼っていく。

仕事やプライベートの予定を付箋で整理するのは最も効率的なやり方とは言えないし、もっと系統だった方法を試したことはあった。たとえば、ノートパソコンにスケジュール管理ソフトを入れてみたが、何を入力すべきか手書きでメモをしている始末。最近、システム手帳を買って使っているものの、カレンダーのページに付箋を貼りつけているだけだ。去年は携帯情報端末《パーム・パイロット》を買ったが、使いこなせるようにならなかった。付箋がないと不安発作が起こり、結局、パーム・パイロットは友人に売ってしまった。

自分が知らないホッケー用語に関するメモを付箋に走り書きして本に貼りつけると、ジェーンは通路の先に目を走らせ、リュックを見た。トレーテーブルに載ったオレンジジュースのグラスのわきに片手が置かれている。彼は長い指でカクテル・ナプキンを破き、手についた細かい紙くずをこすり落とした。

誰かに名前を呼ばれ、リュックは通路に身を乗り出して振り返った。青い目でジェーンの背後にいる誰かをとらえ、彼女にはわからない冗談に笑った。きれいに並んだ白い歯。あの笑顔を見れば、女は罪深いことを思い浮かべてしまうだろう。そのとき、リュックの視線が自分のところに下りてきたものだから、ジェーンは歯のことなどどうでもよくなってしまった。彼は――まるでネクタイについたシミを見るように――どうして君がそこにいるのか理解できないといった感じでただじっと見つめていたが、やがて少しずつ視線を下げ、彼女の顔、首、無地の白いブラウスの中央をじろじろ眺めた。ジェーンは何だか心穏やかではいられなくなって息を飲み、胸が苦しくなった。彼の視線が留まっているその胸が。長い一瞬が訪れる。止まった時間は二人のあいだで宙ぶらりんになっていたが、ついにリュックは眉をひそめ、目を上げることなく背を向けた。ジェーンはようやく息を吐き出し、またしても、リュック・マルティノーに審査され、自分に足りないものを見つけられてしまったような気がした。

飛行機がフェニックスに到着するころには、気温は一二度まで上がり、空もよく晴れていた。選手たちはネクタイを直し、上着をはおり、列を作ってバスへ向かおうとしている。リュックは、ジェーン・オールコットが通り過ぎるのを待ってから通路に出た。肩をすくめてヒューゴ・ボスのスーツの上着に腕を通し、後ろから彼女をしげしげと眺めてみる。

腕にウールのブレザーを下げ、同じ側の肩にかけた大きなブリーフケースが、本や新聞でぱんぱんになっている。昨日と同様、髪はきっちりポニーテールにしていて、列を進むたびに、カールした毛先が揺れて肩をかすめた。背がとても低い。頭頂部が彼のあごの下にちょうど届くぐらいだ。そして、オーデコロンとアフターシェーブ・ローションのにおいが漂う中、何やら花のような香りがした。

ブリーフケースの端が座席の背に当たり、ジェーンがよろめいた。リュックが腕をつかんで支えたそのとき、新聞や本、様々なメモが床に落ちた。手を離し、カーペットが敷かれた通路で彼女の横にひざまずく。拾い上げた本は、NHLの公式ルールに関する解説書、それに『サルでもわかるアイスホッケー』。

「ホッケーのことは、よく知らないんだろ?」リュックは本を渡した。互いの指先が触れ、彼女がちらっと彼を見上げた。

二人の距離が数センチとなり、その機会を利用してジェーンを観察する。肌にはシミ一つなく、なめらかな頬がほんのり赤くなっている。瞳は夏草色。虹彩のへりにコンタクトレンズのラインがかすかに見える。彼女が記者ではなく、初対面の日に、今も薬は使っていないのかと尋ねたりしなければ、ルックスはそれほど悪くないと思っただろう。ひょっとすると、ちょっとかわいいとさえ思ったかもしれない。たぶん。

「よーく知ってるわ」彼女は手を引っ込め、ブリーフケースのフロントポケットに本を押し込んだ。

「きっとそうなんだろうな、物知りさん」膝にくっついた付箋をはがすと、こう書かれていた〈ボディチェックっていったい何?〉。リュックは彼女の手首をつかみ、手のひらにぴしゃっと付箋を貼りつけた。「何も知らないように見えるけど」

二人が立ち上がり、リュックが彼女のブリーフケースを取り上げた。

「自分で持てるわ」ジェーンは抵抗し、パンツのポケットに付箋を突っ込んだ。

「持つよ」

「親切にしようとしてるなら、もう手遅れだから」

「親切にしてるんじゃない。俺はバスが行ってしまう前にここから出たいだけだ」

「ああ」彼女は口を開き、さらに何か言おうとしたが、再び口を閉じた。二人は通路を進んだ。ポニーテールの揺れ方が彼女の動揺を物語っている。バスに乗り込むと、ジェーンはゼネラルマネージャーの隣に座り、リュックは彼女の膝にブリーフケースをどさっと置いてから、奥の席に向かった。

腰を下ろすと同時に、後ろの席からロブ・サッターが身を乗り出してきた。「なあ、ラッキー、彼女、ちょっとかわいいと思わないか?」

リュックは数列前の席に目を走らせ、ジェーンの後頭部と、しっかり結んであるポニーテールのカールを見た。顔が悪いわけじゃないが、彼女はタイプではない。俺の好みはバービー人形のような女性だ。脚が長くて、胸が大きくて、髪がふわっとしていて、赤い口紅が似合う女性。男を喜ばせるのが好きで、見返りに快楽以外、何も求めない女性がいい。そのおかげで、どんな噂を立てられているかわかっているが、特に気にしているわけじゃない。ジェーンは肌がきれいだし、あんなにきつく引っつめていなければ、髪型も許せる範囲だ。でも胸が小さい。

機内で見た彼女のブラウスの胸元がふと頭に浮かんだ。あのとき、ヴラド・フェティソフに訊かれたことに答えようと振り返り、離陸して以来、初めて彼女の存在に気がついた。そして、光沢のあるブラウスの胸元にくっきりと現れた二つの点に目が留まったのだ。一瞬、彼女は寒いのか、それとも興奮しているのか、と考えてしまった。

「いや別に」とロブに答える。

「この仕事をもらうためにダフィーと寝たって話、本当かな？」

「皆、そんな噂をしてるのか？」

「ダフィーか、シアトル・タイムズにいる、あいつの友達かどっちかだ」

ジェーンのような若い女性が、仕事をもらうために二人のスケベじじいとやってるのかと思うと、胸がむかむかした。いずれにせよ、どうして自分が気をもまなければいけないのかわからない。リュックは肩をすくめ、ジェーンや、彼女が寝ているかもしれない男のことは頭から追い出した。

これから彼の個人マネージャーを務めるハウイーから大事な電話がかかってくることになっていたのだ。ハウイーはロサンゼルスに住んでいて、三人の子供を南カリフォルニアの全寮制学校に入れている。その点を考えれば考えるほど、マリーにとってカリフォルニアの全寮制学校は申し分のない解決策だと確信が持ててきた。マリーは生まれてから大半の時期を南カリフォルニアで過ごしてきた。そこの学校に入るのは故郷に帰るようなものだろう。俺と一緒にいるより幸せだろうし、こっちも自分の生活を取り戻せる。皆、万々歳というわけだ。

チヌークス一行は、一一時にはホテルにチェックインを済ませ、軽く昼食を取り、午後二時にはアメリカン・ウエスト・アリーナで予定どおり練習を開始していた。チームはこの二週間、負け知らずで、リュックも今シーズン、すでに五回のシャットアウトを演じている。前のキャプテン、ジョン・コワルスキーが引退してからというもの、チームは真の脅威とはなっていなかった。だが今年は違う。今年のチヌークスは乗りに乗っている。

選手たちは四時までにホテルに戻った。リュックはエレベーターで部屋まで上がると、友人に電話を入れ、二時間後、再びエレベーターで階下へ向かった。さあ、今のうちに自分の時間を楽しむとしよう。

ジェニー・デイヴィスと出会ったのは、ユナイテッド航空デンバー行きの便の中だった。

ソーダ水とライムとナッツを持ってきてくれたとき、カクテル・ナプキンに彼女の電話番号が書いてあったのだ。それが三年前のこと。今も、彼がフェニックスにいるときか、彼女がたまたまシアトルに来たときに一緒に過ごしている。この状況にお互い満足していた。リュックはジェニーを満足させ、ジェニーも彼を満足させてくれる。

その夜、リュックはロビーでジェニーと落ち合ってから、車でステーキ・ハウス〈デュラント〉へ向かい、試合前夜の定番メニューにしているラム・チョップ、シーザー・サラダ、ワイルド・ライスを食べた。

食事を終えると、ジェニーは彼をスコッツデールの自宅へ連れていき、デザートをごちそうしてくれた。そして、選手の門限に間に合うようにホテルへ送り届けてくれた。リュックはこうした遠征中の生活が大いに気に入っている。歩いてホテルへ入っていくときには、すっかり気持ちが落ち着いてリラックスしており、明日のコヨーテス戦に臨む覚悟ができていた。

ロビーのバーでチームメイトと少しおしゃべりをしてから、エレベーターで自分の部屋に戻った。右膝にやや違和感を覚えたので、テレビの上に置かれた空のアイスペールを持って、廊下の先にある製氷機へ向かった。だが、ジェーン・オールコットの姿が目に入ったとき、彼はもう少しで引き返すところだった。彼女は自動販売機の前に立って小銭を入れていた。髪を頭の上で縛り、巻き毛がもつれて垂れている。一歩前に出てボタンを押すと、エム・アンド・エムズのピーナッツ・チョコレートが一袋、販売機の取り出し口に落ちてきた。

彼女が身をかがめたそのとき、形のいい丸いヒップに牛柄がついていることに気づいた。いや、それどころか、青いフランネルのパジャマは全身牛柄だった。ワンピース型で、後ろから見ると、長袖のロングTシャツみたいだ。そして彼女が向きを変えた瞬間、リュックはパジャマよりもっとひどいものに遭遇した。黒縁のメガネだ。小さな四角いレンズ。過激な女性団体ではこういうのが流行ってるんだろうな。最悪のメガネだ。

ジェーンはリュックを見てぎくっとし、目を丸くして息を吸い込んだ。「もう皆、寝たのかと思ってた」

ひどい。これ以上、色気もそっけもない女性がいるとは思えない。「何なんだ、その格好？」リュックはアイスペールを持った手を彼女に向けた。「〝もう二度と男と寝ません〟宣言か？」

彼女が眉をひそめた。「こんなこと言ったらショックだろうけど、私は仕事をするためにここにいるの。男と寝るためじゃないわ」

「よかった」リュックはロブ・サッターとの会話を思い出した。彼女は仕事をもらうために、あのヴァージル・ダフィーと寝たのだろうか？　ヴァージルは孫みたいな若い女性が好みで、それにまつわる話はいくつか聞いている。実はシアトルに来たばかりのころ、サッターが教えてくれたのだ。ヴァージルは八九年にある若い女性と結婚しようとしたのだが、式の直前、その女性が正気を取り戻し、彼を祭壇に置き去りにして逃げたのだとか。リュックはゴシップには耳を貸さなかったし、話がどこまで本当なのかわからなかった。ただ、女たらしの役を演じるヴァージルが想像できなかっただけだ。「そんな格好じゃ、相手が見つかるとも思えないしな」

ジェーンがチョコレートの袋を破いた。「あなたは相手を見つけるのに苦労しないみたいね、ラッキーさん」

その口ぶりが気に入らず、詳しい説明は求めなかったが、どっちにしろ、彼女は勝手に説明した。「ブロンドの女性と出かけるところを見たの。当ててみろと言うなら、フライトアテンダントってところかしら。〝私のところへ飛んできてね〟って感じの顔つきだったもの」

リュックは製氷機に近づき、ふたを開けた。「彼女は親戚だ。祖父母がいとこ同士でね」信じていないようだが、どうでもいい。記者は自分が信じたいことを信じ、売れる記事を書くのだろう。

「氷なんか取って、どうしたの？　膝が痛むとか？」

「いや」くそっ。頭がよすぎるのは身のためにならないぞ。

「ガンプ・ウォーズリーって誰？」彼女が尋ねた。

ガンプは長きにわたり第一線で活躍した、ホッケー史上に残る偉大なゴーリーだ。リュックはガンプの記録やホッケーへの献身ぶりに感服していた。数年前から、縁起を担いで彼の背番号をつけているが、それはたいしたことじゃない。それに、隠すほどのことでもない。

「また俺の研究をしてたのか？」リュックは氷をすくいながら尋ねた。「光栄だな」と言ったものの、嬉しそうなふりさえしなかった。

「うぬぼれないで。それが私の仕事よ」ジェーンはチョコレートを口に放り込み、リュックが何も言わずにいると、眉をすっと上げた。「こっちの質問には答えないつもり?」

「ああ」彼女もじきに悟るだろう。チームのほかのメンバーも誰一人、協力しないということを。皆で話し合って、ジェーンを混乱させ、徹底的にてこずらせる計画を立てたのだ。そうすれば彼女を追い返せるかもしれない、と。ロッカールームの外では子供の写真を見せ、彼女が話題にしたくてたまらないこと、すなわちホッケー以外の話をする。そして、ロッカールームの中では、差別訴訟を起こされずに済む、ぎりぎりのところまでしか協力しないというわけだ。リュック自身は、あまりいい計画だとは思っていなかった。確かに彼女をてこずらせるだろうが、追い返せるほどでもない。いや、追い返せない。彼女と何度か話をしたからわかる。ミズ・オールコットの鼻をへし折る手段はあまりないだろう。

「だが、言っておこう」リュックは製氷機のふたを閉め、彼女のわきをすり抜けながら耳元で言った。「調査を続けろよ。ガンプのエピソードは本当に面白いからな」

「調べるのも私の仕事なの。でもご心配なく。あなたの人に言えない恥ずかしい秘密に興味はないから」彼女が後ろから大声で言った。

人に言えない秘密など、リュックには一つもなかった。今はもうない。ただ、私生活について、新聞で読むのはどうも……と思う部分はあった。いろいろな街で、いろいろな女性とつきあっている事実は知られないほうがいい。もっとも、その手のネタは元来、新聞の全段大見出しにはならない。大半の人は気にしないのだ。彼も女友達も未婚なのだから。

リュックはドアを閉め、部屋に閉じこもった。誰にも知られたくない秘密が一つだけある。冷や汗をかいて目が覚めてしまうような秘密が一つだけ。

それは毎試合、毎試合、膝を一度でも強打したら、脚が一生、使いものにならなくなる危険を抱えてプレーをしていること。もっと恐ろしいのは、そのせいで選手生命が絶たれることだった。

リュックはタオルの上に氷をあけ、服を脱いで白いボクサー・ショーツ一枚になった。腹をかき、ベッドに腰を下ろすと、膝を持ち上げて枕に載せ、氷を当てる。

生涯の望みは、ホッケーをすること、そしてスタンレー・カップを勝ち取ること。あまりにも長いあいだ熱中してきたので、ホッケーしか知らないのだ。大学を出てからドラフトされる選手たちと違って、リュックは一九歳でNHL入りし、前途は有望だった。

だが、しばらくのあいだ、前途は軌道からはずれていた。膝の痛みに苦しみ、鎮痛剤を常用し、処方薬に頼るという悪循環に陥ったのだ。その後、彼は回復に努め、必死で努力を重ねた。そして、ようやく試合に復帰するチャンスをつかみ、今は生き返った気分を味わっている。しかし、ケガをする前の年にコーン・スマイス賞（プレーオフにおける最優秀選手賞）を授けてくれたホッケーというスポーツは、今や彼を横目でにらみ、この男にはまだ必要な能力が備わっているのだろうかと思案している。チヌークスの経営陣の中にも、我々はチームのトップ・ゴーリーに高い報酬を払いすぎたのではないだろうか、かつては将来を期待されたリュックだが、今も期待に応えてくれるのだろうかと考えている者がいる。

必要とあらば、どんなことでもするし、試合中、どんな痛みにも耐えてみせる。カップを手にするチャンスを阻むものは断じて許さない。

目下、リュックは好調だ。すべてのプレーが見えているし、パックは一つ残らず阻止している。今は自分の実力を最大限に発揮しているが、この流れが、あっという間に不調に転じ、一つのミスも許されなくなる可能性があることはわかっている。目の焦点が合わなくなるかもしれない。あっさりゴールを許してしまうかもしれない。パックのスピードが読めず、さんざん失点し、交代させられる場合もある。一晩、試合に出られない、仕事を干されるという事態はすべてのゴーリーの身に降りかかるが、そんなことを考えても、気休めにはならなかった。

一つの試合がうまくいかなかったからといって、一シーズンずっと不調が続くとは限らない。そうではないことがほとんどだ。しかしリュックの場合、へまをしている余裕はないに等しかった。

3 装具一式――選手の脚のあいだにあるもの

ノートパソコンの横で電話が鳴り、ジェーンはしばらく見つめてから受話器を取った。「もしもし」しかし、何の返事もない。その前にも七回、無言電話がかかってきた。フロントに問い合わせたところ、発信元はわからないと言われた。でも、ちゃんと見当はついている。電話の主はユニフォーム・ジャージにチヌーク（キングサーモンの別名）のロゴをつけている男たちだ。

受話器をはずしたままにして、スタンドのわきに置いてある時計に目を走らせる。試合まであと五時間。五時間で『シングルガール・イン・ザ・シティ』を片づけなくちゃ。このコラムはゆうべ書き始めるべきだった。でも、くたくただったし、若干、時差ぼけもあったし、もうベッドに入りたい、調べ物用の本を読みたい、チョコレートを食べたい、ということしか考えられなかった。自動販売機のところでリュックが忍び寄ってこなかったら、ミルキーウェイも買っていたところだけど、牛柄のパジャマ姿を見られただけで、もうたくさんだった。さらに食いしん坊《ピッグ》だと思われたくなかったのだ。それにしても、彼にどう思われるかなんて、本当に、どうして私が気にしなければいけないの？

わからない。でも、女性の遺伝子は、ハンサムな男性が何を考えているのか気にする構造になっているのではないかしら？　もしリュックが不細工な男だったら、気にもしなかっただろう。彼があの澄んだ青い目と長いまつ毛と、尼さんでも泣いて喜ばせることができる体の持ち主でなかったら、ミルキーウェイをつかんで、さらにハーシーズのビッグ・ブロックも買っていたかもしれない。彼が意地悪そうににやっと笑ったのを見て、罪深いことを考えたり、裸になった彼のお尻を思い出したりしなければ、嫉妬深いホッケー・グルーピーみたいに、フライトアテンダントがどうのこうのと無駄口を叩かずに済んだだろうに。

選手たちにプロの記者以外の存在と見なされるわけにはいかない。こちらに到着してからも、彼らはちっとも好意的に受け入れてくれない。女なんだから、当然興味があるだろうとばかりに、料理や赤ん坊の話はしてくれるが、こちらがホッケーの話題を持ち出すと、貝のように口を閉ざしてしまう。

ジェーンは自分のコラムの冒頭を読み返し、少し手を加えた。

シングルガール・イン・ザ・シティ

ヘアケア・グッズや、結婚したがらない男たちの話にうんざりした私は、友人たちを頭から追い出し、目の前のマルガリータとコーンチップスに意識を集中させた。そして、椅子に座ったまま、店内のオウムやソンブレロの飾り物を見ながら考えた。結婚恐怖症になるのは男だけなのかしら？　つまり、ここにいる私たち、三〇歳の女性四人はいずれも結婚しておらず、前の上司と一度同棲を試みたティナを除けば、誰も決まった相手と本気でつきあった経験がない。だとすれば、結婚恐怖症に陥っているのは男？　それとも私たちのほう？

こんな言葉がある――人が一〇〇人いる部屋に神経症患者を二人押し込むと、その二人はお互いを見つけ出す。ほかの言い方もできたのでは？　問題のない男性が不足していると言うより、もっと鋭い言い方が。

私たち四人は、お互いを「見つけ出した」のかしら？　私たちが友達でいるのは、お互い一緒にいることを心から楽しんでいるから？　それとも全員、神経症だから？

コラムを書き始めてから五時間一五分後、ジェーンは、ようやくノートパソコンの送信ボタンをクリックした。それからパソコンを大きなバッグに押し込み、ドアへ急いだ。廊下を走ってエレベーターを目指し、開いた扉から出てきた年配の夫婦ともみ合うようにしながら中に入った。アメリカン・ウエスト・アリーナに到着したときには、ちょうどフェニックス・コヨーテスの紹介をしているところで、観客は熱狂し、地元チームに大声援を送っていた。

ジェーンは記者席用パスをもらっていたが、なるべくリンクに近いところにいたいと思い、うまくごまかしてフェンスから三列目の席に座った。初めてのホッケーの試合なのだから、できるだけ多くのことを見て、体で感じたかったのだ。何が起こるか本当に見当もつかない。

ただ神に祈るばかりだ。どうかチヌークスが負けませんように。負けたのはおまえのせいだと言われませんように。

　そこがゴール裏の席だと気づいたちょうどそのとき、チヌークスの選手がリンクに入ってきた。アリーナじゅうにブーイングが響き、ジェーンは行儀の悪いコヨーテスのファンをちらっと見渡した。マリナーズの試合は一度、見にいったことがあるけれど、ファンはこんなに無作法だったかしら？

　ジェーンは注意をリンクに戻し、ゴールのほうへ滑ってくるリュック・マルティノーを観察した。装備に身を固め、臨戦態勢を整えている。リュックについては、ほかの選手よりも詳しくリサーチしてきたので、彼の装備がすべてオーダーメイドであることはわかっていた。アリーナの照明がダーク・グリーンのヘルメットを照らしている。ジャージの肩の部分にダーク・グリーンで名前が縫いつけられていて、その下には、例の伝説的プレーヤー、ガンプ・ウォーズリーと同じ背番号。ガンプ・ウォーズリーがなぜ伝説と言われるのか、ジェーンはまだわかっていなかった。

　リュックはゴールを二周し、反対方向にも一周した。クリーズ（ゴール前に示された長方形、または半円の区域。原則として攻撃側の選手はこの中に入れない）の内側で止まり、左右のゴールポストをスティックで叩き、十字を切っている。ジェーンはノートとペンと付箋を取り出し、ノートの一枚目にこう記した。「験《げん》担ぎと儀式？」

　パックが落とされ、それと同時に様々な音が一斉に襲いかかってきた。スティックがぶつかる音、スケートが氷を削る音、パックがフェンスに叩きつけられる音。ファンが叫び、歓声を上げ、やがてピザとバドワイザーのにおいが漂ってきた。

　取材に備え、試合のビデオは何本も見てきた。ゲームのテンポが速いことはわかっていたが、ビデオはこの猛烈なエネルギーや、それが観客に波及していく様子は伝えてくれなかった。プレーが止まると、音響システムから、どんな反則があったかアナウンスされ、音楽が大音量で鳴り響く。そしてパックが再び落とされ、センター・フォワードが道を切り開いていく。

　ジェーンは自分の周りで起きていることを一つ残らずメモしながら、ビデオには映っていなかったこと、テレビ中継も伝えてくれなかったことがあると気づいた。試合は必ずしも、パックが打たれている場所で行われているとは限らない。パックは中央の氷域《ニュートラル・ゾーン》にあるのに、リンクの隅々で、殴り合いなど、様々な行為が行われている。ジェーンは、運悪くリュックのスティックが届く範囲にいたコヨーテスの選手が彼に足首を叩かれる場面を何度か目撃した。リュックは相手のスケート靴をスティックで妨害するのがとてもうまいようだ。そして、彼が片腕を突き出し、コヨーテスのクロード・ルミューの首をなぎ払ったとき、ジェーンの二列後ろにいる男性が二人、急に立ち上がって叫んだ。「マルティノー、めめしいまねしやがって！」

　ホイッスルが鳴ってプレーが止まり、ルミューが起き上がると、ペナルティがアナウンスされた。「ただいまの反則、チヌークス、マルティノー、極端に乱暴《ラッフィング》な動作により二分間退場」

ゴーリーが退場するわけにいかないので、代わりにブルース・フィッシュがペナルティボックスへ向かう。リュックはただゴールネットの上からボトルを取って、マスクの網目から口に水を流し込み、それを吐き出しただけだった。それから肩を上下させ、首をぐるっと回し、ボトルをまたネットの上に放り投げた。

試合続行。

ゲームのペースは絶えず変化し、荒れたかと思うと、ほぼ整然と進行した。ほぼ整然と……。両チームともフェアプレーをしようと決めたのね、とジェーンが思ったそのとき、選手たちはパックを追ってもみ合い、そのまま乱闘へとなだれ込んだ。ホッケーで何が観客を沸かせるかと言えば、選手がグローブを放り、コーナーで殴り合っている姿を目にすることを置いてほかにない。選手が何を言い合っているのか実際には聞こえなかったが、聞くまでもなかった。唇の動きではっきりわかる。Fで始まる言葉が大のお気に入りらしい。おとなしめのスーツとネクタイ姿でベンチの後ろに立っているコーチ陣さえそうなのだ。おまけに、ベンチにいる選手たちは、悪態をついていなければ、つばを吐いている。こんなにつばばかり吐いている男性の集団は見たことがない。

ジェーンは、観客がやじを飛ばす相手はチヌークスのゴーリーだけにとどまらないと気づいた。叫び声の届く範囲にチヌークスの選手がやってくれば、ジェーンの背後にいる男たちは必ず「てめえ、ムカつくんだよ！」とわめく。そして、バドワイザーを何本か流し込んだあとは、もっと創造力を発揮して「ムカつくんだよ、八九！」とか「……三九！」とか、選手の背番号を叫ぶのだ。

第一ピリオドが始まって一五分、ロブ・サッターが体当たり《チェック》をしてコヨーテスの選手がフェンスにぶつかった。アクリルボードが激しく揺れ、ジェーンはひびが入ってしまうんじゃないかと思った。チェックされた選手がリンクに倒れ、ホイッスルが鳴る。

「ムカつくんだよ、ハンマー」後ろの男たちが叫んだ。はたして選手たちは、これだけの騒音の中で、ファンの声が聞こえているのかしら？　でもこれだけは確か。私ならアルコールをたくさん流し込んでからでなければ、ハンマーに「ムカつく」なんて言葉を吐く勇気はない。あとで駐車場で遭遇し、昼飯をごちそうされるのかと思うと、恐ろしくてたまらないもの。

第二ピリオドが終わってもスコアは相変わらず〇対〇のままだったが、それはおおむね、両チームのゴーリーが見事なセーブを披露したためだった。ところが、第三ピリオドではコヨーテスが強さを見せた。チーム・キャプテンがチヌークスのディフェンスを突破し、ゴール目指してリンクを勢いよく進んでいく。リュックはクリーズから出て対峙したが、キャプテンは狙いを定め、リュックの左肩越しにシュートを放った。リュックのスティックがパックをかすめる。が、パックは揺れながらネットに飛び込んだ。

観客が躍り上がり、リュックがクリーズ内に戻っていく。彼は落ち着いた様子でスティックとブロッカー（スティックを持つ側の手の甲にはめる四角いグローブ）をネットの上に置いた。青いライトが点滅してゴールを告げる中、マスクを押し上げ、ボトルを取って口に水を流し込む。ジェーンは自分の席からリュックの横顔をじっと観察した。頬が少し赤くなり、湿った髪がこめかみに貼りついている。口の端から水が一筋こぼれ、あごから首を伝ってジャージの襟を濡らした。やがて、彼はボトルを下ろしてネットの上に放り、ブロッカーに手を押し込んだ。

「クソでも食らえ《イート・ミー》、マルティノー！」後ろの席にいる男の一人が叫んだ。「クソ食らえだ《イート・ミー》！」

リュックがちらっと目を上げたので、ジェーンの疑問は一つ解決した。彼には明らかに、この男たちの声が聞こえている。リュックはいかなる表情も浮かべず、ただ彼らを見ただけだった。それからスティックを持ち、視線を下ろし、ようやくジェーンに目を留めた。そのまま、しばらく彼女をじっと見つめていたが、やがて背を向けた。リュックがあの二人をどう思ったのかわからなかったが、ジェーンには彼の気持ちよりも、もっと大きな心配事があった。彼女は中指と人差し指を交差させ、必死で祈った。どうかあと一五分以内にチヌークスがゴールを決めてくれますように。

君が相手にするのはホッケー選手だってことを肝に銘じておくべきだ。わかってるだろうが、連中は縁起を担ぐ。レナードはそう警告した。**万が一、チームが負けだしたら、それを君のせいにして、お払い箱にするだろう。**選手たちからどう扱われているのかは、もうわかっているし、私をお払い箱にする口実なんて、あまり必要ないんだろうけど……。

一四分二〇秒かかったものの、チヌークスはパワー・プレー（相手チームが反則退場で人数が少なくなっているときに集中攻撃をすること）でついに得点した。最後のブザーが鳴り、スコアは一対一の同点。ジェーンはほっと息をついた。

これで試合終了、と彼女は思った。ところが、試合時間は五分延長され、各チーム、プレーヤー四名とゴーリーでオーバータイムを戦い抜いた。結局、どちらも得点できず、この試合は引き分けと記録されることになった（現在はルールが改正されて延長後にシュートアウトが行われ、必ず勝敗を決するようになった）。

今度こそ、ほっとできる。これでチヌークスの選手も、敗戦を私のせいにして、お払い箱にするわけにはいかなくなったのよ。

ジェーンはバッグを引き寄せ、ノートとペンと付箋を中に押し込んだ。記者証を見せながらチヌークスのロッカールームへ向かったが、廊下を進むにつれ、胃がきりきりしてきた。

私はプロよ。できるわ。大丈夫。

選手の目だけを見ていなさい。ジェーンは自分に念を押し、小型のテープレコーダーを取り出した。しかし部屋に入ると、ドクターマーチンのブーツが突然、床に貼りついてしまったかのように足が止まった。

ベンチや扉の開いたロッカーの前で男たちが服を脱ぎ、様々な度合いで裸を披露している。がっしりした筋肉と汗。胸と背中。一瞬、見てしまったむき出しの腹部とヒップ、それに……。

ああ、どうしよう！ 頬がかっと熱くなり、目が飛び出しそうになったが、串刺し公《インペイラー》、ヴラド・フェティソフのロシア・サイズの持ち物を凝視せずにはいられなかった。はっとなって目を上げたものの、時すでに遅し。ヨーロッパの男性について耳にしていた噂は本当だったとわかってしまった。ヴラドは割礼をしていない（北米では男子新生児に割礼手術を行う習慣がある）。でも、これはちょっと余計な情報だった。一瞬、謝るべきかと思ったが、もちろん謝るわけにはいかない。それでは、見てはいけないものを見てしまったと認めることになるからだ。ほかの男性記者に目を走らせると、彼らも謝ったりはしていない。じゃあ、どうして私は、ハイスクールで男子更衣室をのぞいているような気分になってるの？

ジェーン、ペニスの一つぐらい見たことあるでしょ。どうってことないわ。一つ見れば、ペニスなんかどれも……。いや、確かに、どれも一緒というわけじゃない。いいのもあれば、そうでもないのもある。ああ、だめよ！　ペニスのことは考えちゃだめ！　ジェーンは気を引き締めた。じろじろ見るために来たんじゃない。仕事をするために来たの。それに、男の記者と同様、私にはここにいる権利がある。それは法律で決まっていることだし、私はプロなのよ。心の中でつぶやきながら、選手やほかの記者たちのあいだを縫って進んだ。皆の肩より上を見ているように気をつけてはいたが、体の大きな、いかつい裸のホッケー選手でいっぱいになった部屋で、女性は自分だけ。どうしても場違いな感じがしてしまう。

チヌークスに唯一の得点をもたらしたジャック・リンチを囲んで記者たちがインタビューをしており、ジェーンは目を上げたまま、その輪に加わった。そしてノートを取り出した瞬間、ジャックがプロテクターのパンツを下ろした。下にタイツやスパッツをはいていることはほぼ間違いない。でも確認するつもりはなかった。ジェーン、見ちゃだめよ。何が何でも目を下ろしちゃだめ。

ジェーンはテープレコーダーのスイッチを入れ、インタビューをしている男性記者の話をさえぎった。「先月、ケガをしたあと、今季はもうスタート時ほどの活躍はできないまま終わってしまうんじゃないかという見方もありましたよね。今日のゴールはそんな噂を葬り去るものだったのではないでしょうか？」

　ジャックは目の前のベンチに片足を載せ、肩越しにちらっとジェーンを見た。頬に赤いみみず腫れができていて、上唇にも古い傷跡がある。彼はソックスを留めていたテープをはがしているが、なかなか返事をしてくれない。ジェーンはだんだん不安になってきた。まったく答える気はないのかしら？

「だといいね」ジャックがやっと言葉を発した。わずか五語。それだけだ。

「引き分けたことについては、どう思いますか？」ジェーンの隣の記者が尋ねた。

「今日のコヨーテスは手強かった。もちろん勝ちたかったけど、引き分けでよしとするよ」

　ジェーンはもっと質問しようと口を開いたが、ほかの記者に割り込まれ、話をさえぎられてしまった。そのうち、皆がぐるになって自分をのけ者にしている気がしてきた。被害妄想になっているだけ、と自分に言い聞かせようとしたが、チヌークスのキャプテン、マーク・ブレスラーにインタビューしている小グループのほうに移動すると、キャプテンは彼女の存在を完全に無視し、ほかの記者から訊かれた質問に答えた。

　ジェーンはブロンドのモヒカン青年に話しかけた。ルーキーなら、どんな形であれ、注目を浴びるのはありがたいに違いない、と思ったのだ。ところが、彼の英語はとてもお粗末で、ひと言かふた言しか理解できなかった。次にハンマーのほうへ行ってみたが、彼がカップを落としたものだから、そこは素通りした。私はプロ、これは仕事、と言い聞かせることはできても、真っ裸の男性に近づいていく気にはどうしてもなれない。初日からは無理。

やがて、ほかの記者の中にもジェーンに腹を立てている人がいること、選手たちはもう、彼女の質問には答えてくれそうにないことがはっきりした。もっとも、男性記者の態度にはそれほど驚かなかった。シアトル・タイムズのスポーツ担当記者から、これとちっとも変わらない扱いを受けたから。

まあいいわ。記事はすでに見聞きしたことをもとに書けばいい。ジェーンはそんなことを考えながら、チームのゴーリーのほうへ歩いていった。リュックは部屋の隅でベンチに座っており、大きなダッフルバッグを足元に置いていた。装具はすべてはずし、防寒用の下着とソックスしか身につけていない。腰から上は裸で、首にタオルをかけ、その先端が胸の中ほどまで垂れている。近づいてくるジェーンをじっと見ながら、彼はプラスチックのボトルを押し、水を口に流し込んだ。下唇からこぼれた水滴が一粒、あごをたどって胸骨に垂れ、くっきりと面に分かれた胸、硬そうな腹部の筋肉に跡をつけて流れ落ち、へその中へ消えていく。彼は下腹部に黒い蹄鉄のタトゥを入れていた。蹄鉄の溝と釘穴の陰影が肌の表面に立体感を与え、鉄尾がへそを囲んで上向きにカーブを描いている。底の部分は下着のウエストバンドの下に隠れており、ジェーンはそれを見て考えた。大事な物の上に幸運のお守りを彫っておく必要があるとは思えないんだけど……。

「インタビューには応じない」ジェーンが質問をする間もなく、リュックが言った。「さんざん俺のことを調べていたくせに、知らなかったとは意外だな」

知ってるわ。でも、別にあなたを喜ばせようとは思わない。さっきは〈男子クラブ〉から押し出されてしまったけど、また押し入ってやろう。ジェーンはテープレコーダーのスイッチを入れた。「今日の試合、どう思う?」

答えてくれるとは思っていなかったし、彼も答えなかった。

「パックがネットに入る直前に、スティックに当たったように見えたけど」

あごの傷跡が白く際立って見えたが、リュックの顔は無表情のままだった。ジェーンは一歩も譲らない。

「敵のファンにやじを飛ばされると、なかなか集中できないんじゃない?」

彼がタオルの端で顔をふく。でも反応なし。

「もし私なら、あんなひどい侮辱を無視するのは、ものすごく大変だと思う」

彼は青い瞳で彼女の目をじっと見続けていたが、うるさい女だと思ったのか、口の片側をゆがめた。

「今日、初めてわかった。ホッケー・ファンって、ものすごく態度が悪いのね。私の後ろにいた、あの男の人たち、酔っ払ってたし、本当にうんざりだった。人が大勢いる前で立ち上がって、あんなふうに〝イート・ミー〟って叫ぶなんて、考えられない」

彼は首にかけたタオルを引っ張り、ようやく言った。「もし、あのとき君が立ち上がって、

〝イート・ミー〟と叫んでたら、今ここで、俺にうるさくつきまとってるかどうか疑わしいけどな」

「どうして？」

「君をお持ち帰りしようってやつが、一人や二人いただろうと思うからさ」

彼が言わんとしていることが、はっきりわかるまでにしばらくかかったが、それがわかると、あきれて笑ってしまった。「意味が違うでしょう」（「イート・ミー」はオーラル・セックスを意味するスラングでもある）

「そうでもないさ」

リュックは立ち上がり、下着のゴムに親指を引っかけた。「さあ、つきまとうなら、ほかのやつにしてくれ」ジェーンが動かずにいると、さらに続けた。「また、ばつの悪い思いをしたくなければ、もう行けよ」

「ばつの悪い思いなんかしてないわ」

「火がついたみたいに、顔がずっと真っ赤じゃないか」

「ここは、ものすごく暑いから」ジェーンは嘘をついた。気づいているのは彼だけ？　たぶん違うだろう。「ほんと、暑くって」

「まだまだ暑くなるぞ」また例のカナダなまり「アブート」が出た。「うろうろしてると、たっぷりいい物を拝むことになる」

ジェーンはくるっと向きを変え、急いで撤退した。彼に言われたからでも、たっぷりいい物を拝むことになるからでもない。締切があるからだ。そう、締切があるでしょう。ロッカールームを出ながら自分に言い聞かせ、これ以上、むき出しの局部に遭遇しないよう、ずっと目を上げていた。

無事ホテルに戻ってきたときにはもう一〇時になっていた。私には締切に間に合わせなきゃいけない記事がある。ベッドに入るのは、それを片づけてからだ。ジェーンはノートパソコンをコンセントにつなぎ、初のスポーツ記事に取りかかった。シアトル・タイムズの番記者たちが私の記事を読んで、けなしたり、アラ探しをしたりするのはわかっている。アラなんか絶対に見つからない記事を書こう。男性記者よりいいものを書いてみせる。

チヌークス、コヨーテスと引き分ける。リンチが唯一の得点を挙げ……と書きだしたものの、スポーツのネタをまとめるのは思ったほど楽ではないとすぐに悟った。もう、うんざり。適確な言葉を選んだり、嫌がらせ電話に出たりしながら何時間も悪戦苦闘した末、ジェーンは受話器をはずし、削除キーを押し、また書き始めた。


今宵、アメリカン・ウエスト・アリーナのリンクにパックが落とされた瞬間から、チヌークスとコヨーテスはファンをジェット・コースターに乗せ、激しい衝撃と、手に汗握るサスペンスを味わわせてくれた。息詰まる攻防、両チームとも最後の最後まで一歩も譲らない。ブルーラインから放たれたコヨーテスの鋭いシュートをチヌークスのゴーリー、リュック・マルティノーが阻止したそのとき、試合終了を告げる最後のブザーが鳴った。スコアは一対一のまま……。

リュックがセーブを重ねたことに加え、リンチのゴールとハンマーが仕掛けた激しいチェックについても書いた。そして次の日の早朝、記事を送信してから初めて気づいた。リュックはロッカールームでずっと私を見ていたんだ。私がピンボールみたいに、あちこちではね返されていたとき、全員が私を無視していたわけじゃなかったんだ。またしても、心がかき乱され、頭の中で警報ベルが鳴った。これは面倒なことになるという合図。手が早いことで有名な、澄んだ青い目をしたバッドボーイと、かなりまずいことになる。

彼が私を快く思っていないのは都合がいい。それに、私も彼のことは何から何まで気に入らない。そうね、あのタトゥは別だけど。あれにはぐらっときてしまった。

翌日の早朝、チヌークスのメンバーはスーツとネクタイ、それに昨日の戦いを物語る傷跡を身につけ、空港へ向かった。三〇分後、ダラス行きの便に乗り込んだリュックはネクタイをゆるめ、トランプを取り出した。チームメイトが二人と、ゴーリー・コーチのドン・ボクレアがポーカーに参戦する。長時間のフライトでポーカーを楽しむひと時は、リュックが自分もチームの一員だと心から実感できる数少ない機会だった。

カードを配りながら、通路の向こうをちらっと見ると、小さなブーツの分厚い底が目に入った。ジェーンが座席のあいだの肘かけを上げ、横向きでぐっすり眠っている。今日は珍しく髪を後ろに引っつめておらず、柔らかそうな茶色の巻き毛が片側の頬と少し開いた口元にかかっていた。片手を握り、あごの下に当てている。

「ゆうべ、やりすぎだったかな？」

リュックは、前の席から身を乗り出しているブレスラーを見上げた。「いや」首を横に振り、トレーテーブルにカードを置く。それから、自分の持ち札に目を通し、八のペアに賭けると、隣の席の〝ベア〟ことニック・グリゼルがカードを伏せ、ゲームを降りた。「彼女はここにいる資格がない」リュックが続ける。「ダフィーのやつ、俺たちに記者を押しつけるつもりなら、せめてホッケーのことをある程度知ってる人間を選んでくれたっていいじゃないか」

「昨日の彼女の顔、見たか？　赤くなりっぱなしだったぜ」

四人がクックックッと笑い、ゲームを続けていた三人が手札を捨てる。

「ヴラドのあれをまともに拝んじまったからな」ブレスラーがカードを放り出す。「ワンペア」

「〝インペイラー〟を見たのか？」

「ああ」

「目が飛び出そうになってた」リュックはドン・ボクレアにカードを二枚渡し、自分は三枚取った。「これで彼女の態度もがらっと変わるだろう」チームの中ではよく知られた話だが、ヴラドのあれは見た目がよろしくない。そう思っていないのは当の本人だけだ。でも、あのロシア人が今まで何度も頭を打っていることも、皆、知っている。

リュックは八のスリーカードに賭け、彼の勝ちがドンの手帳に記録される。「ゆうべ、彼女の部屋に何時ごろまで電話をかけてたんだ？」リュックが尋ねた。

「夜中の一二時ごろ、とうとう受話器をはずされちゃったよ」

「一日目の夜、皆、外に出かけてしまっただろ。あのとき彼女、ロビーのバーに独りで座ってたんだ。ちょっとかわいそうだったな」ドンが白状した。

ほかの三人が、頭は大丈夫かとばかりにドンを見る。気をゆるめて羽目をはずしているときに、記者が――しかも女の記者が――周りをうろつくなんて、選手なら誰だって願い下げだ。ストリップクラブでくつろいでいようが、ホテルのバーで対戦チームの検討をしているだけであろうが、すべてチームの仲間しか知らなくていいことなのだ。

「まあ……」ドンはカードを配りながら態度を変えた。「女性が独りで座ってる姿なんか見たかないがね」

「哀れを誘うっていうか……」ベアが言い添える。

リュックはカードに目を通し、賭けた。「ベア、おまえまでかわいそうだって言うんじゃないだろうな？」

「まさか。彼女には出てってもらう」ベアがカードを叩きつけた。「俺も退場。これっきりだ」

「予算オーバーか？」

「いや、あとは着くまで、のんびり本でも読んでるよ」ベアが写真の載っている本しか読まないことは皆、知っている。「読書は欠かせないんでね」

「『プレイボーイ』だろ?」ドンが尋ねた。

「ゆうべは試合のあと『FHM』を買ったんだ。でも、ストロムスターが持っていきやがって、まだ取り戻せないんだよ」ルーキー、ダニエル・ホルストロムのことだ。「あいつは『ハニー・パイの日記』で英語を学んでるからな」

四人がどっと笑い、ドンがブレスラーの勝ちを記録する。多くの男性が『ハニー・パイの日記』のファンだった。シアトルに住んでいればなおさらだ。彼らは毎月連載を読み、彼女が誰をたぶらかして昏睡状態にし、どこに男の体を置き去りにするのかを確かめる。

リュックはカードを切り、静かに眠っているジェーンのほうに目を走らせた。彼女はきっと、ポルノを読んでる男を見て、まごつくタイプの女だな。

周囲の話題は前夜の試合へと移っていく。誰一人、引き分けには満足していなかった。特にリュックは。コヨーテスが放ったシュートは二二本。そのうち二一本をセーブした。さんざんな試合だったわけではないが、ゆうべ浴びた全シュートの中でも、あの一本はどうしてもなかったことにしたかった。ネットに入れてしまったから、というのは必ずしも理由ではない。あれは技ありのシュートというより、まぐれに近かったから気に入らないのだ。競争心旺盛、負けず嫌いのリュックは、腕比べをして負けるのもさることながら、まぐれで負けるのは本当にいやだった。

彼は、通路の向こうで死んだように眠っている女性にまた目を走らせた。少し開いた唇が息を吸い込むたびに胸が上下している。ゆうべの引き分けはまぐれだったのか？　シーズン中なら当然、起こりうる失点だったのか？　おそらくそうだろう。しかし、このところ、気がかりなことがたくさんあったし、あのゴールは、やけにあっさり決められてしまった。私生活が試合に影響を与えているのか？　個人マネージャーのハウイーからはまだ連絡がなく、マリーの件は宙に浮いたままだ。

ジェーンが寝ながら顔にかかった髪をどけた。それとも、これは女の記者がもたらす呪いの始まりなのか？　もちろん、一度引き分けただけでそうとは言えない。でも、次の金曜日にダラスで負けたら、それは呪いの始まりになるかもしれない。

リュックの心を読んだかのように、ブレスラーが言った。「海賊船に女を乗せるのは不吉だと思われてたんだってさ。知ってたか？」

それは知らなかったが、リュックには妙に説得力のある話だった。呼びもしないのにやってくる女ほど、男の人生をたちまち混乱に陥れるものはない。

金曜の夜、チヌークスはダラス・スターズに四対三で敗れた。土曜の朝、ダラス・フォートワース国際空港へチームを連れ戻すバスを外で待ちながら、リュックは『ダラス・モーニング・ニュース』紙のスポーツ欄を読んだ。

見出しに「チヌークス、ブチ切れて流血」とあり、第二ピリオドの開始早々、ルーキー、ダニエル・ホルストロムの頬にパックが直撃してからの展開がかなり詳しくまとめられている。ホルストロムに金づちのように打ち込まれたパックは、スターズのスティックから放たれたもの。ホルストロムは人の手を借りてリンクを離れ、それっきり戻ってこなかった。これで皆、かっとなり、報復に走った。第三ピリオドではハンマーがスターズのオフェンスにけんかをふっかけ、あるウィンガーをわしづかみにすると、ゴール裏でグローブをたっぷりこすりつけてやったのだった。

その後、ゲームは荒れ、チヌークスは乱闘では勝ったのかもしれないが、結局、試合には負けた。パワー・プレーのたびに、層の厚いスターズのオフェンス・ラインはそのチャンスに乗じ、リュックに三二本のシュートを放った。

今朝は誰もあまり口を開こうとしない。ロッカールームでヘッドコーチのラリー・ニストロムにこっぴどく絞られたあととなれば、なおのこと。ゆうべ、ヘッドコーチは記者たちを締め出し、コンクリート・ブロックの壁も揺れんばかりの大声で長々と説教をした。しかし、いわれのない、ひどい言いがかりは一つもなかった。選手たちはつまらないペナルティをいくつも重ね、その代償を払ったのだ。

リュックは新聞をたたみ、わきの下に突っ込んだ。ブレザーのボタンをはずしていると、左側の回転ドアからジェーン・オールコットが出てきた。そこへテキサスのまぶしい朝日が降り注ぎ、そよ風がポニーテールの先っぽをもてあそぶ。彼女は膝丈の黒いスカートに黒いブレザー、黒のタートルネックというい でたちだった。かかとの低い靴を履き、いつもの大きなブリーフケースを下げ、手にはテイクアウトのコーヒーを持っている。目を覆いたくなる格好に追い討ちをかけていたのは不格好なサングラスだ。ハエのような緑色をしたラウンド形のサングラス。こりゃ、ひどい。でも彼女は色気のなさを夢中で追求しているのだろう。

「ゆうべは面白い試合だった」ジェーンは二人のあいだにブリーフケースを置き、リュックの顔をじっと見上げた。

「あれが気に入ったのか?」

「今、言ってたでしょ。面白かったの。チームのモットーは何だったかしら? 〝勝てない相手なら、ぶちのめせ〟?」

「まあ、そんなところだ」リュックが笑いながら言った。「どうしていつもそんなグレーや黒ばっかり着てるんだ?」

ジェーンは自分の服装を見下ろした。「私は黒が似合うのよ」

「違うだろ。その格好は死の天使って感じだ」

彼女はコーヒーを一口すすり、全然平気よ、とばかりに、ばかていねいに言った。「ラッキー・リュックのファッション・チェックに従わなくても、私は一生やっていかれますから」

というより、少なくともていねいに言おうと努めたのだろう。紅潮した頰と、不格好なサングラスの奥で細めた目が彼女の本音を暴露している。「わかったよ。でもな……」リュックは言いかけて、首を横に振った。空を見上げ、彼女が食いついてくるのを待つ。

やはり長くはかからなかった。「こんなこと訊くと後悔するだろうってわかってるけど」

ジェーンはため息をついた。「何なの？」

「なかなか男ができない女性も、少し外見を飾れば運が上向くんじゃないかと思ってね。格好悪いサングラスはかけないとかさ」

「私のサングラスは格好悪くないし、私が何を着ようと、あなたに関係ないでしょう」ジェーンはコーヒーを口元に運んだ。

「つまり、俺のことだけ自由に話題にできて、君の話はご法度なのか？」

「そうよ」

「せこい偽善者だな」

「ええ、いやなら訴えれば？」

リュックは彼女の顔をちらっと見下ろし、尋ねた。「今朝のコーヒーはどう？」

「美味しくいただいてます」

「まだブラックでいいのか？」

ジェーンは横目で彼を見上げ、ふたに手を置いた。「ええ」

4　ジャストミート――スティックの端でぐいと一突き

ジェーンは周囲を見回す勇気がほとんど出なかった。今朝のチヌークスは、見るも無残な姿をさらしている選手もいる。悲惨な事故現場を目にしているようで、ぞっとしたけれど、顔を背けることはできなかった。機内では最前列に近い席に座った。通路を挟んで隣には、アシスタント・ゼネラルマネージャー、ダービー・ホーグがいる。それから膝の上で『ダラス・モーニング・ニュース』のスポーツ欄を開いた。昨夜の流血試合に関する記事はもう編集部に送ってあったが、ダラスの記者たちがあの試合をどう書いているか興味があったのだ。ゆうべは、ダラス担当のスポーツ記者たちと一緒にプレスルームに集まり、チヌークスのロッカールームへ入るチャンスを待っていた。皆、コーヒーやコーラを飲んだり、エンチラーダのようなものをつまんだりしていたが、ニストロム・ヘッドコーチがようやく姿を見せたとき、記者たちに告げられた情報は、試合後の会見は行わないということだけだった。待っているあいだ、ダラスの記者たちはジェーンに冗談を言い、苦労話をしてくれた。どの選手が取材に応じてくれるか、どの選手がいつも質問に答えてくれるかといったことまで教えてくれたのだ。それに、どの選手が絶対に答えてくれないかということも。リュック・

マルティノーは「横柄でうんざりする選手リスト」の筆頭だった。

ジェーンは新聞をたたみ、ブリーフケースに押し込んだ。ダラスの記者たちが親切にしてくれたのは、おそらく私を手強いライバルと見なしていなかったから、女の記者に脅威を感じていなかったからだろう。ロッカールームでインタビューを取ろうと競っているときだったら、また違った扱いをされていたかもしれない。でも、そんなことは知りたくもないし、本当にどうでもいい。男性記者が一人残らず私に腹を立てているわけではないとわかっただけでもよかった。このプレスルームでの体験について、最後にもう一つ記事を書いたとき、男性の中にも進歩的な人がいる、私は全員から男の自尊心を攻撃する存在と見なされているわけではないと伝えることができ、ほっとした。

シアトル・タイムズには、すでに記事を二本送っている。編集部長からは何の連絡もない。よかったとも、悪かったとも言ってこないのは、いい傾向だと思うことにしよう。最初に書いた記事が選手たちのあいだで回し読みされているのは見たが、彼らも何も言ってこなかった。

「第一回の記事、読んだよ」ダービー・ホーグが通路の向こうから声をかけてきた。ジェーンは、裸足になっている彼を見て思った。身長は一六八センチ弱ってところね。カウボーイ・ブーツを履いて一七五センチ。濃紺のスーツは、仕立ての良さから察するにオーダーメイドで、おそらく普通の人の一月分の給料よりも高かっただろう。ジェルでつんつん立たせた髪はニンジンのように赤く、肌の色は私より白い。年は二八だと知っているけど、一七歳ぐらいに見える。知的で賢そうな茶色の目、長く伸びた赤いまつ毛。「すごく、よく書けてる」彼が言い添えた。

やっと記事の感想を言ってくれる人がいた。「ありがとう」

ダービーは通路の向こうから身を乗り出し、助言をした。「次は、うちのシュート数について書いてみたらどうかな」彼はNHLでは最年少のアシスタント・ゼネラルマネージャーで、略歴を読んだところ、メンサ（知能テストで全人口上位二％内に入った人々でつくるクラブ）の会員だった。確かに、頭でっかちのオタクって感じだわ、とジェーンは思った。オタクっぽさを払拭すべく、さんざん苦労したように見えるけど、白いリネンのシャツにポケット・プロテクター（胸ポケットに入れるビニール製ケース。ペンを何本も挿しても、布地が汚れずに済む。オタク系グッズと認識されている）を差し込むのはやめられなかったのね。

「ホーグさん、こうしましょう」ジェーンはチャーミングな笑顔になっていることを願いながら言った。「私の仕事のやり方に口出しをしないでいてくれたら、あなたのお仕事のやり方にも口出しはしません」

ダービーが目をしばたたいた。「妥当なアイディアだ」

「ええ、そう思います」

彼は姿勢を正し、膝の上に革のブリーフケースを置いた。「いつもは選手と一緒に後ろの席に座ってるよね」

いつも後ろの席に座っていたのは、自分が乗り込むころにはもう、前のほうの席がコーチやマネージャーで占められていたからだ。「あっちにいると、自分が招かれざる客に思えてくるんです」ジェーンは白状した。前の晩の出来事のおかげで、自分に対して選手たちが抱いている感情がはっきりわかったのだ。

ダービーがジェーンに視線を戻した。「何かあった？　僕が知っとかなきゃいけないことかな？」

嫌がらせ電話に加え、ゆうべはドアの外でネズミの死骸を発見した。死んでからだいぶ時間が経っていたのか、すっかり干からびていた。誰かがどこかで見つけて、わざわざ置いていったことは明らかだ。ベッドに馬の頭があったわけではないけれど、あれが偶然の出来事だったとも思えない。でも選手から、あいつはさっそくチームの幹部に言いつけにいったと思われるのはまっぴらごめん。「たいしたことじゃありません」

「今夜、夕食でも食べながら話し合おう」

ジェーンは通路越しにダービーを見つめ、一瞬考えた。彼も背の低い男性によくありがちな、〝彼女も背が低いから、僕とデートしてくれる〟と当然のように思い込んでいるタイプなのかしら？　最後につきあったボーイフレンドは身長一七〇センチだった。典型的なナポレオン・コンプレックス（背の低い人には劣等感があり、それをカバーするために人一倍攻撃的になる、という考え方）の持ち主で、それが私自身のナポレオン・コンプレックスと衝突してしまったのだ。だから背の低い男性に誘われるのは願い下げだった。おまけにチヌークスの幹部となれば、なおさら勘弁してほしい。「それはどうかと思うんですけど」

「なんで？」

「なんでって、私とあなたが関係していると選手たちに勘違いされたくありませんから」

「僕はいつも、男のスポーツ記者たちと一緒に食事をしてる。つまり、クリス・エヴァンズともね」

それとこれとは、わけが違うでしょう。私はゴシップとは完全に無縁でなければいけないの。男性よりもずっとプロらしくしてなきゃいけないんだから。女性記者がロッカールームに入れてもらえるようになって、かれこれ三〇年になるとしても、「情報源と寝ているんじゃないか」との憶測は相変わらず噴出する。私に対する選手たちの信頼や支持がこれ以上落ち込むとも思えないけれど、それを見極めるようなまねは本当にしたくない。

「独りで食事をするのは飽きたんじゃないかと思っただけさ」ダービーが言い添えた。

確かに。独りで食べるのは飽きた。ホテルの壁やチーム専用ジェットの機内をじっと見つめているのはもううんざり。人目につくところで食事をするなら問題ないかもしれない。

「仕事の話をするだけ？」

「もちろん」

「ホテルのレストランで会うのはどうかしら？」

「七時でいいかな？」

「ええ、七時ならちょうどいいわ」ジェーンはブリーフケースのフロントポケットをごそごそあさり、日程表を引っ張り出した。「今夜はどこに泊まるんでしたっけ？」

「ロサンゼルス国際航空のそばのダブルツリー」ダービーが答える。「飛行機が離陸するたびに揺れるホテル」

「最高ね……」

「アスリートの華やかな生活へようこそ」ダービーは頭を後ろへ倒した。

四連戦がどういうものか、すでにだいたいのことはわかっていた。そう、連戦。日程表はもう何度も眺めていたが、ジェーンはまたそれに目を通した。ロサンゼルスの次はサンノゼ。遠征に出て、日程の半分を少し過ぎただけだというのに、もう、うちに帰る日が待ち遠しい。自分のベッドで眠りたい。バスに乗るんじゃなくて、自分の車を運転したい。それに、ホテルのミニバーじゃなくて、うちの冷蔵庫を開けたいの。チヌークスの遠征は今日も入れてあと四日続き、その後、シアトルに戻って八日間で四試合。それからまたデンバー、フィラデルフィアへと出かけていく。つまり、ホテルで過ごし、独りで食事をする日々がさらに続くということ。

ダービー・ホーグと食事をするのも、それほど悪くはないかもしれない。いろいろ発見があるだろうし、退屈しのぎになる。

午後七時、ジェーンはエレベーターを出て〈シーズンズ・レストラン〉へ向かった。髪は下ろし、ふんわりした巻き毛が肩にかかっている。黒いウールのパンツにはき替えたが、黒のタートルネックは朝と同じ。セーターは首の片側が開いていて、袖がフレアになっている。リュックに「死の天使」みたいな格好だと言われるまでは本当に気に入っていたのに。

ジェーンは今になって考えた。カラー・コーディネートを恐れる気持ちの裏には、私を暗い色に走らせる隠れた理由があるのかしら？　キャロラインが言ったとおり、私はうつで、自分でわかっていないだけ？　精神疾患があって、診断が下されていないだけ？　私は本当に死の天使なの？　それとも、キャロラインが思い違いをしていて、リュックが横柄なろくでなしなの？　後者だと思いたい。

ダービーはレストランの入り口で待っていた。カーキ色のズボンに、赤とオレンジ色のハワイアン・プリントのシャツ、髪の毛はジェルで固め直してある。そんな格好をしているせいか、彼はとても若く見えた。窓際の席に案内されると、ジェーンは、たとえ数時間だけでも疲れを追い払おうと思い、レモンドロップ・マティーニを注文した。

ダービーはドイツビール、ベックスを注文したが、身分証明書の提示を求められた。

「何だって？　僕は二八だ」彼は文句を言った。

ジェーンは笑いながら食事用のメニューを開き、彼をからかった。「皆、あなたのこと、私の息子かと思うかもしれないわね」

ダービーは口をへの字にして財布を引き出した。「君のほうが若く見えるよ」ぶつぶつ言いながら、ウエイターに身分証明書を見せる。

飲み物が来ると、ジェーンはサーモンとワイルド・ライス、ダービーはビーフとベイクドポテトを注文した。

「部屋はどう？」ダービーが尋ねた。

ホテルはどこも似たり寄ったりだ。「なかなかよ」

「よかった」彼がビールを飲む。「選手とは問題ない?」

「ええ。皆、私をほとんど避けてるから」

「歓迎されてないんだ」

「わかってる」ジェーンはマティーニをすすった。グラスの縁にまぶした砂糖とレモンのスライス、それに、絶妙にミックスされたアブソルート・ウォッカ・シトロンとトリプル・セックのおかげで、筋金入りのアルコール中毒者のようにため息をついてしまった。しかし、アルコール中毒になる心配は、ジェーンには無用だった。理由は二つ。一つは、飲みすぎると二日酔いがあまりにもひどくて、プロになろうにも資格がないから。もう一つは、酔っ払うと、判断力が完全に消えてしまうから。ときにはパンティも一緒に……。

ダービーとの会話はホッケーからほかの関心事へと移っていき、彼が二三歳でハーバード大学の経営学修士号《MBA》を取得し、首席で卒業していることがわかった。彼はメンサの会員だと三度口にし、マーサ・アイランド（シアトルの近郊、ワシントン湖の真ん中に浮かぶ島）に四六五平米の家があり、全長九メートルのヨットを所有し、チェリー・レッドのポルシェを運転していると言った。

間違いない。ダービーは変わり者だ。でも、それは必ずしも悪いことじゃない。私だって、偽善者であるばかりか、ときどき自分が変わり者のような気がするもの。ジェーンは頑張って会話を続けるべく、大学でジャーナリズムと英語学の学士号を取ったという話をした。ダービーはそれほど感心してはいないようだ。

料理が運ばれ、ベイクドポテトにバターを塗っていたダービーが顔を上げた。「僕も『シングルガール・イン・ザ・シティ』に登場することになるんだろうか？」

膝にナプキンを置こうとしていたジェーンの手が止まる。たいていの男性は、あのコラムのネタにされることを恐れるのに。

「だめかしら？」

ダービーの目が輝いた。「とんでもない！」彼は一瞬、考えた。「でも、よく書いてもらわないと困るな。つまり、読んだ人に、ひどいデート相手だと思われたらいやだし」

「嘘は書けそうにないわ」というのは嘘。コラムの半分は作った話だもの。

「お礼はするから」

駆け引きをしたいのなら、せめて話ぐらいは聞いてあげよう。「どうやって？」

「チームの連中に言ってあげるよ。君がここにいるのは、選手の下半身のサイズや妙な性癖にまつわる記事を書くためじゃないと思うってね」それを聞いた途端、ジェーンは考えた。妙な性癖って、いったい誰のこと？　串刺し公ヴラドのことかもしれない……。「それと、君が仕事をもらうためにダフィー・オーナーと寝たなんて話は嘘だと断言しておくからさ」

ぞっとするあまり、ジェーンは口をぽかんと開け、そこに手を当てた。新聞社の編集部には、私がレナード・キャラウェイに性的接待をしたと思い込んでいる了見の狭い男が多少はいるだろうと思っていた。何と言っても、レナードは編集局長だし、私は、都会のシングルガールについて、くだらないコラムを書いている女性に過ぎないのだから。私は本物の記者ではない。

でも、まさか私がヴァージル・ダフィーと寝たと思っている人がいるなんて思ってもみなかった。

あきれた。あの人は私の祖父と言ってもおかしくない年なのに。確かに、彼が若い女の尻を追い回しているという噂はある。それに、私には男を選ぶ基準が本当に低かった時期があって、忘れてしまえたらどんなにいいかと思うような相手とセックスをしていた。でも、四〇以上も年上の男性とデートをしたことは一度もない。

ダービーが笑い、肉をつついた。「顔を見ればわかるよ。そんな憶測は間違ってるってことがね」

「当たり前でしょう」ジェーンはグラスに手を伸ばし、マティーニを飲み干した。ウォッカとトリプル・セックが喉を熱くし、胃に流れていく。「ダフィー・オーナーとは、初日にロッカールームで顔を合わせるまで、一度も会ったことがなかったんだから」こんなのフェアじゃない、との思いに襲われ、ジェーンはウエイターにマティーニをもう一杯と合図を送った。いつもの私なら、「ずるい！」と叫ぶことを嫌う。人生は公平ではないと思っているし、それを嘆いたところで事態は悪くなるばかりだ。私は不公平を乗り越え、それをバネに生きていくタイプ。でも今回は本当にフェアとは言えない。だって、自分にできることが何もないんだもの。騒いで噂を否定しても、それを信じてくれる人がいるとは思えない。

「君のコラムで、僕がいい男だと思われるように書いてくれるなら、僕も君の力になるよ」

ジェーンはフォークをつかみ、ワイルド・ライスを一口食べた。「え？　まさか、あなたがデートの相手を見つけるのに苦労しているの？」

ジョークのつもりだったが、ダービーの頬が真っ赤になり、ジェーンは痛いところを突いてしまったのだと悟った。

「初対面の女性は、僕をダサい男だと思うみたいで」

「ふーん、私はそうは思わないけど」罰が当たるのは覚悟のうえで嘘をつく。

だが、それだけの価値はあったらしく、ダービーはにこっと微笑んだ。「皆、一度もチャンスをくれないんだ」

「じゃあ、メンサやMBAの話をしなければ、うまくいくかもしれないわよ」

「そう思う？」

「ええ」サーモンを半分平らげたところで二杯目のマティーニが来た。

「君なら、何かアドバイスしてくれるんじゃないかと思ったんだ」

なるほど。専門家らしくってことね。「できないこともないかも」

ダービーは抜け目がなさそうに、ジェーンの目を射るように見つめ、ポテトを一口食べた。

「お礼はするから」さっきと同じセリフを繰り返す。

「無言電話がかかってくるの。あれをやめさせて」

ダービーは驚いた様子も見せなかった。「それについては、何とか手を打ってみるよ」

「よかった。だって、これって嫌がらせだもの」

「というより、新人歓迎の儀式だと思えば……」

ああ、そう。「ゆうべ、部屋の外にネズミの死骸があったんだけど」

ダービーはビールをがぶ飲みした。「自分でそこまではってきた可能性もある」

ええ、きっとそうなんでしょ。「リュック・マルティノーにインタビューしたいの」

「それは君だけじゃない。リュックは自分のことをあまりしゃべりたがらない男なんだ」

「頼んでみて」

「僕は適任じゃないよ。彼は僕を嫌ってる」

ジェーンはマティーニを口元に運んだ。リュックは私のことも嫌っている。「どうして?」

「トレードのとき、彼を獲らないようにと僕が幹部たちに忠告したことを知ってるんだ。僕は断固反対だった」

それは意外。「なぜ?」

「もう古い話だけど、リュックはデトロイト・レッドウィングズにいたころ、ケガをしてるんだ。両膝の大手術をした選手が、あの年齢でちゃんとカムバックできるのかどうか確信が持てなくてね。マルティノーは一時期すごくよかったし、ひょっとすると、一流の選手に数えられるかもしれない。でも、膝が悪い三二歳のゴーリーに年間一一〇〇万ドルなんて、とんでもないギャンブルさ。うちは代わりに、ドラフトで一位指名した選手と、強力なディフェンダーと、左右のウィンガーを二人セットで放出したんだ。おかげで右サイドが弱くなってしまった。僕はマルティノーにそれだけの価値があったのかどうかよくわからない」

「今シーズンは調子がいいでしょう」ジェーンが指摘した。

「今のところはね。でも、またケガをしたらどうなる？　一人の選手を中心にチーム作りをするわけにはいかないんだ」

ホッケーの知識はあまりないけど、ダービーが言っていることは正しいのかしら？　チヌークスは、選ばれし一流のゴーリーを中心に作り上げたチームではないってこと？　リュックはとてもクールで落ち着いて見えるけど、実は自分に課せられた期待で、とてつもないプレッシャーを感じているのかしら？

ジャクソン夫人が慌てふためいた様子で電話をよこし、リュックはそのとき初めて、自分がシアトルを発って以来、マリーが学校に行っていなかったことを知った。ジャクソン夫人が言うには、毎朝マリーを学校に送り、マリーは車を降りたあと、ちゃんと校舎に入っていったそうだ。しかし、実はマリーがそのまま校舎を突っ切り、裏から抜け出していた、ということもわかった。

リュックが、どこで時間をつぶしていたのかと尋ねると、マリーは「モール」と答えた。なぜ学校に行かないのかと尋ねると、こう答えた。「学校で嫌われてるの。友達なんか一人もいない。皆、ばかなんだもん」

「ほら、そんなこと言うなよ。友達ならそのうちできるし、友達ができれば何もかもうまくいくさ」

マリーが泣きだし、リュックはいつものように困惑し、自分は無力だと実感した。「ママに会いたい。うちに帰りたい」

マリーやジャクソン夫人との話が終わったあと、リュックは個人マネージャーのハウイー・スティラーに電話をかけた。そして、遠征から戻る火曜の夜までに、私立の寄宿学校のパンフレットをいくつか、フェデックスで自宅に送ってもらうことにした。

ホテルのロビー・バーにピアノの調べが漂っている。リュックはその片隅に座ってモルソンのボトルを口に運び、ビールを一気に流し込んだ。マリーに「うちに帰る」という選択肢はない。もう、リュックの家が彼女の「うち」なのだ。しかし、彼女が兄との暮らしを気に入っていないことは明らかだった。

リュックはテーブルにボトルを置き、ウィング・チェアに座ったまま緊張を解いた。学校の件で、マリーと話さなくてはいけないが、彼女がどんな反応を示すか見当もつかない。このアイディアを気に入ってくれるかどうか、理にかなっている、自分のためになると理解してくれるかどうかよくわからない。あの子がヒステリックにならないことを願うばかりだ。

母親の葬儀の日、マリーの様子はヒステリックの域を超えていた。リュックは何をしてやればいいのかわからず、彼女をぎこちなく抱き締めて、これからずっと面倒をみてあげるからと言ったのだ。もちろん、そのつもりだし、彼女が何不自由なく暮らせるように気を配っている。でも、母親代わりとしてはまったくの役立たずだ。

どうして俺の人生はこんな複雑になってしまったのだろう？　両手で額をさすり、手を下ろしたそのとき、ジェーン・オールコットが歩いてくるのが目に入った。頼む、そのまま通り過ぎてくれ。でも、それは無理な相談というものだろう。

「お友達を待ってるの？」ジェーンが近づきながら尋ね、リュックの正面の席のわきに立った。

友達を待っていたのは事実だが、リュックは電話を入れ、待ち合わせをキャンセルしていた。マリーと話したあと、人と一対一で過ごす気分ではなくなり、ダウンタウンのスポーツバーで、チームメイトをつかまえようかと思っているところだった。ボトルに手を伸ばし、ビールをがぶ飲みしながら、向こう側にいるジェーンを見つめると、彼女もこちらを観察していた。俺が鎮痛剤依存だったから、アルコール依存になるのも無理はないと、間違った思い込みをしているのだろうか？　俺の場合、一杯飲んだからといって、次々に飲みたくなるわけじゃない。

「いや。独りで座ってるだけだ」リュックはボトルを下ろした。今夜の彼女はどこか違う。暗い色の服を着ているにもかかわらず、いつもより物腰が柔らかく見えるし、ぴりぴりした感じがない。ちょっとかわいいじゃないか。髪型も、いつもは後ろできっちりポニーテールにしているのに、今夜は、乱れた巻き毛が絡まって肩にかかっていた。緑の瞳は濡れた木の葉のように、ややうるみ、下唇もいつもよりふっくらしていて、口角が上がっている。

「ダービー・ホーグと食事をしながらミーティングをしてきたところなの」ジェーンは訊かれたから答えたかのように言った。

「どこで？」ダービーのスイートか？　だとすれば、髪が乱れているのも、うるんだ瞳も、口元の笑みも説明がつく。あいつが女性の扱い方を心得ているとは思ってもみなかった。まして や彼女にこんな柔らかい、露に濡れたような表情をさせるとは。それにジェーン・オールコットが……あの暗い死の天使が、こんなに魅力的でセクシーに見えるなんて。何てこった。

「もちろん、ホテルのレストランよ」彼女の笑顔が消えた。「どこだと思ったの?」

「ホテルのレストランさ」リュックは嘘をついた。

ジェーンは真に受けていないし――彼女を知ってまだ間もないが、予想どおりだ――これでよしとはしてくれなかった。「あなたも、私が仕事をもらうためにヴァージル・ダフィーと寝たと思ってるんじゃないでしょうね?」

「まさか。俺は違う」もう少し嘘をついた。皆、はたしてどうなのかと思っているが、本当に信じている者が何人いるのかはわからない。

「よかった。今度は私、ダービー・ホーグと寝てるのよ」

リュックは片手を上げた。「俺の知ったことじゃない」

ピアノの最後の調べが徐々に消えていく中、ジェーンは正面の椅子に滑り込み、ふーっと息を吐き出した。くそっ。ささやかな平和もこれまでか。

「なんで女は、こんなばかげたことを我慢しなきゃいけないの? もし私が男だったら、あいつは出世と引き換えにセックスしたなんて誰も言わないでしょう。私が男だったら、あいつはネタをつかむために情報源と寝たに違いないなんて誰も思わない。皆、私の背中を叩いて、ハイタッチをして、こう言うわ……」わめき散らしていたジェーンは一瞬だけ言葉を切り、声を落として眉根を寄せた。「〝見事な調査報道だった。でかしたぞ。それでこそ男だ〟」両サイドの髪を指でかき上げたとき、袖が下がって、ほっそりした手首の青い静脈がのぞき、セーターの生地が小さなバストの上で引っ張られた。「あなたは、仕事をもらうためにヴァージルと寝たなんて、誰からも言われなかったでしょう」

リュックは目を上げ、ジェーンの顔を見た。「それは俺が男だからだ」人には皆、耐えるべき苦難がある。今日、その苦難に耐えた彼には、同情するふりをしたり、理解があるふりをしたりする気力は残っていなかった。リュック・マルティノーには、人をうんざりさせる記者を心配する時間も気持ちもエネルギーも残っていない。こっちも厄介な問題を抱えてるんだ。その一つが君なんだよ。

ジェーンはテーブル越しにリュックを見つめ、胸の上で腕を組んだ。頭上のライトが彼の短い髪のブロンドの部分を輝かせ、広い肩を覆う青いシャンブレー・シャツを照らしている。そして、シャツの色が瞳の青を際立たせていた。食事中に飲んだ二杯のマティーニのおかげで、ほろ酔い気分になり、何もかもほんのり輝いて見える。というより、少なくとも、リュックにダービーと寝ていたのかと遠回しに訊かれるまではそうだった。「私にペニスがついてたら、ダービー・ビーとやってるなんて誰も思わないでしょう」

「そう決めつけるなよ。俺たちだって、あのこずるい男の性的指向について一〇〇パーセント確信があるわけじゃない」リュックがビールに手を伸ばすと、ジェーンは胸が少し締めつけられた。彼はシャツのボタンを二つはずしており、柔らかい生地がはだけて、鎖骨と、たくましい肩の上の部分と首が見えている。

こずるい男の性的指向については、リュックの誤解を正そうと思えばできたけれど、ダービーが食事中にデートの秘訣を教えてくれと言ったことは、わざわざ伝えなかった。「膝の調子はどう?」ジェーンは前腕をテーブルに置いて尋ねた。

リュックがモルソンを口元に運ぶ。「完璧だ」

「まったく痛みはないの?」

彼はボトルを下ろし、下唇についたしずくをなめた。「何だ、知らないのか? 俺の過去を徹底的に探ることを職業にしたのかと思ってたよ」

思い上がりもはなはだしい。でも、ちょっと痛いところを突かれてしまった。自分でも説明がつかないのだが、どういうわけか、リュックはほかのチヌークスのメンバーよりも興味をそそられる。「あなたのことを考えて過ごす以外に、私には何もすることがないと本当に思ってるの? 私はいつも、リュック・マルティノーのちょっとしたお宝を掘り出そうとしてるってわけ?」

目尻に細かい線が現れ、リュックが笑った。「いいかい、〝リュックのお宝〟は、ちょ、ちょっとしたなんてもんじゃない」

『シングルガール・イン・ザ・シティ』を書いているジェーンであれば、気の利いた言葉でやり返し、ウイットで相手を圧倒していただろう。ハニー・パイなら、彼の手を取ってリネン室に連れていき、シャツのボタンをすべてはずして温かい胸に唇を押し当てるだろう。そして、あえぎながら素肌のにおいをかぎ、がっしりした熱い体に溶け込んで、彼がカナダなまりで言った〝お宝〟の話は本当なのかどうか、自分で確かめるだろう。しかし、本物のジェーンはどちらのタイプの女性でもない。自由奔放とはほど遠く、あまりにも自意識過剰だ。思わず息を飲んでしまう、まさにその男性に、この女性は足りないところだらけだと見抜かれてしまうのがいやでたまらない。

「ジェーン?」

彼女は目をしばたたいた。「何?」

リュックがテーブルの向こうから手を伸ばし、長い指の先端が彼女の指を軽くかすめた。

「ええ」ほんの少し触れただけ。いや、触れたとも言えないかもしれない。しかし、ぞくぞくする感覚が指から手のひらへ、そして手首へと伝わった。ジェーンがいきなり立ち上がったため、テーブルが揺れた。「ううん、やっぱり部屋に戻る」

「大丈夫なのか?」

アルコールと、リュックが放つギラギラした熱い魔力と、この五日間でこなしたきつい仕事の疲れが一気に来たらしく、エレベーター・ホールを探してきょろきょろしていると、頭の中で脳みそがかき回された。しばし方向感覚を失う。五日間で三カ所のホテルに泊まり、突然、エレベーターがどこにあるのか思い出せなくなったのだ。フロントのほうに目を走らせる。あった。フロントの右側だ。そのまま黙ってロビーのバーを出る。これはまずい。ロビーを横切りながら心の中で言った。彼はとても大きくて、これでもかというほど男らしい。彼に触られたら、手首がぞくぞくして、頭がしびれてしまった。エレベーター・ホールの前で立ち止まると、頬が熱くなっていた。なんで彼なの？　好きじゃないのに。ええ、確かに興味はそそられる。でも、それとこれとは違うでしょう。

後ろからリュックの手が伸びてきて、ボタンを押した。「上に行くんだろ？」耳元で彼が尋ねた。

「あっ……。そうよ」いったいどれくらい、ばかみたいに突っ立っていたのだろう？　やっとボタンを押していなかったことに気づいた。

「飲んでたのか？」

「どうして？」

「ウォッカみたいなにおいがする」

「食事のときにマティーニを二杯飲んだけど」

「どうりで」と彼が言ったところでドアが開き、二人は誰もいないエレベーターに乗り込んだ。「何階？」

「三階」ジェーンは自分のブーツのつま先を見下ろし、それからリュックのブルーとグレーのランニングシューズに目を移した。ドアが閉まると、彼は奥の壁に寄りかかり、足を交差させた。リーバイスの裾が白い靴ひもをかすめる。ジェーンは彼の長い脚に沿って、太ももから前立てのふくらみへ、さらにシャツのボタンをたどって顔へと視線を上げていった。狭苦しいエレベーターの中で、青い目がじっと見返している。

「髪は下ろしてるほうがいい」

ジェーンは片側の髪を耳にかけた。「自分の髪がいやでたまらないの。どうやってもまとまらないし、しょっちゅう顔に落ちてくるし」

「悪くないよ」

悪くない？　お世辞のランクとしては「君のお尻はそんなに大きくない」とトップを争っている。それなら、どうして手首のぞくぞくが胃まで伝わってくるのだろう？　そこでドアが開き、言葉を返さずに済んだ。ジェーンが先にエレベーターを降り、リュックがあとに続く。

「部屋は？」

「三二五号室。あなたの部屋はどこなの？」

「五階」

ジェーンは立ち止まった。「じゃあ、階を間違えてる」

「間違えたわけじゃない」リュックが大きな手で彼女の肘をつかみ、一緒に廊下を歩いていく。セーター越しに手のひらの温もりが伝わってきた。「ロビー・バーで立ち上がったとき、君は今にもぶっ倒れそうだった」

「そんなに飲んでないわ」彼が青と黄色のカーペットの上を歩き続けていなければ、また立ち止まっていたところだ。「部屋まで送ってくつもり？」

「そう」

ジェーンは遠征初日の朝のことを思い出した。彼はブリーフケースを持ってくれたが、親切にしようとしているわけじゃないと言った。「今度は親切にしようと思ってるの?」

「違うよ。もうちょっとしたら仲間と合流するんでね。君が途中で気絶することなく部屋にたどり着いただろうかと考えるはめになるのは、ごめんだからさ」

「そんなこと考えてたら、お楽しみが台無しってわけ?」

「いいや。でも、少しのあいだ、キャンディ・ピークスから気がそれて、いつもの際どいチアリーダー・パフォーマンスを見逃すかもしれない。キャンディが一生懸命ポンポンを振ってくれるのに、かぶりつきで見てやらなきゃ、男として恥ずかしいだろう」

「ストリッパー?」

「ダンサーと呼んでやってくれ」

「ああ、そうね」

リュックは彼女の腕ぎゅっとつかんだ。「それも記事にするつもりなのか?」

「いいえ。あなたの私生活なんかどうでもいいもの」ジェーンはポケットからプラスチックのルーム・キーを出した。リュックがそれを取り上げ、彼女に文句を言う間も与えずドアを開けた。

「よかった。こっちも、君をおちょくってるだけなんでね。本当は、ここからそう遠くないところにあるスポーツバーで仲間と合流するんだ」

ジェーンは、暗い部屋で陰になっているリュックの顔を見上げた。「どうして、ばかみたいな嘘つくの?」

「君の眉間にできる、その小さなしわを見るためさ」

ジェーンが首を横に振り、リュックがキーを返す。

「じゃあな」彼はそう言って、背を向けた。

ジェーンは、廊下を歩いていく彼の後頭部と広い肩を見つめた。「じゃあまた明日の晩ね、マルティノー」

リュックが立ち止まり、振り返った。「ロッカールームへ入ってくるつもりなのか?」

「もちろん。私はスポーツ記者だし、それが仕事なの。男みたいに入っていくわ」

「でも君は男じゃない」

「男性記者と同等に扱ってほしいのよ」

「じゃあ、俺のアドバイスは、視線を上げておけってことだ」彼がまた向きを変えて歩いていく。「そうすれば女みたいに顔が赤くなったり、あごが床にぶつかるほど口をあんぐり開けたりしなくて済むだろう」


翌日の晩、ジェーンは記者席に座って、チヌークスとロサンゼルス・キングズとの対戦を見守った。試合はチヌークスが優勢、第二ピリオド終了までに、スコアボードにはゴール数「三二」が表示された。リュックは今季六度目のシャットアウトを成し遂げるかに見えた。が、まぐれで飛び込んできたパックがディフェンダー、ジャック・リンチのグローブをかすめ、リュックの背後でネットを揺らした。しかし、第三ピリオドが終了し、スコアは三対一。ジェーンはほっと胸をなで下ろした。チヌークスは勝った。私は縁起の悪い女じゃない。少なくとも今夜は。明日の朝、目覚めたら、仕事があるということだ。

初めて試合後のロッカールームに入った日のことがぞっとするほど鮮明に思い出され、戸口を通り抜ける際、胃がきりきりと締めつけられた。ほかの記者たちはもう、キャプテン、マーク・ブレスラーに質問を飛ばしており、ブレスラーが自分のロッカーの前でそれに答えている。

「ディフェンディング・ゾーンの守りがよかった」ブレスラーがジャージを脱ぎながら言った。「パワー・プレーのチャンスも生かせたし、それが得点につながった。今日は氷が柔らかかったけど、プレーには関係なかったね。自分たちがやるべきことはわかっていたし、それを実行したまでだ」

ジェーンはブレスラーの顔に視線を釘づけにしたまま、バッグの中にあるテープレコーダーを手探りし、試合中ずっとメモをしていたノートを取り出して目の高さに持っていった。「今日、ディフェンス陣は、相手に三二本のシュート・チャンスを与えてますね」なんとか自分の質問を割り込ませる。「三月一九日のトレード期限前にベテラン・ディフェンダーを獲得することは、チヌークスの視野に入っているんでしょうか？」自分で言うのもなんだけど、素晴らしい質問だと思う。情報に基づく見識ある質問よ。

ブレスラーはほかの記者のすき間からジェーンを見た。「その質問に答えられるのはニストロム・ヘッドコーチだけだ」

素晴らしい質問と言ったって、この程度……。

「今日は通算三九八点目のゴールを決めましたね。今のご気分は？」と訊いてみる。そのゴールについてなぜ知っているかといえば、テレビのレポーターが話題にしているのを記者席で耳にしたからにすぎない。ちょっとご機嫌を取るようなことを言えば、キャプテンからコメントを引き出せるだろう。ジェーンはそう考えたのだ。

「いいね」

コメントを引き出すと言ったって、この程度……。

ジェーンは向きを変えると、そびえ立つ男たちの列に沿って進み、今日の試合で先制点を挙げたフォワード、ニック・グリゼルのほうへ移動した。彼女が通りかかったちょうどそのとき、まるでそれが合図だったかのようにスパッツが下ろされ、いきなりカップ付きサポーター《ジョックストラップ》が目に飛び込んできた。ジェーンは視線を上げたまま、前を見据え、テープレコーダーのスイッチを入れて、ほかの記者たちの質問を録音した。私がした質問じゃないけど、シアトル・タイムズの編集部長にはわかりっこない。でも、自分はわかっているし、選手たちもわかっている。

グリゼルは故障者リストから復帰したばかりだったので、訊いてみた。「試合に復帰し、しかも先制点を決めたことについて、どう思われますか？」

グリゼルは肩越しにちらっと彼女見て、ジョックストラップを落とした。「まあ、いいんじゃない？」

こんなふざけたまね、もううんざりよ。「そうですか」ジェーンは言った。「じゃあ、そのコメント、使わせていただきます」

少し先にあるロッカーに目を走らせると、リュック・マルティノーがこちらを見て笑っていた。あそこへは行くもんですか。何を笑っているのかと訊くのもごめんだわ。そんなこと、知りたくもない。

5　チンとなる鐘の音――パックがカップを直撃

ジェーンは座席にもたれ、メガネを押し上げた。トレーテーブルに載せたノートパソコンをじっと見つめ、書けたところまで読んでみる。

シアトル・チヌークス、君臨《キングズ》

シアトル・チヌークスは、ロサンゼルス・キングズにパワー・プレーのチャンスを六度も与えたが、ゴーリー、リュック・マルティノーが三二本のシュートをブロック、三対一で勝利した。ただ、試合終盤、飛んできたパックがチヌークスのプレーヤー、ジャック・リンチのグローブをかすめ、そのまま自陣ゴールに入ってしまうという場面もあった。
　チヌークスは、氷上ではスピーディで大胆不敵なゲームをし、見事なスキルと野獣のような力で敵を悩ませる。そして、ロッカールームでは、どうやらパンツを下ろして記者を悩ませるのが大好きらしい。彼らに「大きな痛手」を与えてやりたいと思っているであろう記者を、筆者は少なくとも一人知っている。

パソコンに手を伸ばし、最後の段落を削除した。まだ始まって六日しか経ってないでしょう、と自分に念を押す。選手は用心深くて、縁起を担ぐ人たちなの。無理やり女の記者を押しつけられたと思っているし、その認識は正しい。私は押しつけられた存在。でも、そろそろ現実を受け入れて、私にちゃんと仕事をさせてくれてもいいんじゃない？

チーム専用機の中でいびきをかいてぐっすり眠っている選手たちに目を走らせる。話もしてくれないのに、どうやってこの人たちの信頼と敬意を得ろっていうの？　この問題を解決して、もっと楽に仕事や生活ができるようになるには、どうすればいい？

その答えをもたらしてくれたのはダービー・ホーグだった。サンノゼに着いた日の晩、彼が部屋に電話をよこし、選手の何人かがダウンタウンのバーで飲んでいると教えてくれた。

「一緒に行かないか？」

「あなたと？」

「そう。女の子っぽい服で行くといいかもね。君が記者だってことを選手たちが忘れるような格好がいいよ」

女の子っぽい服なんか持ってきてない。持っていたとしても、そういう女と見なされたくない。選手たちには、私が敬意を払い、プライバシーを尊重していると知ってもらわないと困るし、プロの記者として私に敬意を払ってもらわないと困る。「一五分、待ってくれる？ロビーで会いましょう」でも試合から離れて選手と交流を持つことは、助けにこそなれ、害にはならないだろう。

ジェーンは、セーラーパンツに似た、両サイドをボタンで留めるようになっているウールのストレッチパンツとメリノウールのセーターに着替え、ブーツを履いた。全身、黒。私は黒が好きなの。

それからバスルームに行き、髪を後ろでまとめた。顔にかかるのがいやだし、リュックの意見に左右されたと思われたくない。鏡をのぞき込み、洗面台に手を置いてみた。艶やかな茶色のウェーブやカールが肩に落ちる。

あのとき、リュックは私を部屋まで送ってくれた。具合が悪いか酔っているのだと思って私に付き添い、ちゃんと送り届けてくれた。思いがけず親切にされ、必要以上に心を動かされてしまった。ストリップバーで心置きなく楽しめるように、送ってきただけだと言われたのだから、なおさら気になってしまう。あるいは、私をおちょくるために彼はあんな嘘をついた。たったそれだけのことだけど、ふと思い出すと、心がほのぼのしてしまう。そんな気持ちになりたいと思おうが思うまいが、とにかくなってしまった。もちろん、なりたくなかったけど。

気持ちのうえでも仕事のうえでも面倒なことになるとわかっていながら、リュックのような男性によろめくほど私がばかだったとしても、彼が私のような女性を好きになるわけがない。私には魅力がないからとか、面白みがないからとか、そんなふうには思っていない。私は現実主義者なの。ケンはバービーとつきあっている。ミック・ジャガーはスーパーモデルとデートをする。そんなものよ。それが現実。私は今まで自分の心をわざわざ痛めつけるようなまねはしたことがない。関係が終わるとき、捨てられる側には絶対にいたくなかった。最初に逃げるのはいつも私のほう。キャロラインの言うとおりかもしれない。ジェーンは一瞬考え、首を横に振った。キャロラインは『ドクター・フィル・ショー』（人気心理学者が司会を務めるトーク番組）の見すぎよ。

もう一度ブラシに手を伸ばし、髪を後ろでまとめる。それからリップクリームを塗り、バッグをつかみ、ロビーでダービーと落ち合った。だが、彼を見るなり、危うく回れ右をするところだった。ジェーンは自分がファッション・リーダーではないとわかっているし、なろうとも思っていなかった。片やダービーは、ファッション・リーダーではないが、なろうとしている。ただし、その努力が残念な結果に終わっていた。

今夜の彼は黒のレザーパンツをはき、赤い炎と紫のドクロが描かれたシルクのシャツを着ている。レニー・クラヴィッツでもなければ、男性がレザーパンツをはくのは大きな間違いだ。でも、たとえレニーといえども、このシャツをうまく着こなせるとは思えない。ダービーを見てよくわかった。チヌークスの選手たちが、彼の性的指向を疑っている理由が……。

二人はホテルからタクシーに乗り、ダウンタウンというより、そのはずれにある〈ビッグ・バディーズ〉という店に向かった。雲一つない空で、太陽は今まさに沈もうとしており、風が雨の気配とほこりを運んでくる。タクシーを降りると、ひんやりしたそよ風がジェーンの頬をかすめた。店の扉の上のほうに色あせた看板が出ていて、〈最高のリブを出す店〉とある。でこぼこの歩道でつまずきそうになり、チヌークスはどうして、こんな酒場を選んだのかしら、とジェーンは不思議に思った。

中に入ると、部屋の隅々にテレビが吊され、カウンターの奥ではバドワイザーの赤と青のネオンサインが光を放っていた。クリスマスの名残の電飾がまだ鏡にテープで留めてある。煙と酒とバーベキューソースと焼いた肉のにおい。食事を済ませていなかったら、お腹が鳴っていただろう。

ダービーと一緒にいるところを見られるなんて、二人は恋人同士だとの噂をさらにあおる危険を冒している。それはわかっているけど、どうすることもできないでしょう。ポン引きみたいな格好をした男の恋人に見られるのと、祖父と言ってもおかしくない年のヴァージル・ダフィーの愛人に見られるのと、いったいどちらが悲惨なのだろう？

ピンボール台がピンピンピンと鳴って光が点滅し、ジェーンはチヌークスのメンバーが二人、エア・ホッケーをしているのに気づいた。カウンターでは五人ほどの選手が座って、ニューヨーク・レンジャーズ対ニュージャージー・デヴィルズの試合を観戦している。ほかにも、六人の選手が一つのテーブルを囲んでいて、その上にはビールのピッチャーや空になったコールスローの器が並び、『原始家族フリントストーン』に出てくるような特大サイズのリブが骨だけの姿になって山になっていた。

「やあ、どうも」ダービーが大きな声で呼びかけると、皆がこちらに注意を向けた。ホッケー選手たちは、まるで毛むくじゃらのマンモスをたらふく堪能したあとの原始人のようだ。

満腹で動きが鈍かったが、ダービーを目にしてもあまり嬉しそうではなく、ジェーンを目にすると、いっそう面白くなさそうな顔をした。

「ジェーンとビールでも飲もうかと思ってね」ダービーは彼らの表情に気づいていないかのように続けた。彼が椅子を引いてくれて、ジェーンはブルース・フィッシュの隣に腰を下ろした。正面にはブロンドのモヒカン・ルーキーが座っている。ダービーは彼女の左、すなわちテーブルの上座に陣取った。薄暗い照明のおかげで、シャツの赤い炎と紫のドクロの色調がいくぶんか和らいでいる。

店の名が入った、ぴちぴちのTシャツを着たウエイトレスがテーブルに紙ナプキンを置き、ダービーの注文を訊いた。「コロナ」と言った途端、彼は年齢確認を求められ、赤毛の眉をひそめて免許証をちらっと見せた。

「偽物だぞ」テーブルの向こうで誰かが言った。「そいつはまだ一二だ」

「ペルーソ、僕は君より年が上なんだけどね」ダービーがぼやき、免許証を財布にしまう。

ウエイトレスはジェーンに注意を向けた。

「きっとマルガリータだ」フィッシーが口の片側だけで言った。

「あるいは、ワイン・スプリッツァーみたいなやつ」別の誰かが続けた。

「甘ったるいやつだろ」

ジェーンは陰になっているウエイトレスの顔を見上げた。「ジンのボンベイ・サファイアはある？」

「もちろん」

「よかった。ドライ・マティーニをお願い。オリーブは三つ入れて」ジェーンは周囲のあ然とした顔を見渡し、にこっと笑った。「女性は、一日に必要な緑の野菜をちゃんと摂らないとね」

ブルース・フィッシュが笑った。「それなら、ブラッディ・マリーにしといたほうがいいかもな。セロリが食べられる」

ジェーンが顔をしかめ、首を横に振る。「トマトジュースは好きじゃないの」それから正面にいるダニエル・ホルストロムを見た。カウンターの照明が、ホワイトブロンドのモヒカンに赤みがかったピンクの光を投げかけている。このルーキーくん、もう二一だったかしら？　どうも疑わしい。

ウエイトレスがさらに二人やってきて、テーブルをきれいに片づけた。ジェーンは、誰かがウエイトレスにちょっかいを出すとか、誘いをかけるとか、あるいはその両方をするんじゃないかと半ば期待した。スポーツ選手は女性に対して失礼な振る舞いをすることで知られている。しかし、何人かが「ありがとう」と礼儀正しく言っただけで、あとは何も起こらなかった。ジェーンの周囲で交わされる話は、最近観た映画や天気のことぐらいで、それ以上重要な、差し迫った話題にはならなかった。私を死ぬほど退屈させようとしているのかしら？　そういうことなんでしょ。正直言って、今いちばん面白いのは、ダニエルの頭できらきら反射している光だ。

ジェーンがスウェーデン人ルーキーの頭に注目していることに、ブルースはきっと気づいたのだろう。こんなことを訊いてきた。「ストロムスターの髪型、どう思う?」

ジェーンはそのとき、ピンク色を帯びた髪に負けないくらい、ダニエルの頬が赤らんだのを見た気がした。「自分の男らしさに自信があるからこそ、あえて変わったことができるのよね。私はそういう男性、好きよ」

「選択の余地がなかったんだ」ダービーが説明し始めたちょうどそのとき、二人が注文したビールとマティーニがきた。「彼は今年、初めてうちのチームに来たからね。新入りは皆、洗礼儀式《イニシエーション》に耐えないといけないのさ」

ストロムスターは、そうだそうだとばかりにうなずいた。

「僕が新人だった年は——」ダービーが続ける。「車に汚れた洗濯物をぶち込まれた」

テーブルを囲んでいた男たちが太い声でハハハ……と笑った。

「俺はレンジャーズでルーキー・シーズンを迎えたが、頭を剃られて、カップを製氷機の中に隠されたんだ」ピーター・ペルーソが打ち明けた。

ブルース・フィッシュが息を吸い込み、それを見たジェーンは、もし私が隣に座っていなければ、彼は股間を守るように手を当てていたんじゃないかしら、と思った。「そりゃあ、きついな。俺はルーキー・シーズンをトロントで過ごしたが、アンダーウェアのまま何度も外にほっぽり出されたよ。寒いのなんのって、井戸掘り職人のケツより冷えちまった」ブルースはそれを証明するようにぶるっと震えた。

「うわっ、ひどい」ジェーンはマティーニを一口すすった。「じゃあ、私はラッキーね。ネズミの死骸を置かれて、一晩じゅう、無言電話をかけられただけだから」

何人かが後ろめたそうに彼女を見つめたが、すぐに目をそらした。

全員、勘弁してあげることにしよう……とりあえず。「ところで、テイラー・リーは元気?」ジェーンがブルースに尋ねると、案の定、ブルースは娘が最近できるようになったことをぺらぺらしゃべりだした。トイレ・トレーニングの話から始まり、最後は、その日の夕方、二歳の娘と電話で交わした会話を何度も繰り返す始末。

ブルースと初めて話をした遠征初日の朝以来、ジェーンは彼に関する記事を少し読んでいた。それで、彼が泥沼の離婚を経験していることがわかったのだが、それほど驚きはしなかった。というのも、今や自分が選手たちの生活の小型見本を身をもって体験しているところだったから。こんなに遠征に出ていたら、家庭をうまくまとめるのはさぞ難しいだろうということは想像がつく。ホテルのロビー・バーでうろうろしているホッケー・グルーピーを目にしてからは、なおさらだ。

ジェーンも最初は気づかなかったが、あの女の子たちの正体を理解するのに長くはかからなかったし、今はもう、すぐに見分けがつくようになった。そういう女性は、タイトな服を着て体の線を見せつけ、皆、いかにも男好きといった感じの飢えた目をしている。

「誰か、ダーツやらないか?」ハンマーがテーブルに近づいてきた。

誰かが口を開く間もなく、ジェーンは立ち上がり、「やるわ」と返事をした。ハンマーが顔をしかめる。おまえ以外の誰かだ、と言いたいのは一目瞭然。

「勝たせてもらえるなんて思うなよ」

　こっちはダーツで稼いで学費の足しにしてきた身よ。勝たせてもらおうなんて思ってない。ジェーンは目を大きく見開き、マティーニに手を伸ばした。「私が女だからって手加減するつもりはないってこと？」

「女でも容赦はしないさ」

　ジェーンは空いているほうの手で、予備のダーツ・セットをつかみ、カウンターの向こうへ歩いていった。彼女の頭頂部はハンマーの肩にも届いていない。あなたはわかってないんだろうけど、大ケガをすることになるわよ。でも、それは当然の報い。「せめてルールぐらい説明してくれない？」

　彼は501《ファイブ・オー・ワン》のやり方（二人交互に三本ずつ投げ、持ち点五〇一を早くゼロにしたほうが勝ち）を簡単に説明した。もちろん、ルールぐらいもう知っている。しかし、ジェーンはダーツなど一度もやったことがないかのように質問し、ハンマーはなんとも寛大なことに、先に投げろと言ってくれた。

「ありがとう」ジェーンは近くのテーブルにマティーニを置き、テープを貼ったスローイング・ラインに立った。二メートル半ほど先の壁にボードが釘づけになっていて、上からスポットライトが当たっている。備えつけの安っぽいダーツのシャフトを指で挟んでくるくる回し、重さを確かめてみた。アルミのシャフトと、リブテックス製のフライトがついた、九八パーセント・タングステンのダーツのほうがいいんだけど。私が持っているのと同じような。

今、手にしている真鍮《ブラス》ダーツと、うちにあるオーダーメイドのボックスに入ったダーツとでは、フォード・トーラスとフェラーリぐらいの違いがある。

ジェーンはラインの上に覆いかぶさるように身を乗り出し、変な持ち方でダーツを構え、ライフルの照準を定めるようにシャフトを見下ろした。そして手を放す直前、動きを止めた。

「いつも何か賭けたりするんじゃないの？」

「するけど、君の金を巻き上げたくないんでね」ハンマーは彼女を見たが、そうだ、面白いことを思いついた、とばかりに微笑んだ。「でも酒をおごるって手もあるな。負けたほうが全員にビールを一杯ずつごちそうするってのはどうだい？」

ジェーンは心配そうな顔をしてみせた。「あら。そうねえ……。五〇ドルしか持ってこなかったの。足りると思う？」

「それだけあれば十分さ」自分が勝つに決まっていると思っている男の傲慢な言い方だ。その後、三〇分、ジェーンのほうも彼に勝っていると思わせてやった。ほかの選手たちも何人か二人の周りに集まってきて勝負を見物し、やじを飛ばしていた。しかし、二〇〇ポイントの差がつき、ロブがかわいそうなことをしたと思い始めたところで、ジェーンは仕事に取りかかり、四巡目で彼を打ち負かした。ダーツは真剣勝負。ハンマーをこてんぱんにやっつけるのは、なんて楽しいのだろう。

「そんな技、どこで覚えたんだ？」

「ビギナーズラックよ」ジェーンは残っていたマティーニを飲み干した。「次は誰？」

「俺が相手になる」暗がりからリュック・マルティノーが現れ、ハンマーからダーツを取り上げた。広い肩や顔に様々な濃淡の影ができている。カウンターの照明がそれを追いかけ、髪についた雨のしずくがきらきら輝いた。彼には冷たい夜風のにおいが染みついている。

「気をつけろよ、リュック。彼女は勝負師《ハスラー》だ」ロブが警告した。

「ふーん」リュックが口の端を上げる。「ハスラーとはな」

「ハンマーに勝ったくらいで、ハスラーになっちゃうわけ？」

「そうじゃない。君は下手くそなロブに勝っていると思わせておいて、ぶちのめした。だからハスラーなんだ」

ジェーンはにんまりしないように努めたが、だめだった。「怖いの？」

「とんでもない」彼が首を横に振り、ダークブロンドの短い前髪が額に垂れた。「そっちこそ覚悟はいいのか？」

「どうかしら。あなたって本当に往生際が悪いから」

「俺が？」大きな手が紺色のリブ・セーターに置かれ、ジェーンは彼の広い胸に注意を向けた。

「パックが横をすり抜けていったとき、ゴールポストをひっぱたいているのを見たもの」

「俺は負けず嫌いなんだ」彼が手をわきに下ろす。「往生際が悪いわけじゃない」

「ええ、そうなんでしょ」ジェーンは首をかしげ、彼の目をじっと見つめた。暗いバーの中だと、明るい青い色がほとんどわからない。「負けたら耐えられると思ってるの？」

「負けるつもりはない」リュックはスローイング・ラインのほうに移動した。「レディファーストだ」

ダーツに関しては断固戦うし、私も負けず嫌いで往生際が悪いのよ。先にやってほしいのなら、言われたとおりにしてあげるわ。「いくら賭ける?」

「君の所持金五〇に対して五〇」

「話は決まったわね」ジェーンは一本目をダブルに入れ、三本投げ終わるまでに六〇点を稼いだ。

リュックの一本目は跳ね返り、ダブルに入ったのはようやく三本目。「ひどいダーツだ」

彼は眉をひそめ、ボードまで歩いていってダーツを回収した。光の輪の中に立ち、ポイントとフライトをしげしげと眺めている。「ポイントが丸まってる」それから、肩越しにジェーンを振り返った。「君のを見せてくれ」

私のダーツのほうが尖っているとは思えない。隣に移動して手を開くと、リュックがダーツを取り、頭の上で覆いかぶさるようにしながら、親指でポイントをチェックした。「こっちは俺のほど丸まってないな」

彼がこんな近くにいる。ちょっとでも体を前に傾けたら、おでこがぶつかってしまいそう。

「わかった」彼のさわやかな香りを吸うと息が詰まったが、そんなふりは見せず、なんとか普通に答えることができた。「どっちのセットでも、好きなほうを取れば。私は残りを使うから」

「いや、二人で同じダーツを使うことにしよう」リュックが視線を上げ、目を合わせる。

「これで俺が勝ったら、君は泣くわけにいかなくなる」

ジェーンは彼の目をじっと見つめた。胸が激しく鼓動する。「私は一本目からはずしてダーツのせいにするような人間じゃありませんから」私の胸はこんなにどきどきしているのに、彼はまるで動じていないように見える。一歩下がり、彼と自分の愚かな反応とのあいだに距離を置く。「さあマルティノー、一晩じゅうしゃべってるつもり？　それとも、さっさと勝負を始める？　あなたを叩きのめせるようにね」

「そんなに背が低いから生意気なことを言うんだな」リュックは、これが尖っていると判断したダーツを三本選び、ジェーンの手にぱしっと押しつけた。それから、「君も例のナポレオン・コンプレックスってやつなんだろう」とつけ足し、少し先のテーブルに移動していたチームメイトのもとへ向かった。

ジェーンは「それで？」とばかりに肩をすくめ、ラインまで歩いていく。両足に体重を載せて、きっちりバランスを取り、手首の力を抜いてリラックスさせ、ダブル、トリプル、シングルと大当たりを収めた。ボードからダーツを抜いていると、リュックが大またでやってきて、位置についた。「あなたの言ったとおりだった」彼のほうに近づきながら言う。「こっちのほうがずっといい」ダーツを三本そろえて、彼の広げた手のひらに置く。「ありがとう」

リュックはジェーンの頭の上でいったん手を閉じ、彼女の手のひらにダーツを押しつけた。

「どこでそんな技を身につけたんだ？」

「ワシントン大学のそばにあった小さなバーよ」彼の手の熱が伝わってくる。「学費を稼ぐために、夜、そこで働いてたの」ジェーンは手を引っ込めようとしたが、彼が握った手に力を入れ、ダーツのシャフトが手のひらに食い込んだ。

「そのあたりにフーターズ（チェーン・レストラン。ウエイトレスはスタイル抜群、制服は胸の谷間を強調するタンクトップと脚を露出するショートパンツ）があったのか？」彼がやっと手を放し、ジェーンは後ずさりした。

「いいえ。大学からだと、あの店は湖の反対側なの」一応、答えておく。フーターズの場所ぐらい、彼は知っていると思うけど。おそらく、自分の車で行かれるはず。私をいらいらさせようとして言ってるだけなんでしょ。

陽動作戦の効果はなかった。彼が一歩近づいて、耳元でささやくまでは。「君はフーターズ・ガールだったのか？」

手の熱がじわじわ首に伝わってきたものの、なんとか冷静に――ハニー・パイほどクールではなかったにしろ――落ち着きを保って答えた。「こう言ってまず間違いないと思うけど、私はフーターズ向きの人材じゃないわ」

リュックが声をひそめ、温かい息がジェーンの頬に触れる。「その理由は？」

「二人ともわかってるでしょう」

彼は後ろへ下がり、彼女の口元を見てからゆっくりと視線を上げ、目を合わせた。「タンクトップの色が合わないとか？」

「いいえ」

「あのショートパンツが気に入らないとか？」

「私はあの店が求めているような女性じゃないの」

「そんなことないだろう。背が低い女の子も雇ってる。俺は知ってるんだ。この目で見たからな」彼はいったん言葉を切り、言い添えた。「もちろん、シンガポールの店だったけどね」

身長の話をしてるんじゃない。それはどちらもわかっている。「私をいらいらさせようとしてるんでしょう？　そうすれば自分が勝てるものね」

彼の青い目の端に小さなしわが現れた。「効果はあったかな？」

「ないわ」ジェーンは嘘をつき、わきで見物しているチヌークスのメンバーのもとへ歩いていった。「ロブ、皆にビールをおごる約束は果たしたの？」

ハンマーはジェーンの頭のてっぺんをぽんと叩いた。「もちろんさ、シャーキー」

シャーキー？　ニックネームをつけられちゃった。まあ、いないところでは、きっとひどい呼ばれ方をされてるんだろうから、それよりましね。それに、ハンマーは私の頭を叩いてくれた。まるで犬にするように。進歩だ、と思いながらジェーンはリュックを見守った。彼は片手を上げ、スナップを利かせてダーツをシングル・アイに命中させた。

「俺が知る限り、リュックは誰よりも負けず嫌いなんだ」ブルースが教えてくれた。

「あいつをやっつけないほうがいいと思うけどね」ピーターが言った。「試合に響くかもしれない」

「もう皆、やめて」ジェーンは首を横に振った。と同時に、リュックの二本目がエリア外に刺さり、彼はまるで試合中のホッケー選手のごとく毒づいた。「誰にも勝たせるつもりはないわ」

「リュックのやつ、負けたら、明日の晩はコンパック・センターでふくれっ面のままプレーするはめになるんだろな」

「だね。ほら、ボーリングをやって一ピン差で負けたときのこと覚えてるだろ？　次の晩、リュックはパトリック・ロワと殴り合いになったんだ」ダービーが皆に言った。

「たぶんあれは、ボーリングのスコアのせいというより、リュックとパトリックが互いをこき下ろしたせいだろう」

「ゴーリーの遺恨試合さ」

「あの晩、二人は伝統的ホッケーをやったよなあ」

「理由はどうあれ、リンクの真ん中で殴り合いだもんな。いやあ、あれは壮観だった」

「それ、いつの話？」ジェーンは興味をそそられた。

「先月だよ」

先月？　まだシーズンが半分以上、残っているという時期に？　リュックはしばらくスローイング・ラインに立ったまま、まるで意地の張り合いをしているかのように、ボードをじっと見下ろしていた。安っぽい赤いカーペットに光が尾を引き、革靴から黒いズボンの膝までを照らしている。それから、ミサイルの発射のようにダーツが放たれ、二〇のダブルに深く突き刺さった。これで二巡目の得点は六五。大またでジェーンのもとにやってきたリュックは眉をひそめていた。七五点差で負けていることに納得していないのは、ダーツの渡し方でよくわかった。

「ボードを突き抜けても得点できるっていうルールだったら、勝てるチャンスもあるのにね。次は腕力よりも技に頼りたくなるんじゃない？」

「俺は技に頼るような男じゃない」

ええ、言わなくてもわかってる。ジェーンが位置につき、ダーツを放とうとしたそのとき、リュックがわきから声をかけた。「どうやって、そんなにきっちり髪を引っつめるんだ？」

チヌークスのほかのメンバーが、さもおかしそうに笑った。

ジェーンは手を下ろし、リュックのほうを見た。「これはホッケーとは違うの。ダーツにこき下ろし合戦はなしよ」

リュックはちらっと笑みを見せた。「今からありだ」

上等よ。それでも勝つのは私。リュックはわきからやじを飛ばし続け、ジェーンは三本投げて得点は五〇点にも届かなかった。これまでで最低のスコアだ。「あなたは一一六点負けてるんですからね」と念を押しておく。

「時間の問題さ」リュックは自信満々で言った。それからスローイング・ラインまで歩いていき、ど真ん中《ダブル・アイ》（五〇点）と二〇のシングルに命中させた。

まずい。今度は私のほうがちょっとこき下ろしてやる番かも。「ねえ、マルティノー、肩に載っかってるのはカボチャ？　それとも真空頭？」

リュックがちらっとジェーンを見た。「その程度のことしか言えないのか?」ほかのチヌークスのメンバーもやられたとは思っていないらしい。

ダービーが彼女のほうに身をかがめてささやいた。「今のはちょっと苦しいね」

「真空って、いったい何だよ?」ハンマーが尋ねた。

ダービーが代わりに答える。「空っぽとか、空洞ってことだろう」

「じゃあ、そう言えばいいじゃないか、シャーキー」

「ああ、人をこき下ろすのに、そんな言葉使ってちゃだめだ」

ジェーンは顔をしかめ、胸の前で腕を組んだ。真空は文句なしに的を射ているわ。「Fで始まる言葉じゃないから、お気に召さないんでしょう」

リュックが三本目を投げ、三巡目のトータルは八〇点となった。そろそろお遊びは終了、真剣勝負のときがやってきた。ジェーンは位置につき、片腕を上げると、やじが飛んでくるのを待った。しかし、リュックは黙ったまま。侮辱されるよりもずっといらいらする。なんとか二〇のトリプルに命中させたが、二本目の狙いをつけていたとき、リュックが言った。

「黒とグレー以外の服を着ることはあるのか?」

「もちろん」ジェーンは彼を見ずに答えた。

「ああ、そうだった」そして、彼女がダーツを放とうとした瞬間、さらに続けた。「牛柄のパジャマは青だもんな」

「なんでパジャマの柄なんか知ってるんだよ?」仲間の一人が尋ねた。

〝情報屋リュック〟は答えず、ジェーンがそちらを見ると、彼はチームメイトに囲まれて、両手を尻に置き、口元に笑みを浮かべていた。

「この前の夜、自動販売機にチョコレートを買いにいったのよ。皆、もう寝てるだろうと思って、パジャマで部屋を出たの。そしたら、リュックが忍び寄ってきたってわけ」

「忍び寄っちゃいない」

「あ、そう」ジェーンはまっすぐ狙いを定め、一〇のダブルに命中させた。それから、リュックは黙って待ち、彼女が三本目を放つその瞬間に言った。「彼女、レズビアンのメガネをかけてるんだ」ダーツはボードから完全にはずれてしまった。もう何年もこんなことはなかったのに。

「そんなのかけてない！」と言ったそばから、ちょっと激しく否定しすぎたかもしれないと不安になった。

リュックが声を上げて笑った。「全米女性機構の連中がかけてるみたいな、ぞっとする黒縁の四角いやつさ」

チヌークスのほかのメンバーも笑い、ダービーまで「ああ、なるほど、レズビアンね」と言った。

ジェーンはボードからダーツを引き抜いた。「そんなメガネじゃないわ。あれは完全に、異性愛者のメガネよ」しまった。私ったら、何を言ってるの？　異性愛者のメガネですって？　もう、どいつもこいつも。この人たちといると頭がおかしくなってくる。気持ちを落ち着かせるように一息ついてから、リュックにダーツを渡した。ばかなスポーツ選手に混乱させられてたまるもんですか。「私は同性愛者じゃないの。同性愛は悪いことでも何でもないけどね。もし私が同性愛者なら、堂々とそう言うわ」

「だから、そんな靴を履いてるんだな？」ハンマーも参戦する。

ジェーンは自分のブーツを見下ろした。「ドクターマーチンのどこがおかしいのよ？」

その晩、初めて、ストロムスターが口を開く決心をした。「マーン・シュズ」

「男の靴《マン・シューズ》？」ジェーンは彼の童顔をのぞき込んだ。「さっき、そのモヒカンを弁護してあげたんだから、もっといいこと言ってほしかったわねえ、ダニエル」彼はすっと目をそらし、部屋の奥にある何かに突然、興味を持ち始めた。

リュックがラインに立ち、四八点を挙げた。再びジェーンの番がやってくると、外野の男たちは全員で代わる代わるやじを飛ばした。彼女が暗い色の服を着るのは、同性愛者であることを気に病んでいるからだと結論を出し、それからひどく差別的なやりとりが交わされるようになった。

「私は同性愛者じゃありません」ジェーンは強く断言した。一人っ子として育った彼女は、周りに男性がいなかった。父親を除けばということだが、もちろん父親は数に入らない。それに父親は真面目で、冗談などまったく言わない人だった。だから、こんなふうに男性にからかわれる経験をしたことがなかったのだ。

「大丈夫だよ」リュックが安心させるように言った。「俺も女だったらレズビアンになってるさ」

ここでジェーンは考えた。選択肢は二つ。取り乱して腹を立てるか、気を楽にするか。私は記者、プロとして仕事をしている女性よ。チームに同行しているのは、皆とお友達になるためじゃない。もちろん、ハイスクール時代に逆戻りしたみたいに、からかわれるためでもない。でも、今のところプロのやり方は効果がないし、無視されるより、からかわれるほうがましと認めざるを得ない。それに、この男たちは男性記者のこともからかっていじめているのだろう。「リュック、あなたはもうとっくに、うぬぼれ屋《プリマドンナ》になってる」

リュックがクックッと笑い、ついにほかのメンバーの笑いも取ることができた。その後、ゲームが終わるまで、ジェーンは考えつく限りの言葉で敵をやっつけようとしたが、人をこき下ろすことにかけては、彼らのほうがずっと上手《うわて》だったし、年季が入っていた。結局、ジェーンは二〇〇点近く差をつけてリュックには勝ったが、舌戦では負けてしまった。

ともかく、からかったり、こき下ろしたりしているうちに、チヌークスのメンバーの中で、ジェーンの評価は何段階か上がっていた。服や靴や髪型に関する評価は余計なお世話だったけど、少なくとも天気の話はしなかったし、返事をひと言で済まされたり、無視されたりはしなかった。ええ、これは絶対に進歩だわ。

明日の夜は、試合が終わったら、私と本当に話してくれるだろう。皆がいい仲間になってくれるとは思っていないけど、ロッカールームでもう前みたいにいじめられることはないかもしれない。インタビューに応じて、チャンスをくれるかもしれないし、私が通るときはジヨックストラップを下ろさずにいてくれるかもしれない。

マスクのワイヤーケージの奥で、リュックはパックが落とされる様子をじっと見ている。フェイスオフ・サークルからブレスラーがパックを力ずくで叩き出し、シアトル・チヌークス対サンノゼ・シャークスの試合が始まった。

リュックが幸運を祈って十字を切る。しかし、第一ピリオド開始一〇分後、運は完全に彼を見放した。シャークスのライト・ウィンガー、ティーム・セラニがチップショットを放ち、跳ね上がったパックがゴールに飛び込んだ。いとも簡単に。リュックなら当然、阻止してしかるべきゴールだ。そして、どうやらこれが大量失点の引き金となったらしい。リュックだけの話ではない。チーム総崩れのきっかけとなったのだ。

第一ピリオドが終わった時点で、チヌークスのプレーヤー二名が傷を縫う必要に迫られ、リュックは四つのゴールを許していた。第二ピリオドに入って二分、ニュートラル・ゾーンでニック・グリゼルが激しいクロスチェッキング（スティックを両手で持ち上げ、相手にぶつけるようにチェックする）を受け、ばったり倒れたきり、起き上がれなくなった。結局、グリゼルはリンクの外に運び出されるはめになり、その一〇分後には、リュックがグローブをはめた手でパックを取り損ない、スコアボードにシャークス五点目のゴールが表示された。ニストロム・ヘッドコーチがサインを出してリュックを下げ、控えのゴーリーと交代させた。

ゴールを守る者にとって、ゴールポストからベンチに戻ってくるまでの時間は人生でいちばん長く感じられる。試合経験のあるゴーリーなら、誰だって調子の悪い日はある。しかしリュック・マルティノーにとっては、今日は調子が悪かったでは済まされない話だった。それは前のシーズン、デトロイト・レッドウィングズでさんざん味わった。だから、いよいよ不調の影が死刑執行人の首切り斧のごとく頭上に現れたのではないかと思わずにいられなかったのだ。あのころは集中力を失い、自分のタイミングがずれている感覚があった。ある動きが起こる前に予測するのではなく、一瞬、遅れて反応していた。今夜のプレーはそれなのか？　下り坂を滑り落ちる最初の試合だったのか？　たまたま調子が悪かっただけなのか？　それとも、これからその流れが続くのか？　終焉の幕開けなのか？

認めたくもないが、不安と現実的な恐怖で胸が押しつぶされ、首の後ろも少し締めつけられている。リュックはそんな感覚を覚えながら、ベンチに座って残りの試合をじっと見ていた。

「誰だって調子の悪い日はある」ロッカールームでニストロム・ヘッドコーチが言った。「先月はロワだって下げられただろ。心配するな、リュック」

「今夜は誰一人、ろくなプレーをしちゃいない」ロブ・サッターが声をかけてきた。

「俺たちがゴール前でもっとうまくプレーすべきだった」続いてブレスラー。「いざとなったらクリーズに入ってゴーリーを守らなきゃいけないのに、おまえがゴールに立つと、ときどきそれを忘れてしまうんだ」

リュックはそう簡単に自分を許す男ではなかった。これまで人のせいにしたことは一度もない。自分のプレーには最終的に自分で責任を負う。

専用機がサンフランシスコを発つと、彼は暗い客室に座って、過去の体験を再び思い出していた。よくない思い出を。両膝を強打し、手術を受け、何カ月も理学療法を続けたこと。結局、鎮痛剤依存になり、薬を飲まずにいると体じゅうに痛みが走り、吐き気を覚えたこと。大好きなホッケーができなくなったこと。

飛行機がシアトルを目指すあいだ、耳の中で自分が犯した失敗がささやいていた。おまえは衰えたんだ……。それをほかの人々も皆、知ることになるのだと確信させたのは、ジェーン・オールコットが開いているノートパソコンの画面が放つ光と、キーボードをカタカタ叩く音だった。あの新聞のスポーツ欄で、今夜の大失敗にまつわる彼女の記事を読むことになるのだろう。

空港に着くと、リュックは長期専用駐車場へ向かい、そこでホンダ・プレリュードに荷物を詰め込んでいるジェーンをちらっと見た。通り過ぎる際、ジェーンが顔を上げたが、二人とも無言のまま。スーツケースを運ぶ手助けは要らなそうだったので、リュックは不吉な死の天使にはいっさい声をかけなかった。

ぱらつく雨がフロントガラスを濡らす中、ランド・クルーザーを四〇分走らせて、ようやくシアトルのダウンタウンに入った。時間は覚えていないが、自宅にたどり着いたときはとても嬉しかった。

暗い室内を進んで居間に入ると、ずらりと並んだ高さ二メートル半の窓から月明かりが差し込んでいた。コンロの上の照明がつけっ放しになっており、カウンターの上に置かれたフェデックスの封筒を照らしている。リュックは自分の寝室に入り、照明のスイッチを入れた。ドアを途中まで開けたままにして、ダッフルバッグをベッドのわきの床に放る。それから、肩をすくめてブレザーを脱ぎ、クローゼットの衣装袋《ガーメントバッグ》の隣にかけた。バッグの中身を出すのは明日にしよう。もう疲れているし、家に帰ってきてほっとしている。今はただベッドに倒れ込みたい。

ネクタイをゆるめていると、マリーがノックをし、半開きだったドアをすっかり押し開けた。ウエストをひもで縛ったフランネルのパジャマのズボンをはき、ブリトニー・スピアーズのTシャツを着ている彼女は一〇歳ぐらいに見える。

「ねえ、リュック、話があるの」

「やあ」腕時計にちらっと目をやると、一二時を回っていた。どんな用があるにしろ、朝まで待てないと思っているのは明らかだ。この前、電話で話したあと、マリーはまた何かやって、まんまと学校を退学になったのだろうか？　訊くのが怖いような……。「どうした？」

大きな青い目がぱっと輝き、笑顔を見せる。「ダンスに誘われちゃった」

「ダンスって？」

「学校でダンスパーティーがあるの」

リュックはネクタイの結び目を引っ張り、キッチンに置いてあるフェデックスの封筒のことを考えた。あれは明日にしよう。「いつ？」

「来週の週末」

来週末になったら、マリーはここで一緒に暮らしているだろうか？　でも、今、その話をすることもないだろう。「誰に誘われたんだい？」

マリーは目をいっそう輝かせ、部屋の中まで入ってきた。「ザック・アンダーソン。最上級生よ」

そりゃ、まずい……。

「バンドやってるの！　唇と鼻とまぶたにピアスをしてて、タトゥもしてる。すーっごくかっこいいんだから！」

なおさらまずい。タトゥが悪いなんて思っちゃいない。でもピアスだって？　やれやれ。

「何ていうバンドなんだ？」

「ザ・スロー・スクリューズ」

最高だな……。

「ドレスを買わなきゃ。それに靴も」マリーはベッドの端に腰かけ、両手を膝のあいだに突っ込んだ。「ジャクソンさんが買い物に連れてってくれるって言ったけど」懇願するような目で彼を見上げている。「あの人、年取ってるし……」

「マリー、俺は男だ。パーティー用のドレスなんてわからないよ」

「でも、ガールフレンドがいっぱいいるじゃない。どんなドレスが素敵に見えるかわかるでしょう？」

　女性のドレスならな。俺にわかるのは、女の子の着るドレスじゃないし、妹の着るドレスでもない。学校のダンスパーティーに着ていくドレスなんかわからないんだ。どっちにしろ、そのころ彼女はここにいないかもしれないし、パーティーに出席できないかもしれない。ここにいたとしても、頭のネジがゆるんだ《ルーズ・スクリュー》ザックと出かけるドレスなんかわからない。唇や鼻にピアスをした男と出かけるドレスなんかわかるもんか。

「私、デートってしたことないの」マリーが打ち明けた。

　リュックは両手をわきに下ろし、妹をしげしげと見た。眉毛がちょっと濃すぎるし、髪も少々パサついている。ああ、やっぱりこの子には母親が必要だ。力になってくれる女性がいてやらないと。俺じゃだめだ。

「男の子は女の子にどんなドレスを着てほしいのかな？」マリーが尋ねた。

　体を隠す部分がなるべく少ないドレスさ。「長袖だ。長袖でハイネックのやつが素敵だと思う。それに、男があまり近づけない、スカートの部分が大きくふくらんだ、ロングドレスがいい」

　マリーが笑った。「そんなわけない」

「マリー、神に誓うよ」リュックは首からネクタイをはずし、ナイトテーブルに放った。「肌を露出しすぎるやつはあまり好きじゃないんだ。男は、修道女が着るみたいな服が好きなんだよ」

「嘘でしょう。わかってるんだから」

マリーがまた笑った。この子のことがもっとよくわかればいいのだが。たった一人のきょうだいなのに、何もわからない。わかるようになる見込みもない。こんな状況でなければよかったのにと思っている自分がいる。もっと家にいてやれたらいいのに、彼女が何を必要としているのかわかってやれたらいいのに……。

「明日、学校が終わったら、俺のクレジットカードを貸してあげよう」リュックはマリーの隣に腰を下ろし、靴のひもをほどいた。「必要なものを買って、持っておいで。そしたら、見てあげるから」

マリーが立ち上がった。背中を丸め、顔をしかめて下唇を突き出している。「わかった」そう言い残して、部屋を出ていった。

まいったな。また怒らせてしまった。でも、ダンスパーティー用のドレスを一緒に買いにいってほしいと本気で思ってたわけじゃないだろう？　俺に女友達みたいについてきてほしかったのか？　なんでそんなことで腹を立てる？　こっちは、自分と同世代の女性と買い物するのも苦手だっていうのに。

6　首切り――チームから除名される

　翌朝、ジェーンはやっとのことでベッドからはい出すと、洗濯をする日に着ることにしている下着とスエットスーツを身につけ、汚れた衣類を持って車でコインランドリーに出かけた。洗濯機が回っているあいだに『ピープル』誌を開き、最新情報を仕入れる。

　今日はどこへも行かなくていい。締切が迫っている原稿はないし、明日の夜の試合まで仕事関係の用事はない。自動販売機でコーラを買い、硬いプラスチックの椅子に深く腰かけ、黒っぽい衣類が乾燥機にかけられる様子を眺めるという平凡な喜びに浸る。それから、地元紙の不動産のページをひったくるようにつかみ、売りに出ている物件をチェックした。ホッケー記事の原稿料で収入が増えるとして、夏までにマイホーム購入の頭金二〇パーセントがたまるだろう。でも、そんな見積もりをしたところで、物件情報を見れば見るほど、がっかりした気分になってくる。今時、二〇万ドルでは本当にたいした家は買えないのだ。

　自宅へ戻る途中、食料品店に寄って一週間分の食べ物を調達した。今日はオフだが、明日の晩、チヌークスはキー・アリーナでシカゴ・ブラックホークスと対戦する。木曜、土曜、月曜、水曜とホームでの試合が続き、その後、三日間のオフ。そして、再び遠征へ。また専用機で飛び、バスに乗り、ホテルで眠る日々が始まる。

チヌークスが六対四でシャークスに負けた記事を書くのは、何よりもつらい体験だったと言っていい。チームの皆とこき下ろし合戦をしながら一緒にダーツをしたあとだけに、裏切り者になったような気分だったけれど、仕事は仕事だ。

それにリュック……。ゴールネットで悪夢が展開する様子を見るのもいやだったけれど、ベンチに座っている彼を見るのも同じくらいいやだった。じっと前を見据えているハンサムな顔には何の表情も浮かんでいなかった。彼が気の毒に思えたし、試合の詳細を伝える立場にいなくてはならないのは居心地が悪かった。でも、やっぱり仕事は仕事。私はやるべきことをやった。

家に戻ると、留守電にレナード・キャラウェイのメッセージが入っていた。明日の朝、シアトル・タイムズのオフィスに来てほしいとのこと。この仕事が終わったあともスポーツ記者として雇ってもらえる前兆とは思えない。

そして、勘は当たった。クビを切られたのだ。「君はもうチヌークスの取材はしない。それがいちばんいいと判断した。クリスの代役はジェフ・ヌーナンにやってもらう」レナードが言った。

シアトル・タイムズは私をお払い箱にしてヌーナンに私の仕事を与えようとしている。

「どうしてですか？　何があったんですか？」

「真相は知らないほうがいい」

この一週間、チヌークスは最高の試合をしたとは言えず、最後はリュックがガタガタに崩れて終わった。「チームは私のせいでつきが落ちたと思ってる。そうじゃないんですか？」

「そういう事態も起こりうるってことはわかっていただろう」

有意義な記事を書くチャンスがぱあ。マイホームの頭金二〇パーセントもぱあ。それもこれも、ばかなホッケー選手が私を縁起の悪い女だと思ったせいよ。まあ、警告がなかったとは言わないし、半ば予想していなかったわけでもない。それでも、ああ、やっぱりねと思ったところで、あっさり受け入れられるものではない。「私が悪運をもたらしたと思っているのはどの選手ですか？　リュック・マルティノー？」

「真相を探るのはやめておこう」とレナードは言ったが、否定もしなかった。

レナードが黙っているのは必要以上にこたえた。リュックのことなど何とも思ってないし、彼も私のことなど何とも思っていないはず。何ともどころか、それ以下だ。もともと彼は、私には絶対、遠征に同行してほしくないと思っていた。私がクビになったのは、彼が裏で糸を引いていたからに違いない。ジェーンは口角をきゅっと上げたが、そのとき本当にしたかったのは、大声で怒鳴ってやることだった。不当解雇とか性差別とか……とにかく何かしらで訴えてやると脅してやりたかった。告訴したっていいんだから。でも、したっていいでは脅しとして十分とは言えない。それに、かんしゃくを起こしてこれまでの関係を絶ってはいけないと、ずいぶん前に学んだでしょう。私はまだ、シアトル・タイムズに『シングルガール・イン・ザ・シティ』を書かなくてはいけないの。

「わかりました。スポーツ記事を書く機会をいただけたこと、感謝しています」ジェーンはそう言ってレナードと握手をした。「チヌークスと旅をした経験は決して忘れません」

笑顔を保ち、ようやく建物を出た。猛烈に腹が立っている。誰かを殴ってやりたい。瞳が青くて、大事な部分の上のほうに蹄鉄のタトゥを入れている誰かをね。

それに私は裏切られた。選手との関係が進展したと思っていたのに反撃された。ダーツで勝負をしたり、こき下ろし合ったり、シャーキーと呼ばれたりしなかったら、これほど裏切られた気分にはならないのだろう。でも今はそういう気分だ。自分がやるべき仕事をし、この前の試合に関する事実を記事にしたことが心苦しくさえ思えたのに。あの人たちは、こういうやり方で私に仕返しをするわけ？　皆、水虫になればいいのよ。全員、一斉に。

その後、丸二日、ジェーンはアパートから出なかった。あまりにも気がめいるので、食器棚をすべてきれいに掃除した。テレビの音量を上げて浴室の目地をふさぎ直していると、チヌークスが四対三でブラックホークスに負けたというニュースが聞こえてきて、ほんの少しだけ汚名がそそがれた気がした。

今度は誰のせいにするつもりなんだろう？

引きこもり三日目になっても怒りは薄れなかった。わかってる。この怒りを追い払う方法は一つしかない。威厳を取り戻したいのなら、選手たちと向き合わなければだめなんだ。

試合前の練習で彼らがキー・アリーナにいるのはわかっている。そんなことするもんじゃないと自分を説得する間もなく、ジェーンはジーンズと黒いセーターに着替え、車でシアトル市内に向かっていた。

アリーナの中二階席に入るとすぐ、誰もいないゴールネットに目を留めた。眼下のリンクではごく数人しか練習していない。ジェーンは胃をきりきりさせながら階段を下り、ロッカールームを目指した。

「こんにちは、フィッシー」通路でブルース・フィッシュがバーナーを片手に、スティックのブレードを調整しており、そちらのほうへ歩いていく。

彼が顔を上げ、バーナーを消した。

「皆、ロッカールームにいるの？」

「ほとんどいるよ」

「リュックも？」

「どうかな。あいつ、試合の日は人としゃべりたがらないから」

ああ、残念なんてもんじゃない。通路のゴムマットの上でブーツの底がキュッ、キュッと音を立てる。ロッカールームに入っていくと、選手たちの頭が次々とこちらを向いた。ジェーンは片手を上げた。「皆、パンツは上げといて」そのまま移動し、半裸の選手たちの輪の真ん中で立ち止まる。「ちょっとお邪魔するわ。それと、ジョックストラップを同時に落とすのはなしにしてくれるほうがいいんだけど」

選手に顔を向け、背中をぴんと伸ばして頭を高くもたげる。リュックの姿は見えない。おおかた、あの最低男はどこかに隠れているのだろう。「きっと話は聞いてるわよね。私はもうチヌークスの取材はしません。だから、伝えておきたかったの。皆と過ごした時間は忘れないわ。あなたたちと一緒に旅ができて……面白かった」ジェーンはキャプテンのマーク・ブレスラーに近づき、片手を差し出した。「今日の試合、頑張ってね、ヒットマン」

ブレスラーが一瞬、彼女を見る。まるで、体重一一三キロのセンター・フォワードが少しびびってしまったかのように。「ああ、どうも……」彼はようやく握手をした。「今夜は見にくるんだろう?」

ジェーンは手をわきに下ろした。「いいえ。別の予定があるの」

最後にもう一度、ロッカールームの選手たちに顔を向ける。「じゃあ、皆、さようなら。幸運を祈ってるわ。今年はスタンレー・カップを勝ち取れると信じてる」なんとか笑顔まで作ってから、くるりと背を向け、部屋を出る。私はやってのけた。廊下を歩きながらジェーンは思った。選手に追い払われ、しっぽを巻いて逃げたりはしなかった。気品と威厳があるところを見せてやったし、寛大だってことも証明してみせた。

皆、インキンになればいいのよ。ものすごくひどいインキンになって苦しめばいい。ゴムマットを見下ろしたまま通路を歩いていたが、突然、裸の胸が現れ、足が止まった。目に入ったのは彫刻のような筋肉、割れた腹筋、ホッケー・パンツからのぞいている蹄鉄のタトゥ。リュック・マルティノーだ。彼の湿った胸に沿って視線を上げ、あご、口、上唇にくっきり刻まれた溝からまっすぐな鼻を通って、青く澄んだ美しい瞳を見ると、その目はジェーンをじっと見返していた。

「あんたのせいよ！」

彼の額で片方の眉がゆっくりと上がり、ジェーンはついにキレた。

「あんたの仕業だってわかってるんだから。私にはあの仕事が本当に必要だったのに。でも、そんなことどうでもよかったんでしょ。あんたがゴールでへまをしたせいで、私が退場よ！」目の奥がちくちくし、ますます腹が立ってきた。「この前の負けは誰のせいにしたの？　今夜、負けたら、誰のせいにするわけ？　あんたなんか……あんたなんか……」ジェーンは口ごもった。頭の中の理性的な部分が、もう黙りなさい、反撃されないうちにやめなさいと告げている。彼のわきを通って立ち去ろうとしたときは、まだ威厳も保てていた。ただ、理性の声に耳を傾けようにも、もう手遅れだったのだ。残念ながら。

「〝あほんだら〟って言っちゃったんだ？」キャロラインが尋ねた。その晩遅く、ジェーンの家のソファに座って、二人はガス式暖炉の中で作り物の丸太がめらめら燃える様子を見つめていた。「一か八か、クソったれもつけ足してやればよかったのに」

ジェーンがうめいた。あれから何時間も経ったのに、まだ決まり悪くて身もだえしそうだ。「やめて」懇願するように言い、メガネを押し上げる。「唯一の慰めは、もう二度とリュックには会わずに済むってこと」でも、彼の顔に浮かんだ表情を忘れられるとはとても思えない。ちょっとあっけに取られた顔をしたあと、彼は声を上げて笑った。もうあの場で死んでしまいたかったけど、笑われたからといって、彼を責めるわけにもいかない。小学校以来、あほんだらなんて言われたことはなかったのだろう。

「なあんだ、がっかり」キャロラインがワインのグラスを口元へ運ぶ。艶やかなブロンドの髪を完璧なポニーテールにしていて、いつもながら、とてもゴージャスだ。「ロブ・サッターを紹介してもらえるかもって思ってたのに」

「ハンマーを？」ジェーンは首を横に振り、ジン・トニックを一口すすった。「しょっちゅう鼻を折ってるし、目の周りに黒あざを作ってる人よ」

キャロラインはにこっと微笑み、少し夢見るような目になった。「知ってる」

「結婚してるし、赤ちゃんもいる」

「うーん、じゃあ、誰か独身の人」

「新しい彼氏ができたのかと思ってた」

「できたわよ。でもうまくいってないの」

「どうして？」

「さあ」キャロラインはため息交じりに言い、サクラ材のコーヒーテーブルにワイングラスを置いた。「レニーはハンサムだしリッチだけど、ものすごーく退屈なのよ」

ということは、おそらく普通の人で、改造する必要がないのだろう。キャロラインは生まれながらの〝改造上手〟なのだ。

「テレビつけて、試合見る？」

ジェーンは首を横に振った。「ううん」さっきからその誘惑と戦っている。見たくてたまらなかった。リモコンをつかみ、試合にチャンネルを合わせ、どちらが勝っているか確かめたかった。でも、そんなことをすれば、状況は何もかも悪化するだけだ。

「チヌークスが負けるかもよ。そしたら、気分がよくなるんじゃない？」

「二度とホッケーの試合なんか見たくない」

でも見たかった。

「ならないってば」ジェーンは花柄のソファの背に頭をもたせかけた。「二度とホッケーの試合なんか見たくない」でも見たかった。記者席とか、試合を間近で見られる席にいたかった。体じゅうに活気がみなぎる感覚を味わいたかった。隙のない絶妙なプレー、コーナーで勃発する乱闘、リュックが手を伸ばし、グローブでパックを完璧にキャッチする姿を見たかった。

「チームとの関係が進展したと思った途端、クビになったのよ。私はダーツでロブとリュックを負かして、皆は、私がレズビアンのメガネをかけてるって、からかったりしてたんだから。その晩は、嫌がらせの電話もかかってこなかったし。友達じゃないってことはわかってる。でも、皆が私を信頼し始めた、仲間として受け入れようとしてくれていると思ったの……」ジェーンは一瞬考え、言い添えた。「野生のディンゴみたいに」

キャロラインがちらっと腕時計を見た。「ここに来て一五分になるけど、いい話はちっともしてくれないのね」

何を言ってるの、と訊くまでもない。キャロラインのことはあまりにもよくわかっている。

「私を励ましにきてくれたんだと思ったけど、ロッカールームの話を聞きたいだけなんでしょ」

「励ましにきたのよ」キャロラインはジェーンのほうを向き、ソファの背に腕を伸ばした。「あとでちゃんとやってあげる」

チヌークスに忠誠を尽くさなきゃいけないわけじゃない。今は違う。それに、ロッカールームの話を暴露本にしようと思ってるわけでもない。「まあ、いいわ」ジェーンは言った。「でも、あなたが想像してるようなことにはならなかった。つまり、たくましい肉体に囲まれて、女は私一人、みたいな話じゃなかったのよ。まあ、そういう状況ではあったけど、私はずっと目を上げてなきゃならなかったの。選手は、私が前を通るたびに、カップを落としたりするんだから」

「うん、確かにそうね」キャロラインは身をかがめ、テーブルからひったくるようにグラスをつかんだ。「私が想像してたのと違う。そっちのほうがずっといいわ」

「自分はすっかり服を着ていて、裸の男性に話しかけるっていうのは、あなたが思ってるよりずっと大変なのよ。皆、汗びっしょりだし、顔は真っ赤だし、しゃべりたがらないし。こっちが質問すると、ひと言、ぼそっと答えるだけ」

「前につきあってた三人のボーイフレンドは、セックスのときそんな感じだった」

「あのねえ、セックスほど楽しいもんじゃないの」ジェーンは首を横に振った。「全然、しゃべってくれない選手もいて、本当に仕事がやりづらくてしょうがなかったんだから」

「ええ、その部分はもう知ってる」キャロラインがはねつけるように手をひらつかせた。

「じゃあ、いちばんいい体をしてたのは誰？」

ジェーンは一瞬、考えた。「そうねえ、皆、信じられないくらいがっしりしてた。脚も上半身もたくましい。いちばんすごい筋肉の持ち主は、マーク・ブレスラーかな。でも、リュック・マルティノーはお腹の下のほうに蹄鉄のタトゥを入れてるの。あの幸運のしるしを見たら、ひざまずいてキスしたくなっちゃうわよ。それに、彼のヒップは……完璧」と言ってから、ひんやりしたグラスを額に当てた。「いやなやつだってところが残念よね」

「彼のことが好き、みたいに聞こえるけど」

ジェーンはグラスを下ろし、キャロラインに目を向けた。好き？　リュックのことが好き？　私をお払い箱にした男でしょう？　ほかの選手が束になったってかなわないくらい、リュックは私を傷つけ、裏切った。でも、考えてみると、そんなふうに思うのは、あまり筋が通っていないのかもしれない。私は彼のことをよく知らないし、向こうも私のことを知らないのだから。つまり、私のほうが、二人は一時的に友情を育んだと思ってしまっただけ。まあ、正直に言うと、リュックに少しのぼせてしまったことも確かだ。いや、「のぼせた」なんて言葉は強すぎる。「関心を持った」のほうが、私が感じたことをうまく表現していると思う。「あんなやつ、好きじゃない。でも、彼にはカナダなまりがあるの。特定の言葉じゃないとわからないんだけど」

「おっと……」

「〝おっと〟って何よ？　あんなやつ、好きじゃないって言ったでしょう」

「それはわかってる。でも、あなたって、昔からなまりのある男性に弱かったわよねえ」

「昔からって？」

「『パーフェクト・ストレンジャーズ』のバルキ（地中海の小島からアメリカにやってきたバルキと同居人ラリーが繰り広げるシチュエーション・コメディ。八六～九三年まで放映。日本未公開）以来」

「シットコムの？」

「そう。バルキに夢中になったのは、あのなまりがあったからでしょう。彼がいとこと同居してるダメ男だってことはどうでもよかったのよ」

「違う。私が夢中だったのは、演じていた俳優のブロンソン・ピンチョット。バルキじゃない」ジェーンは笑った。「それに、あの年、あなたはトム・クルーズに夢中だったわよね。二人で『トップガン』を何度見たと思う？」

「二〇回は見た」キャロラインがワインを飲んだ。「あのころもう、あなたはダメ男にばかり惹かれてたのよ」

「実現可能な期待を抱いていると言ってほしいわね」

「というより、自分を安売りしてるって感じ。だって、これって、自分は見捨てられると思い込んでる人間によく見られる特徴だもの」

「酔ってるの？」

キャロラインが首を横に振り、完璧なポニーテールが肩をかすめた。「酔ってない。先週、婦人科の待合室にあった雑誌に詳しく書いてあったのを読んだのよ。あなたはお母さんを亡くしているから、愛する人が一人残らず自分のもとを離れていくんじゃないかと思ってるの」

「そんなの、雑誌にはくだらないでっち上げがたくさん載ってるってことを証明してるだけよ」そうだ、ちゃんと訊いておかなくちゃ。「この前は、私は捨てられることを恐れているから、恋愛関係から逃げてばかりいる、みたいなこと言ってくれたわよねえ。どっちなのかはっきりして」

キャロラインが肩をすくめる。「どう見ても、まったく同じ問題だわ」

「それもそうね」

二人はしばらく暖炉をじっと見つめていたが、やがてキャロラインが言った。「ライブに行かない？」

「今から？」

「私は明日、非番だし、あなたも仕事に行く必要なくなったんだから、遅くなったって平気でしょ」

ひょっとすると、今の私に必要なのは、一晩じゅう、ガレージバンドのサウンドで鼓膜を破裂させておくことかもしれない。自分が取材をするはずだったホッケーの試合から気をそらすにはそれしかない。アパートを出てしまえば、テレビをつけてチャンネルを切り替えながら、ちらちら試合を見ずに済むだろう。ジェーンは自分が着ている緑のTシャツと黒のフリースとジーンズを見下ろした。それに、『シングルガール・イン・ザ・シティ』の新しいネタも必要だし。「そうね。でも、着替えないわよ」

今夜のキャロラインは、胸にフラッグのロゴマークが入ったトミー・ヒルフィガーのセーターと、ヒップにぴったりフィットしたジーンズというカジュアルな装いだ。ジェーンを見て、あきれた表情をしている。「せめてコンタクトレンズにして」

「どうして?」

「それは……言いたくなかったんだけどな。だって、あなたのこと大好きだし、それじゃなくても、私はいつも、あれを着ろ、これを着ろとうるさく言ってるし、あなたに人目を気にしたり、自信をなくしたりしてほしくなかったんだもの。でも、あのメガネ屋の店員は、あなたに嘘をついたわね」

ジェーンは自分のメガネがそれほどひどいとは思っていなかった。リサ・ローブがまさにこういうメガネをかけてるじゃない。「本当に似合ってないと思う?」

「思う。それに、私がこんなことを言うのは、人から私が女であなたが男だと思われたくないからよ」

まさかキャロラインまで? 「何を根拠に、あなたが女で私が男だと思われると判断したわけ?」ジェーンは立ち上がり、バスルームへ移動した。「あなたのほうが男だと思われる可能性だってあるでしょう」居間から返事がないので、ドアのすき間から頭をのぞかせる。

「どうなの?」

キャロラインはマントルピースの上にかかっている鏡の前に立ち、赤い口紅を塗っている。

「どうなのって?」それが済むと、小ぶりのかわいらしいハンドバッグに口紅をしまった。

「何を根拠に、あなたが女で私が男だと思われると判断したの？」ジェーンは同じことを訊いた。

「ああ、それって本当に質問だったんだ？　うけを狙って言ったのかと思ってた」

翌朝、九時に電話が鳴った。レナードからだ。なんでも、ヴァージル・ダフィーとチヌークスの幹部が、「早まった決定」を考え直したらしい。ジェーンにできるだけ早く仕事に復帰してもらいたいのだとか。つまり、明晩の対バンクーバー・カナックス戦では記者席にいてほしいということだ。驚きのあまり、ジェーンはただベッドに横たわり、一八〇度方向転換したレナードの話を聞いていることしかできなかった。

どうやら、ジェーンがキー・アリーナで話をしたあと、チヌークスの選手は皆、素晴らしいプレーをしたらしい。彼女と握手をしたブレスラーはハットトリックを成し遂げた。リュックも再び本領を発揮、セントルイス・ブルースを六対〇で抑え、シャットアウトの数では、目下、ライバルのパトリック・ロワをしのいでいる。

ジェーン・オールコットは突然、福をもたらす存在になってしまったのだ。

「編集局長、それはちょっと……」ジェーンは黄色いフランネルの布団カバーを払いのけ、ベッドのへりに座った。頭と口に綿が詰まっているような感じがする。ゆうべ遅くまで遊びすぎたせいで、なかなか考えがまとまらない。「この仕事、お受けするわけにいきません。私、チヌークスが負けるたびにクビになるんでしょうか？」

「もう、それは心配しなくていいんだ」

信じられない。それに、また仕事を受けるにしても、前のように、喜んで飛びつこうとは思わない。正直なところ、まだ猛烈に腹が立っている。「考えさせてください」

電話を切ったあと、落ち込んだ気持ちを払拭しようと、コーヒーを沸かし、グラノーラを少し食べた。ゆうべは夜中の二時ごろになって、ようやくベッドに入り、余計なお金を使ったこと、外に出て時間を無駄にしたことすら後悔していた。クビになったこと以外、何も考えられず、一緒にいても、キャロラインは楽しくなかったはずだ。

朝食を取りながら、レナードの新しいオファーについて考えた。チヌークスは私を疫病神も同然に扱い、試合に負けたことを私のせいにした。それが今になって突然、幸運の女神扱い？　私は本当に、彼らの異常ともいえる験《げん》担ぎに身をさらしたいと思っているの？　一斉にカップを落とされたり、無言電話をかけられたりしてもいいと思っているの？

食べ終わると、シャワー室に飛び込み、温かい湯を浴びながら目を閉じた。私をまったく無視するかもしれないゴーリーと一緒に旅をしたいと本気で思ってる？　彼は私の胸をどきどきさせる存在なのに？　私はどきどきしたいのかしら？　それともしたくない？　絶対にしたくない。たとえお互い好感は持っていたとしても――それは明らかに違うけど――リュックは、背が高いゴージャスな女性にしか興味がない。

ジェーンはタオルで髪を包み、メガネをかけ、体をふいた。それから薄手のバンドゥ・ブラをして、ワシントン大学の白いTシャツをかぶり、膝に穴が開いた古いジーンズをはく。

そのとき、玄関のベルが鳴った。のぞき穴から外を見ると、シルバーフレームのオークリー・サングラスをかけた男性が狭いポーチに立っている。風に吹かれている姿が魅力的で格好いい。それに、リュック・マルティノーにそっくりだ。

ドアを開けたのは、ちょうど彼のことを考えていて、これが自分の想像の産物なのかどうかよくわからなかったから。

「やあ、ジェーン」彼が挨拶をした。「入っても構わないかな?」

うわっ、礼儀正しいリュック……。これでわかった。やっぱり錯覚を見ている。「どうして?」

「今回の件について、二人で話ができたらと思ったんだ」このセリフが決め手だった。彼は「アバウト」ではなく「アブート」と発音した。私は本物のリュックと話している……。

「つまり、私をクビにした件ってこと?」

リュックはサングラスを取り、革のボンバージャケットのポケットに突っ込んだ。頬が紅潮し、髪が乱れている。背後を見ると、縁石に彼のバイクが止めてあった。「俺がクビにしたわけじゃない。とにかく、直接はしてないよ」ジェーンが何も言わずにいると、彼は続けた。「中に入れてくれる?」

髪はタオルでくるんだままだし、冷気で鳥肌も立っている。入れることにしよう。「座ってて」リュックがあとからアパートの居間に入ってくる。ジェーンは少し席をはずし、タオルを取って、絡まった髪をブラシでとかした。世界じゅうの男性の中でも、まさかリュックがうちの居間に立っているなんて、想像したこともなかった。

髪をとかし終えると、タオルでできるだけ水気を取った。マスカラとリップグロスをつけたほうがいいかも、と一瞬思ったが、その考えは即座に却下。だが、メガネはやめて、コンタクトレンズを入れることにした。

髪は湿っているし、毛先には癖が出始めていたが、ジェーンは居間に戻った。リュックは背中を向けて立っており、マントルピースに並んだ写真を眺めていた。ソファの上にジャケットが置いてある。彼は白いドレスシャツを着ていて、袖口を太い前腕で折り返していた。背中の中央に一本、幅のあるプリーツが入っていて、裾が〈ラッキーブランド〉のジーンズにたくし込まれている。ポケットが財布でふくらんでいて、デニムの生地がヒップにぴったりフィットしている。彼が振り返り、ジェーンを見た。青い目を動かし、彼女の裸足の足からジーンズへ、Tシャツから顔へと視線を上げていく。

「これは誰？」彼は真ん中の写真を指差した。タコマにある父親の家のポーチで撮ったジェーンとキャロラインの写真だ。二人とも角帽をかぶり、ガウンをはおっている。

「親友のキャロラインと私。マウント・タホマ・ハイスクールを卒業した日の夜に撮ったの」

「じゃあ、ずっとこのあたりで暮らしてるんだ？」

「ええ」

「君はそんなに変わってないな」

ジェーンは彼の隣に立った。「このところ、めっきり老けちゃって」

リュックが肩越しに彼女を見た。「いくつなんだ？」

「三〇」

突然、無邪気な笑みが浮かび、ジェーンの防御をするりと抜けていく。体が熱くなり、彼女はベルベル絨毯の上でつま先を丸めた。「そうだったのか？　その年にしては、かなりいい線いってるよ」

ああ、どうしよう。彼が口にした以上の意味がその言葉にあるとは考えたくない。彼は私のことなど何とも思っていないに決まっている。その笑顔で私を惑わしたりしないでほしい。ぞくぞくしたり、顔がかっと赤くなったり、罪深い、いけないことを考えたりもしたくない。

「リュック、どうして来たの？」

「ダービー・ホーグから電話をもらったんだ」彼はジーンズの前ポケットに片手を突っ込み、一方の足に体重をかけた。「君に復帰してほしいと頼んだら、断られたと言ってた」

断ったわけじゃない。考えさせてほしいと言ったのよ。「それがあなたとどう関係があるわけ？」

「ダービーは、俺なら君を説得できると思ってる」

「あなたが？　私のこと、不吉な死の天使だと思ってるくせに」

「君はかわいらしい死の天使だ」

ああ、もう……。「ダービーは人選を間違えたわね。私は――」ジェーンはそこで言葉を切った。嘘はつけなかったし、彼を好きではないとは言えなかったからだ。彼が好きだった。たとえ、好きじゃないと思いたくても好きだった。そこで、半分嘘をつくことにした。「あなたのこと、好きかどうかさえわからないもの」

嘘をついているのはわかっているよとばかりに、リュックがくすくす笑った。「俺もダービーにそう言った」そして、口元に魅力たっぷりな笑みを浮かべ、のけぞるように胸を張った。「でも、あいつは俺なら君の気持ちを変えられると思ったんだな」

「それはどうかしら」

「そうくると思ったよ」リュックはソファまで歩いていき、革のジャケットのポケットから何か取り出した。「だから、仲直りのしるしに、これを持ってきたんだ」

彼が差し出したのは、ピンクのリボンをかけた薄い大型ペーパーバック。『ホッケー用語――テレビが教えてくれない専門用語と知識』

ジェーンはひどくびっくりしたが、彼の手から本を受け取った。「あなたがこんなことを？」

「ああ。本屋の女の子にリボンをかけてもらった」

彼がプレゼントをくれた。仲直りのしるしに。実際に使える物をくれた。花とかチョコレートとか安っぽい下着とか、ごく普通の男性が女性によく贈るような物じゃなくて。少しは考えてくれたんだ。気を配ってくれたんだ。この私に……。

「黒いリボンがなかったもんで、ピンクにするしかなかったけどね」

胸がきゅっと締めつけられる。これは困ったことになった。「ありがとう」

「どういたしまして」

ジェーンは顔を上げ、彼の笑みは無視して青い目を見つめた。ものすごく困ったことになった。白いシャツとラッキーブランドのジーンズに身を包んでいるような男性は困るのよ。バービー人形みたいな女性とデートをしようと思えばできてしまう男性を好きになるわけにはいかないの。

7　ディーク――敵の裏をかくためのフェイント

リュックはジェーンの緑の瞳を見下ろし、プレゼントの効き目はあったと悟った。彼女の態度を軟化させ、こちらが望んだ方向へうまく操縦することができた。しかし、彼女を完全に落とせた、運よくつかんだパックよろしく、手中に収めたと思えるはずだったのに、その直前、ジェーンは目を背けてしまった。一歩、後ろに下がり、疑い深そうに眉をひそめている。

「ダービーに、これで私のご機嫌取りをしろって言われたの？」ジェーンは本を掲げた。

くそっ。「違う」あのオタク野郎は花がいいんじゃないかと言ったが、自分で考えてホッケーの本にしたんだ。「本は俺のアイディアだ。でも皆、君に復帰してもらって、また取材をしてほしいと思ってる」

「皆が私の復帰を望んでいるなんて、ちょっと信じられない。特にコーチ陣はね」

彼女の言うとおりだ。全員が望んでるわけじゃない。とりわけ幹部の連中はそうだ。サンノゼでみっともない負け方をしたあと、チームはそれを何かのせいにしようとしていた。空気中や星の配列に何かあったのではないか、あまりにもお粗末な戦いぶりもさることながら、ほかに何か原因があったのではないかと考えた。その何かがジェーンだったのだ。選手たちはロッカールームでぶつぶつ文句や不平を口にしたが、誰も彼女がクビになるとは思っていなかった。特にリュックは。しかし、彼女に「あの仕事が必要だった」と言われてからは、自分の発言のせいでジェーンが路上生活をするはめになる、ということ以外ほとんど何も考えられなくなってしまった。そして、彼女のアパートの大きさを見てわかった。やはり金は必要だったのだろう。それにしても、この部屋はきれいだし、驚いたことに、黒ずくめでもない。丸ごとうちの居間に持っていっても、あっさりなじみそうだ。来てよかった。

「幹部の連中には、ジェーンは幸運のお守りなんだと言っておいた」それは本当だ。よりによって、「あほんだら」呼ばわりされたあと、リュックは人生最高の部類に入るプレーをした。それにブレスラーは彼女と握手をしたあと、今シーズン初のハットトリックを叩きだしたのだ。

ジェーンの口がへの字になる。「本当にそんなこと信じてるの？」

幸運の源についてはまったく疑いを持っていない。「もちろん。でも、今日ここに来た大きな理由は、仕事を必要としているのに、その機会を奪われるのがどういうことか、俺は知ってるからさ」

ジェーンが自分の素足を見下ろし、リュックは彼女の湿った髪をしげしげと眺めた。肩のあたりで毛先がカールし始めている。まるでずっと指に絡みつけてあったかのように。この指に絡めてみたらどんな感じがするだろう？　こんな近くに立っていると、あらためて気づかされるが、なんて背が低いんだ。肩もこんなに細いし、ワシントン大学のTシャツを着ているると、すごく若く見える。そのとき、これが初めてではなかったが、彼女の胸の先端がつんとTシャツを押し上げているのが目に留まり、またしても考えてしまった。寒いのか？それとも興奮してるのか？　体じゅうの血管に熱いものが巡ったかと思うと、股間に集中した。彼は半分硬くなり、ジェーン・オールコットに対する自分の反応に激しく動揺した。彼女は背も低いし、胸もないし、生意気じゃないか。体がそんな状態だったにもかかわらず、気がつくとこう言っていた。「俺たち、やり直せるんじゃないかな。初めて会ったとき、君のコーヒーに小便をしてやろうかと言ったことは忘れてくれ」

ジェーンが再び顔を上げた。肌はなめらかで、シミ一つなく、唇はピンク色でふっくらしている。頬は見た感じと同じように柔らかいのだろうか？　リュックは口元まで視線を下ろした。いや、ジェーンはタイプじゃない。でも彼女には俺の心をかき立てる何かがある。それはひょっとすると、ユーモアと不屈の精神かもしれない。あるいは、すぼまった乳首が目につき、ふんわりした巻き毛に突然、興味を覚えたせいで、そう思うだけなのかもしれない。

「実は、あのとき初めて会ったわけじゃないの」

リュックは視線を上げ、ジェーンの目を見た。くそっ。彼の人生には、ぼんやりしていて記憶があいまいな時期が数カ月あった。そのころは、あとで人から聞いたり、何かで読んだりして、やっと自分が何をしでかしたかわかるという始末だった。シアトルには住んでいなかったが、デトロイト・レッドウィングズのメンバーとして遠征で来ていたことは確かだ。

どんな答えが返ってくるか、ほとんど恐怖だったが、訊かずにはいられなかった。「いつ会ったんだ?」

「去年、記者クラブのパーティーで」

一気にほっとして、危うく笑ってしまうところだった。もし去年の夏、ジェーンと寝ていれば、覚えていたはずだ。その前だと、ちょっと記憶が怪しいが。「フォーシーズンズでやったやつ?」

「ううん、キー・アリーナだった」

リュックは頭を後ろに倒し、ジェーンを見た。「あの晩は人が大勢いたけど、君を覚えてなかったとは驚きだな」驚きでも何でもなかったが、そう言っておいた。ジェーンは初対面で記憶に残るような女性じゃない。ああ、わかってるさ。俺は好みのタイプの女性しか覚えていないような男で、そうとわかったところで、別に気にしちゃいない。俺には俺の生き方があるし、ものの見方がある。ずいぶん長いこと、そう生きてきたし、満足している。「でも、それほど驚くことでもないかもしれないな。だって、君は黒を着てたかもしれないだろう」これはジョークだ。

「私はあなたが何を身につけていたか、ちゃんと覚えてるわ」ジェーンは居間を横切ってキッチンに向かった。「ダーク・スーツ、赤いネクタイ、ゴールドの腕時計、それにブロンドの美女」

リュックは彼女の背中に沿って視線を下ろし、丸いヒップを見た。ジェーンは何もかも小さいが、態度だけはでかい。「ねたましかったのか?」

彼女がちらっと振り返る。「時計が?」

「それも含めて」

質問には答えず、キッチンへ入っていく。「コーヒー、飲む?」

「いや、結構だ。カフェインは摂らないことにしてる」リュックはあとからついていったが、狭い戸口で立ち止まった。「仕事はまた引き受けるつもりなのか?」

彼からプレゼントされた本をカウンターに置き、ジェーンはスターバックスのマグカップにコーヒーを注いだ。「引き受けても構わないけど」冷蔵庫を開け、一リットルパックのミルクを取り出し、コーヒーにほんの少し入れた。冷蔵庫の扉は付箋だらけで、ピクルスから塩味クラッカー、クレンザーに至るまで、ありとあらゆる買い物メモが貼りつけてある。

「これって、どれくらい価値のあることなの?」冷蔵庫にミルクをしまいながら尋ねた。

「俺個人にとって? それともチームにとって?」

ジェーンはマグカップを口元に上げ、その向こうにいるリュックを見た。「あなたにとって」

状況が逆転したことをうまく利用しようってわけか。価値があるかどうかはともかく、彼女は自分の利益を引き出そうとしている。もし立場が逆だったら、俺も同じことをしなかったとは言えないな。「仲直りのプレゼントをあげただろう」

「わかってる。そういう気持ちを見せてくれたことには感謝してるわ」

やるな。ひょっとすると、次の契約交渉では、ハウイーをクビにしてジェーンを雇ったほうがいいかもしれない。「何が望みなんだ？」

「インタビュー」

リュックは胸の前で腕を組んだ。「俺の？」

「そう」

「いつ？」

「少し調べ物をして、訊きたいことをまとめてから」

「俺がインタビュー嫌いなのは知ってるだろう」

「ええ。でも、痛い質問はしないようにしてあげる」

びっくりして、思わず彼女のシャツの前を見下ろしてしまった。「痛い質問って？」

「個人的なことは訊かない」

ほら、やっぱり寒いんだろ。セーターか何か着たほうがいいんじゃないのか？「個人的なことを定義してくれよ」

「心配しないで。あなたがつきあってる女性については訊かないから」

喉の優美なくぼみから唇へと視線を上げ、彼女の目を見つめる。「君は俺に関する記事を読んだんだろうけど、その一部はでたらめだ」どうして自分を弁護しているのかわからない。

ジェーンがマグカップにふーふー息を吹きかける。「一部？」

リュックは両手をわきに下ろし、肩をすくめた。「まあ、少なくとも半分は、本や新聞を売るためにでっち上げた作り話だろうな」

コーヒーの向こうで、彼女の口の片側が上がった。「つまり、半分は本当ってこと？」

見上げた顔がとてもかわいらしく、にこにこ笑っているものだから、危うく話してしまおうかと思うところだった。「オフレコか？」

「もちろん」

本当に危なかった。「でも君の知ったことじゃない。過去につきあった女性や、リハビリ中の話はしないよ」

ジェーンがマグカップを下ろした。「わかった。リハビリやあなたのセックスライフについては訊かない。それに関してはもうさんざん記事になってるし、退屈よね」

退屈？　俺のセックスライフは退屈じゃない。このところあまり盛んとは言えないが、内容は退屈なもんか。まあ……若干、そうかもしれないな。いや、退屈って言葉は間違ってる。大げさだ。ただ、近ごろ俺のセックスライフには何かが欠けている。それに、セックスそのものが欠けつつある。「何か」の正体はわからないが、マリーのことが解決すれば、答えを見つけ出す時間も増えるだろう。

「それに」ジェーンが続けた。「私の幻想を吹き飛ばすようなことは話してほしくないし」

「幻想って何だよ？」リュックは戸口に肩をもたせかけた。「俺が毎晩、３Ｐしてるって話か？」

「違うの？」

「ああ」立っている彼女を見て考えた。人のセックスライフを退屈だなどと言いやがって。ちょっとショックを与えてやろう。とにかく彼女が読んだであろう話でほんの少し。「二度、トライしたんだ。でも女の子たちは俺よりもお互いに興味を持ってしまってね。俺の自尊心にとっては、あまりよろしくない経験だった」

ジェーンが笑いだした。最後に女性のアパートで二人きりになって、うまくベッドへ誘おうなんてことも考えずに、笑ったり、おしゃべりをしたりしたのはいつだったかな。思い出せない。こういうのも、なかなかいいものだ。

リュックが訪ねてきた翌日の晩、ジェーンはチヌークス対バンクーバー・カナックス戦を取材すべく、記者席でダービーの隣に座っていた。ピラミッド型の屋根の中央から、四つのスクリーンを備えた八角形の電光掲示板が吊されている。下のセンター・アイスにはチヌークスのグリーンのロゴが大きく描かれていて、そこに照明が当たって反射していた。試合前のレーザー・ショーはまだ始まらない。試合開始の予定時刻まで三〇分あるけれど、バッグの中にはメモ帳もテープレコーダーも入っているし、準備万端。仕事に復帰し、顔には出さなかったものの、とてもわくわくしている。ダービーを除けば、幹部はまだ到着していない。私はあの人たちから冷たくあしらわれるのかしら？

ジェーンはダービーのほうを見た。「また仕事ができるようにしてくれて、ありがとう」

彼は前腕を膝に置き、アリーナを眺めていた。今夜はいつもより少なめにヘアジェルをつけているが、青いスーツのジャケットの下には、例の頼みの綱、ポケット・プロテクターが差し込まれている。

「僕だけの力じゃない。君がロッカールームにやってきてチームを激励したあと、皆、君のことが気の毒になったんだ。あれだけガッツのある人間なんだから、仕事に復帰させてやるべきだと思ったんだよ」

「復帰させたかったのは、今や私を幸運のお守りだと思ってるからでしょう」

「それもある」ダービーは下のリンクをじっと見つめながら、にこっと笑った。「今度の土曜日は何か予定入ってる？」

「また遠征に出るんじゃないの？」

「いや、出発は次の日だ」

「じゃあ、何もない」ジェーンは肩をすくめた。「どうして？」

「ヒュー・マイナーが、スペースニードルで盛大な引退記念パーティーを催すことになってるんだ」

聞き覚えのある名前だけど、誰だったか思い出せない。「ヒュー・マイナーって？」

「八九年から引退するまでチヌークスでゴーリーをやってた選手だよ。君も行ってみたいんじゃないかと思ってさ」

「あなたと？　デートってこと？」ジェーンは、どうかしてるんじゃないのとばかりに尋ねた。

ダービーの青白い頬が赤くなる。しまった、言い方がまずかった……。「デートである必要はないんだけど」

「ねえ、そんなつもりで言ってるんじゃないの」ジャケットの上から彼の肩をぽんと叩く。「わかるでしょ、チヌークスの関係者とは誰ともデートするわけにはいかないのよ。そんなことしたら、余計、噂や憶測を呼ぶだけだもの」

「ああ、わかってるよ」

本当に悪いことをした。おそらくデートしてくれる本物の彼女が見つからないのだろう。そこへ私が追い討ちをかけてしまった。「ドレスアップして行かなきゃいけないんでしょう」

「うん、セミフォーマルなんだ」ダービーはようやくジェーンの顔を見た。「リムジンで迎えにいくから、君は運転しなくていい」

ノーなんて言えるわけないわよね。「何時に？」

「七時」そのとき、ベルトに引っかけてある携帯電話が鳴り、ダービーはそちらに注意を向けた。「もしもし」と電話に出る。「ここにいますけど」彼はジェーンをちらっと見た。「今ですか？　はい、伝えます」電話を切り、ベルトのホルダーに戻す。「ニストロム・ヘッドコーチがロッカールームに来てくれだって」

「私に？　どうして？」

「理由は言わなかった」

ジェーンはノートをバッグに押し込み、記者席を出た。エレベーターで一階に下り、ロッカールームへ通じる廊下を進み、そのあいだずっと、またクビになるのかしら、と考えていた。もしクビだと言われたら、今度はその場でかっとなってしまうかも。

　ロッカールームに入ると、チヌークスのメンバーは全員、ユニフォームに着替えていた。戦闘装備に身を固めた姿がとても堂々としている。各自、ロッカーの前でベンチに腰を下ろし、ヘッドコーチの話に耳を傾けていた。ジェーンはドアを入ってすぐのところで足を止めた。ラリー・ニストロムはちょうど、カナックスのセカンドラインの弱点や、点を奪うためのゴーリー対策について説明をしているところだった。ジェーンは部屋の向こうにいるリュックに目を向けた。ゴーリー用の大きなパッドをつけ、胸に青と緑のチヌークが描かれた白いジャージを着ている。グローブとヘルメットをわきに置き、スケート靴の少し先を見据えていたが、やがて顔を上げ、二人の視線が絡み合った。彼に見つめられるだけで、心臓がどきどきしてしまう。そのうち青い目が彼女のグレーのセーターをゆっくりとたどり、黒いスカートから太ももを通って、黒いペニーローファーにたどり着いた。彼の眼差しには性的な興味というより、ただの好奇心しか感じられなかったが、ジェーンはその場に釘づけにされ、心臓が重たくなったような気がした。

「ジェーン」ヘッドコーチが呼んだ。リュックから無理やり目を背け、呼ばれたほうを向く。こっちへおいでと手招きされ、ヘッドコーチの隣に移動した。「さあ、この前、皆に言ったことをまた言ってやってくれ」

　ジェーンはつばを飲み込んだ。「コーチ、何を言ったか覚えてません……」

「パンツは上げとけ、みたいなことだっただろ」フィッシュが助け舟を出した。「それと、俺たちと旅をしたのはいい経験だった、かな」

全員がものすごく真剣な顔をしているものだから、もう笑ってしまいそうだった。選手がここまで縁起を担ぐとは、今の今まで思ってもみなかった。「わかった」思い出せる限りのセリフを再び口にする。「皆、パンツは上げといて。話があるから、ちょっとお邪魔するわ。私はもう、遠征には同行しません。だから、伝えておきたかったの。あなたたちと一緒に旅をしたことはいい経験だったし、決して忘れない」皆、にこにこしながらうなずいたが、ピーター・ペルーソだけは違った。

「ジョックストラップを同時に落とすのはどうのこうのって言っただろ。俺はそこを覚えてるんだよな」

「そうだよ、シャーキー」とロブ・サッター。「俺が覚えてるのもそこだ」

「あと、今年は俺たちがスタンレー・カップを勝ち取れると信じてるって言っただろう」ジャック・リンチがつけ加える。

「ああ、そこが肝心だ」

本当にそんなことが重要なの？　まったく、もう！「最初からやり直すべき？」

全員がうなずき、ジェーンはあきれて天を仰いだ。「皆、パンツは上げといて。話があるから、ちょっとお邪魔するわ。それと、ジョックストラップを同時に下ろす例のふざけたまねはやめてちょうだい」とか何とか言ったはず。「私はもう、遠征には同行しません。あなたたちと一緒に旅をしたことはいい経験だったし、決して忘れないわ。今年はスタンレー・カップを勝ち取れると信じてる」

皆、満足そうな顔をしている。一緒にいると頭がおかしくなりそうだったので、ジェーンはそうなる前に立ち去ろうとした。

「さあ、今度はこっちに来て、俺と握手しないとな」キャプテンのマーク・ブレスラーがわざわざ教えてくれた。

「ああ、そうだったわね」彼に近づき、手を握る。「試合、頑張ってね、マーク」

「違うだろ。ヒットマンって言ったんだ」

これって本当に変。「試合、頑張ってね、ヒットマン」

ブレスラーが微笑んだ。「ありがとう、ジェーン」

「どういたしまして」レーザー・ショーが始まったらしく、外から音が聞こえてくる。ジェーンは再びドアのほうに向かった。

「ジェーン、まだ終わってないぞ」

振り返り、部屋の奥にいるリュックを見る。彼が立ち上がり、人差し指をくいっと曲げた。

「こっちに来いよ」

とんでもない。皆の前で彼をあほんだら呼ばわりするなんて、絶対にごめんだわ。

「ほら、早く」

ジェーンはほかの選手の顔を見渡した。これでもしリュックがまずいプレーをしたら、皆、私のせいにするのだろう。鉛の靴を履いているような足取りで、中央にチヌークスのロゴが描かれた、目の詰まったカーペットの上を歩いていく。「何?」リュックの前に立って尋ねた。スケート靴を履いているので、彼はいつもより背が高く、見上げなければならない。

「この前、俺に言ったことを言わなきゃだめだ。縁起を担ぐんでね」

そうくるんじゃないかと思ってた。でも、なんとか免れなくては。「あなたはすごく調子がいいし、縁起を担ぐ必要ないでしょう」

リュックは彼女の腕をつかみ、そっと引き寄せた。「さあ、言ってくれ」

手のひらの温もりがセーター越しに伝わってくる。「リュック、そんなことさせないで」ジェーンは彼に聞こえる程度の声で言った。顔に火がついているのがわかる。「恥ずかしいったらないわ」

「じゃあ、耳打ちしてくれればいい」

リュックが覆いかぶさるように身をかがめ、革製パッドのきしむ音が、徐々に縮まる二人のすき間を埋めていく。シャンプーとシェービングクリームのにおいが革のにおいと混じり、鼻を満たす。「あほ……」ジェーンは耳元でささやいた。

「そういう言い方じゃなかっただろう」リュックが首を横に振り、ほんの一瞬、二人の頰が触れ合った。「何か忘れてる」

ああ、まいった。これが済む前に、恥ずかしくて死ぬか、気絶するか、鬱積した欲望で燃え尽きてしまうかも。どれも本当に勘弁してもらいたい。特に三つ目は。でも、彼の男性ホルモンのレベルは重力場並みで、私は意志に反して引き寄せられてしまう。ジェーンは目を閉じ、彼のほうに身を乗り出してしまわないように膝も閉じた。「この、あほんだら……」

「よし、いい子《スイートハート》だ。感謝するよ」

スイートハート? ジェーンは目を開けた。リュックが顔の向きを変えたので、唇が数センチのところまで近づいた。彼は微笑んでいる。「これ、毎回試合の前にやらなきゃいけないの?」なんとかそう口にした。もっと普通に言いたかったのに、声がかすれ気味になってしまった。

でも彼は気づいていないらしい。体をまっすぐ起こし、目尻に笑いじわが現れた。「残念ながらそのようだ」

ようやく、呼吸がまたできるようになった気がした。「じゃあ、昇給をお願いするわ」大きな温かい手が腕を滑り、肩に置かれた。リュックはジェーンの頬を軽く叩き、手をわきに下ろした。「交際費もたっぷり要求しとくんだな。次の遠征に出たら、ダーツで負けたあの五〇ドルを取り返してやる」

ジェーンは首を横に振り、ロッカールームを出るべく向きを変えたが、振り返って言った。「リュック、そんなのあり得ないから」

記者席に戻り、再びダービーの隣に腰を下ろす。メディアブースでは、キング5はもちろん、スポーツ専門局ESPNもチヌークス対カナックスの試合を中継していた。リュック・マルティノーが確実に好調を取り戻したおかげで、チヌークスは肉弾戦を制し、三対一で勝利した。見たところ、リュックは飛んできたパックを難なくさばいており、試合を観戦した人は皆、彼が最高のゴーリーと見なされる理由をあらためて思い出した。試合後のロッカールームで、選手たちはジェーンの質問に答えてくれた。パンツは上げておいてくれなかったものの、計画的というわけではなかったようだ。

その晩、記事を新聞社に送ると、ジェーンはキャロラインに電話をした。そして、相手が出るなり口にした簡単なひと言で、友人を丸一日分、いや、一週間、一年分、喜ばせることになった。「私、変身しなきゃ」

「あら、誰がかけてきたの？」

「全然、笑えないんだけど。今週末、フォーマルなパーティーに出ることになって、きれいな格好をしなくちゃいけなくなったのよ」

「ああ、神様、感謝します。こんな贈り物を授けてくださるなんて」キャロラインがささやいた。「このチャンスを何年待ったことか。まずは、ヴォンダに予約を入れなくちゃね」

「ヴォンダって？」

「全身のワックス脱毛をして、言うことを聞かないその髪の毛を格好よくしてくれる人」

ジェーンは手に持った受話器を見た。「ワックス脱毛？」

「それとヘアスタイル」

「この前、あなたに髪の毛をいじらせたら、『ちびっこギャング』のバックウィート（六〇年代のドタバタコメディに登場する、髪の毛が爆発気味の黒人少年）みたいになっちゃったじゃない」

「ハイスクールのときの話でしょう。あんなふうにしないわよ。ヘアスタイルが決まったら、ノードストロームのＭＡＣのカウンターでサラに紹介してあげる。正真正銘のメイクアップ・アーチストよ」

「マスカラとリップグロスをちょっとつければいいかなと思ってたんだけど。あと、上品な黒いカクテルドレスと、安いパンプスがあれば……」

「それとね、今日とっても素敵なフェラガモが入ったの」キャロラインはジェーンの話など耳に入っていないかのようにしゃべりまくっている。「赤よ。上の階で見たベッツィ・ジョンソンのセクシーなドレスと合わせたら完璧」

8　ブーマー——強烈な一撃

リュックは糊の利いた白いシャツの袖口を引っ張り、オニキスのカフスボタンをはめた。朝の練習のとき、ジェーンがダービーと一緒に今夜のパーティーに来るという話を聞いた。何を着て現れるのか見ものだな。黒い服さ。間違いない。彼は両手を上げ、ウィングカラーの最後のボタンを留めた。カナックス戦以来、ジェーンとは話をしていない。

残りの試合は控えのゴーリーが出場し、リュックは待ちに待った休養を取っていたので、ジェーンとは話す機会がなかった。話したいことがあったわけではない。でも、彼女と話したかったし、彼女をちょっと挑発して反応が見たかった。はたして笑うのか、それとも目を細めて口元をゆがめるのか。あるいは、あの青白い頬を赤く染めてやることができるのかどうか確かめたい。

タックの入ったズボンのウエストバンドのボタンにチャコールグレーのサスペンダーを留めながら考えた。ジェーンは今ごろダービーとデートをしているのだろうか？　そうは思わない。少なくとも思いたくない。ジェーンは気性が激しいし、生意気な口を利く。ポケットにペンを突っ込んでるオタク系の事務屋など、彼女にはまったくふさわしくない。これは周知の事実だが、ダービーはトレードでリュックを獲得することに反対し、二人はお互い、仕方ないとの理由で、我慢したくもない相手に我慢しているのだった。リュックに言わせれば、ダービーは根性がない。片やジェーンにはガッツがある。逆境にあっても逃げ出さないし、正面から立ち向かう。あの一五〇センチちょっとの体で。

リュックは黒いボウタイをつかみ、クローゼットの扉についた鏡の前に移動した。カラーにボウタイをぴたりと当て、片側の先端をもう片側の先端の下に通し、交差させる。左右の長さが気に入らない。タイをはずし、最初からやり直す。三度トライし、ようやく完璧に結ぶことができた。いつもは、タキシードを着てフォーマルなパーティーに出席するのは別に構わないと思っている。ゴーリー仲間の栄誉をたたえる宴となればなおさらだ。しかし今夜は、いつも同じというわけにはいかなかった。今夜は、妹がハイスクールのダンスパーティーに行くことになっている。唇にピアスをした男と一緒に。

ナイトテーブルから腕時計を取って手首にはめ、マリーの部屋に向かう。出かけるのは、マリーのデートの相手が迎えにきてからにしよう。一〇代の少年たちが考えることはお見通しだ。ザックとかいう男を品定めし、マリーが戻るころには俺は家にいる、寝ないで妹を待っているとわからせてやろう。ザックが来るまでここにいて、やつと握手をする必要がある。ちょっと強めに握り、俺の妹にちょっかいを出すなと脅してやらなくては。俺は素晴らしい兄ではないかもしれない。それどころか、素晴らしい兄とはほど遠い。でも一緒にいる限り、マリーを守ってやるつもりだ。

寄宿学校に関する話し合いはダンスパーティーが終わってからにしようと思っていた。マリーはとても楽しそうにドレスや靴を選んでいたし、その話をするタイミングではないような気がしたのだ。

マリーの部屋をノックすると、もごもごとはっきりしない返事が聞こえたので、リュックは中に入った。あの黒いビロードのドレスを着た妹の姿を期待しながら。マリーは先日、スクエアネックにパフスリーブ、小さなピンクのバラがいくつか縫いつけてあるそのドレスを見せてくれた。この年齢の女の子にふさわしい、本当にかわいらしいドレスだと思った。ところが、マリーはドレスではなく、パジャマ姿でベッドに横たわっていた。髪の毛をポニーテールにしたまま、ずっと泣いていたようだ。

「準備をしなくていいのかい？　もうちょっとで、デートのお相手が迎えにくるんだろう」

「ううん。来ない。ゆうべ電話があって、キャンセルされた」

「病気にでもなったのか？」

「家の用事があったことを忘れてて、私を連れていけなくなったんだって。でも、そんなの嘘。ガールフレンドができて、その子を連れてくのよ」

リュックの目の奥で何かがかっと白い光を放った。何かに動かされて歯を食いしばり、両手をぐっと握り締める。約束をすっぽかし、妹を泣かせるやつなどいてたまるか。「そんなこと許さない」部屋の奥まで進み、マリーを見下ろす。「そいつはどこに住んでるんだ？　俺が話をつけてくる。君を連れていくように言ってやるから」

「やめて」マリーは吐き出すように言うと、体を起こしてベッドの端に座り、目を大きく見開いてリュックを見上げた。「恥ずかしいでしょう！」

「わかった。それはしない」マリーの言うとおりだ。無理強いしたところで、彼女が困るだけだろう。「ケツを蹴飛ばしてくるだけにする」

彼女の黒っぽい眉が生え際に届くほど上がった。「相手は未成年よ」

「うん、鋭い指摘だ。じゃあ、おやじさんのケツを蹴飛ばそう。女の子との約束をすっぽかすような息子を育てた親は、原則としてケツを蹴飛ばされるべきだ」リュックは大真面目だったが、なぜか今の言葉でマリーの笑顔を引き出すことができた。

「私のためにアンダーソンさんのケツを蹴飛ばしてくれるの？」

「お尻だな。ケツじゃない。でも、もちろん蹴飛ばすさ」リュックはマリーの横に腰を下ろした。「それに、もし俺がやり損なっても、おやじさんに昼飯をごちそうしてくれるホッケー選手を何人か知ってる」

「そうだね」

リュックはマリーの手を取り、短い丸い爪をじっと見つめた。「電話でキャンセルされたって、言ってくれればよかったのに」

マリーが顔を背けた。「本気で気にしてくれると思わなかったから」

空いているほうの手で、彼女の目を自分のほうに向けさせる。「何言ってるんだ？　気にするに決まってるだろう。妹なんだから」

マリーは肩をすくめた。「ダンスパーティーみたいなこと、どうでもいいんだろうなって思っただけ」

「まあ、それはそうかもしれない。ダンスとかパーティーにはあまり関心がないからな。学校のダンスパーティーには一度も行ったことがないんだ。なぜかっていうと……」そこでいったん言葉を切り、肘でマリーの腕をつついた。「ダンスがまるでだめだからさ。でも、君のことは大切に思ってる」

そんなの信じられないとばかりに、マリーが口元をゆがめた。

「妹なんだから」ほかに説明のしようがないかのように、同じ言葉を繰り返す。「ずっと面倒をみてあげると言っただろう」

「わかってる」マリーは自分の膝に目を落とした。「でも、面倒をみるのと、大切に思うのは同じじゃない」

「俺にとっては同じことなんだよ、マリー。俺は大切に思ってない人間の面倒はみない」

マリーはつかまれていた手を引き抜き、立ち上がった。部屋を横切り、ドレッサーのほうへ歩いていく。そこにはブレスレットやクマのぬいぐるみが山になっていて、いちばん上に枯れたバラが四本載っていた。母親の棺から持ってきた白バラだ。それはわかっているが、なぜ持ってきたのか、なぜ今も持っているのかわからない。それを見るとマリーは泣いてしまうのだから、なおさらわけがわからない。

「知ってるのよ。私を遠くへやってしまいたいんでしょう」

ああ、やばい。なんでばれたんだ？　でもそういう問題じゃないだろう。「俺と一緒にいるより、同じ年ごろの女の子たちと暮らすほうが幸せなんじゃないかと思ってたんだ」

「リュック、嘘つかないで。私を追い払いたいんでしょ」

そうなのか？　自分の生活を取り戻せるよう、彼女を追い払うというのが、寄宿学校を探していちばんの動機なのか？　それはちょっと、認めがたいものがあるかもしれない。もはや無視できなくなった罪悪感で首の後ろが締めつけられ、リュックは立ち上がって妹のもとへ歩いていった。「嘘をつくつもりはない」肩に手を置き、自分のほうを向かせる。「本当のところ、君をどうすればいいかわからないんだ。一〇代の女の子のことは何もわからないけど、君が幸せじゃないってことはわかる。もっといい状況にしてあげたいが、どうすればいいのかわからないんだよ」

「私が幸せじゃないのは、ママが死んだから」マリーが小さな声で言った。「誰が何をしたって、その状況はよくならない」

「わかってる」

「それに、私と一緒にいたい人なんかいないもの」

「なあ、マリー」肩に置いた手にぎゅっと力をこめる。「俺は一緒にいたいと思ってるし、ジェニー伯母さんもそう思ってる」実際には、ジェニーは「夏休みに訪ねてきてほしい」と思っているだけなのだが、マリーが知る必要はない。「それどころか、伯母さんは家庭裁判所に監護権を求めると言って、俺を脅したんだぞ。君と二人でおそろいの部屋着を着るのが夢だったんだろうな」

マリーが鼻にしわを寄せる。「私、その話、どうして耳にしてなかったんだろう?」

「あのころの君は、心配事はもうたくさんという気分だったからさ」と、なんとかはぐらかす。「裁判で争うことになったって、俺のほうが金を持ってる。だから、ジェニー伯母さんは引き下がったんだ」

マリーは顔をしかめた。「伯母さんが住んでるのは、リタイアメント・ビレッジ（高齢者が快適に暮らせるように設計された施設および街）でしょ」

「そうだよ。でも、いいほうに考えてごらん。伯母さんなら毎晩、特製プルーン・プディングを作ってくれる」

「オエッ!」

リュックは微笑み、シャツの袖口を引き上げて時計を見た。そろそろパーティーが始まる。

「もう行かないと」と言ったものの、本当はマリーを独り残して出かける気にはなれなかった。「新しいドレスを着て、一緒に行かないか?」

「どこへ?」

「スペースニードル。盛大なパーティーがあるんだ」

「年寄りばっかりの?」

「そんなに年寄りでもないさ。きっと楽しいぞ」

「もう出なきゃいけないんでしょう?」

「待ってるよ」

マリーは肩をすくめた。「どうしようかな」

「行こうぜ。報道陣も来るし、新聞に写真が載るかもしれないだろう。君のものすごく素敵な姿を目にしたら、ザックのやつ、自分のケツを蹴飛ばすことになる」

彼女が笑った。「お尻、でしょ」

「そう。お尻」リュックはマリーをクローゼットのほうへ押しやった。「ほら、さっさとお尻をドレスに突っ込む」そう言って、部屋を出て、ドアを閉めた。それから自分の寝室に寄ってタキシードのジャケットをつかみ、居間で待つことにした。肩をすくめて四つボタン・ジャケットに腕を通し、マリーがお尻を振って急いで着替えてくれることを願ったが、彼が知り合った女性たちのご多分にもれず、彼女も支度に時間をかけている。

高さ二メートル半の窓の前に立ち、リュックは街を見渡した。雨はやんでいたが、ガラスには相変わらず水滴がくっついていて、光り輝く夜のシアトルと、そびえ立つ高層ビル群、その向こうに見えるエリオット湾がにじんだようにぼやけている。景色が気に入ったという理由だけで、このマンションを買った。反対側のキッチンか寝室の扉を抜ければ、バルコニーに出て、スペースニードルやシアトル北部の景色が望めるのだ。

ずらりと並んだたくさんの窓から外を見るのはスリル満点だったが、このマンションで暮らしていても、どうしても我が家にいるという気持ちになれない。そう認めざるを得なかった。モダンな造りのせいかもしれないし、ひょっとすると、それまで街を見下ろすほど高いところで暮らした経験がなかったせいかもしれない。窓を開けたりバルコニーに出たりすると、車やバスの音が浮き上がるように一九階まで伝わってきて、どこかのホテルの部屋を思い出してしまう。シアトルや、この街が与えてくれるものはすべて好きになってきたというのに、ときどき故郷に帰りたくなって、何となくそわそわしてしまうのだ。

ようやく寝室から出てきたマリーは、ラインストーンの小ぶりのネックレスをつけ、カールした髪を後ろに流してネックレスとおそろいのヘッドバンドで押さえていた。ヘアスタイルはキュートだ。でもドレスは……。ドレスがちっとも似合っていない。小さすぎるだろう、たぶんツー・サイズぐらい。黒いビロードの生地が胸と背中にぴったり張りついて窮屈そうだし、細い袖口が腕に食い込んでいる。いつも大きめのTシャツやトレーナーを着ているとはいえ、彼女が太っていないことはわかっている。でも、このドレスじゃ、ぽっちゃりに見えてしまう。

「どう？」マリーが目の前でくるっと一回転した。

ドレスの背中を走る縫い目がヒップの部分で左に引っ張られている。「きれいだよ」それに、肩から上は本当にきれいだ。シルバーのアイシャドウが、小学校のときに使ったグリッターみたいで、ちょっと妙だが。

「そのドレス、何号なんだ？」彼女の表情を見た途端、訊いてはいけないことを訊いたと気づいた。俺は女性に服のサイズを訊くほどばかじゃない。でも、マリーは大人の女性じゃないだろう。少女だ。妹なんだ。

「なんで?」

リュックは、マリーがピーコートを着るのに手を貸してやった。「いつも、ぶかっとしたシャツやパンツばかりだろう。だから君の服のサイズがわからなくてね」と、アドリブでなんとかしのぐ。

「ああ、これはゼロ号。信じられる? ゼロ号が入っちゃった」

「そんなわけないだろう。ゼロなんてサイズじゃない。もしゼロ号なら、もっと太らなきゃだめだ。マッシュポテトとグレービーを食べるといいかもな。それをホイップクリームで流し込むんだ」マリーが笑った。でも、冗談を言ったんじゃないんだぞ。

二人はスペースニードルに向かって短い道のりを車で出かけた。リュックがランド・クルーザーのキーを駐車係に預けたときには、すでに一時間以上遅刻していた。〈スカイライン〉は地上約三〇メートルの高さに位置する宴会専用施設で、三六〇度、シアトルの街を一望できる。リュックとマリーが到着したときはちょうど宴もたけなわ、エレベーターから出ると、音の壁が迫ってきた。何百名という人々の声と、食器類が片づけられる音と、三人編成のバンドが奏でる楽器の音が一緒になって聞こえてくる。薄暗い会場の中では、黒いタキシードと鮮やかなドレスが交じり合っていた。リュックは前にもここに来たことがあった。それに、この会場ではなく、これほど盛大なものでなければ、NHLの選手として契約して以来、パーティーには何度となく出席している。

マリーのコートを預けると、サッターとフィッシュとグリゼルを見つけ、妹を紹介した。

三人は学校のことを尋ねたりしていたが、話しかければかけるほど、マリーはじりじりと兄の後ろへ隠れていき、とうとう体が半分しか見えなくなってしまった。おびえているのか、恥ずかしがっているのか、リュックにはわからなかった。

「シャーキーを見たか？」フィッシュが尋ねた。

「ジェーン？　いや、見てないけど、どうして？」

フィッシュがビールを口に運び、肩をすくめた。

「どこにいる？」

フィッシュはグラスから人差し指を上げ、数メートル離れたところでリュックに背中を向けている女性を示した。ウェーブがかかった髪をショートにしている。真紅のホルターネックのドレスは腰に向かってV字型にカットされており、肩甲骨のあいだに垂れている細いゴールドのチェーンが照明を反射して白い肌に金色の光をちらちら投げかけていた。ドレスは腰とヒップにゆったりフィットしていて、裾がふくらはぎにかかっている。足元に目をやると、ピカピカの赤い靴。ヒールは八センチぐらいありそうだ。その女性は立ったまま、ほかの二人の女性としゃべっている。その片方がヒュー・マイナーの妻、メイであることはわかった。この前、会ったのは去年の九月で、そのときメイは妊娠九カ月だった。もう一人の女性は何となく見覚えがあるような。『プレイボーイ』で見たのだろうか？　三人の女性はいずれもジェーンには似ていない。

「黒いドレスの女性は誰？」見開きページのグラビアに載っていそうな女性について訊いて

みる。

「コワルスキーの奥さんだよ」

リュックはチームメイトのほうに注意を戻した。ああ、どうりで見覚えがあるわけだ。彼女とジョン・コワルスキーの写真がニストロム・ヘッドコーチのオフィスにかかっていたっけな。「コワルスキーが来てるのか?」コワルスキーはホッケー界の伝説的人物であり、引退するまでチヌークスのキャプテンを務めていた。体格で抜きんでていただけではなく、彼が放つスラップショットは時速一六〇キロを超えていた。近づいてくる〈壁《ウォール》〉を目にし、望むところだと思っていたゴーリーは、今、生きている中では一人もいないだろう。

会場をざっと見渡すと、チヌークスの幹部と一緒にいるヒューとジョンが目に入った。皆、何かの話題で声を上げて笑っている。リュックは赤いドレスの女性に注意を戻した。なめらかな背筋をたどり、首、ウェーブした髪へと視線を走らせる。フィッシュの勘違いさ。ジェーンが着る服は黒かグレーだし、髪は肩まであるだろう。

ジャケットを留めているいちばん上のボタンに手をやったとき、ダービー・ホーグがその女性に近づき、耳元で何か言った。彼女が横顔を向け、リュックの手がぴたりと止まる。あの死の天使が今夜は黒を着てないじゃないか。それに髪を短くカットしている。

「別の人を紹介してあげよう」リュックはマリーに声をかけた。二人で客のあいだを縫って進んでいくと、ベカー・ブラメットに呼び止められた。身長一七八センチのミスコン優勝者。かつての女友達だ。去年の夏、チャリティ・パーティーで出会い、それから数時間のうちに、彼女について三つのことがわかった。白ワインが好きなこと、金持ちの男が好きなこと、ブロンドが生まれつきだったこと。マリーと一緒に暮らすようになって以来、ベカーとはごぶさただった。

急いでマリーにベカーを紹介し、ジェーンに視線を戻す。すると、ダービーが何か言い、ジェーンが笑った。あの小ずるい男が笑いを取れるなんて、これっぽっちも想像できない。

「お久しぶりねえ」ベカーがリュックの注意を自分のほうに引き戻した。深い胸の谷間を強調する露出度の高いシルクのドレスを着ていると、相変わらずゴージャスだ。これまで、ベカーのような女性とたくさんつきあってきた。彼がリュック・マルティノーだから、名うてのゴーリーだからお近づきになりたいと思っている美しい女性たち。友達になった女性もいれば、ならなかった女性もいる。そんな美女たちが喜んで提供してくれるものを利用させてもらったって別に構わないと思っていた。でも今は隣に妹がいる。サイズの合わないドレスを着て、兄の後ろに隠れようとしている妹が。自分の人生のこんな一面を妹には見せたくない。

「しょっちゅう遠征に出ているからね」リュックはマリーの腰に手を置いた。「会えてよかったよ」挨拶をし、ベカーとの本当の関係に気づかれてしまう前に、妹を促してその場を離れた。ベカーが目で追っているが放っておこう。行きずりのセックスをしてもいいなんて、マリーには一瞬たりとも思ってほしくない。自分はもっと価値がある人間だと思ってもらいたい。ああ、わかってるさ。そんなことを思うのは善人ぶっている。でも構うもんか。

「ジェーン」近づきながら声をかける。彼女が振り向き、ふんわりしたカールが片方の目にかかった。それを押し上げ、彼女がにこっと笑顔を見せる。ショートヘアにしていると若く見えるし、ものすごくキュートだ。思わず微笑みを返してしまう。新しいヘアスタイルのおかげで、緑の瞳が大きく見える。それに化粧をしているから、目元全体がスモーキーでセクシーな表情になっている。唇にはダークレッドの口紅。俺の好きな色だ。会場の温度が少し上がったような気がして、リュックはジャケットのボタンをはずした。

「こんばんは、リュック」声もスモーキーだ。

「やあ、マルティノー」ダービーが言った。

「やあ、ホーグ」マリーの背中を押し、横に並ばせる。「今日のデートのお相手、マリーだ」と紹介すると、ジェーンが横目でにらんだ。それは犯罪よ、と思っているのは表情を見ればわかる。「妹なんだ」

「ああ、それじゃあ、思っていたことを撤回するわ」ジェーンは片手を差し出し、マリーに微笑んだ。「そのドレス、素敵ね。黒は私の好きな色よ」

それはずいぶん控えめな言い方だな、とリュックは思った。

「メイ・マイナーとジョージアンヌ・コワルスキーとは面識があるの？」ジェーンが尋ね、彼とマリーが話の輪に入れるよう、位置を移動してくれた。

リュックはヒュー・マイナーの妻に注意を向けた。短いブロンドの髪に大きな茶色の目、化粧はほとんどしていない。ナチュラル・ガールってやつだな。ジェーンと同じように。ただし今夜のジェーンは違う。今夜の彼女は口紅を塗っている。リュックは二人の女性と握手をした。「メイとは去年の九月に会ってるんだ」

「私が妊娠九カ月のころよね」メイは小さな黒いハンドバッグの中を探し回り、一枚の写真を引っ張りだした。「これがネーサン」

するとジョージアンヌが自分の持ってきた写真を取り出した。「これはレキシーが一〇歳のときの写真。こっちは妹のオリヴィア」子供の写真を見るのは構わないさ。本当に。でも、どうして世の親たちはいつも、俺が人の子供の写真を見たがっていると勝手に思い込むのだろう?「かわいいね」リュックはざっと見てから、写真を二人に返した。

周囲の話題は、遅刻して聞き逃したスピーチのことへ移っていき、リュックはこの機会にジェーンのドレスをチェックした。前身ごろが小さな乳房を下からすくうように持ち上げている。彼女が少し背中を丸めたら、胸が見下ろせるに違いない。部屋は暑いのに、大寒波の中にいるかのように、乳首がつんと立っている。

「リュック」マリーに呼ばれ、ジェーンのドレスから注意を引き離された。肩越しに妹を見る。

「化粧室、どこにあるか知ってる?」

「わかるわよ」ジェーンが代わりに答えた。「いらっしゃい。連れてってあげる」ヒールの高い靴を履いていると、背の高さはマリーと同じぐらいだ。「途中でお兄さんのやましい秘密を洗いざらい話してくれてもいいからね」と言い添え、ジェーンはマリーと一緒に出ていった。

心配ないだろう。マリーは俺の秘密を知らないのだから。やましい秘密であろうとなかろうと。二人はたちまち人込みに飲み込まれてしまった。リュックが向き直ると、メイとジョージアンヌが失礼するわと言って去っていき、取り残された彼は、そのままダービーをじっと見つめた。

先に口を開いたのはダービーだった。「ジェーンのこと、変な目つきで見てただろう。彼女は君のタイプじゃない」

リュックはジャケットの身ごろを払いのけ、ポケットに片手を突っ込んだ。「俺のタイプって？」

「ホッケー・グルーピー」

グルーピーとつきあったことはないし、もう特定のタイプが好きなのかどうかもよくわからない。なにしろ、ジェーン・オールコットを見て、もしリネン室に引っ張り込んで、あの赤い口紅をキスで取り去ったら、彼女はどうするだろうなどと考えてしまえるのだから。もし、彼女の背骨を指でたどり、胸に手を回して、小さな乳房を包んだら？　もちろん、そんなことできるわけがない。ジェーンとなんて、あり得ない。「君には関係ないだろ？」

「ジェーンと僕は友達だ」

「人に電話してきて、仕事に復帰するよう彼女を説得してくれと言ったのはどこの誰だったかな？」

「あれはビジネスとして頼んだんだ。君がちょっかいを出せば、彼女は仕事を失う可能性がある。永久に。もしジェーンを傷つけるようなまねをしたら、僕を本当に怒らせることになるからな」

「俺を脅してるのか?」ダービーの青白い顔を見下ろし、危うくこの男に敬意を抱いてしまうところだった。

「そうだよ」

リュックは笑みを浮かべた。ひょっとするとダービーは、俺がずっと思っていたような、頭でっかちのふ抜け野郎じゃないのかもしれない。バンドが新しい曲の演奏を始めると、彼はその場を立ち去った。神経を逆なでするようなジャズの調べが会場を満たす中、人込みを縫って、今夜の主役、ヒュー・マイナーのもとへ向かう。ジョン・コワルスキーも加わってホッケー談義が始まり、三人は、今年チヌークスがスタンレー・カップを手にする可能性について議論した。

「このまま故障者を出さずに済めば——」ヒューが予想する。「カップを勝ち取る可能性は大だな」

「それに、スナイパーも一人いたほうがいい」と、ウォールが言い添える。

引退後、二人が何をしているかということに話題は移り、ヒューがズボンのポケットから財布を取り出して中を開いた。「これがネーサン」すでに見ていた写真だったが、リュックはわざわざそれを伝えはしなかった。

9　ロックヘッド・ムーブ——ばかなまね

ジェーンは手を拭き、ペーパータオルをごみ箱に捨てた。洗面台の鏡をのぞき込んだが、とても自分の顔とは思えない。それがいいことなのかどうかもよくわからない。

キャロラインに借りた小ぶりのハンドバックを開け、赤いリップグロスのチューブを取り出す。マリーも洗面台にやってきた。手を洗っているリュックの妹をよくよく眺めてみる。同じ色合いの青い瞳をしているということを除けば、兄と妹はちっとも似ていない。

さっき振り向いたとき、こんな若い女の子と一緒にいるリュックを見てショックだった。まず思ったのは「それは犯罪、逮捕されるわよ」だ。でもそのあと、妹だと紹介され、さらにショックを受けた。

「こういうの、苦手なの」ジェーンは打ち明け、前かがみになってグロスを塗った。パーティーの前に、キャロラインが落ちないタイプの口紅を塗ってくれたので、あとはグロスを重ねればいいだけだ。自分ではうまく塗れたと思うけれど、なにしろ経験がないし、これでいいのかどうかよくわからない。「ねえ、正直に言って。私の唇、みっともない?」

「ううん」

「やりすぎじゃない？」白状すれば、こんなふうにメイクをするのはちょっと楽しい。もっとも、毎日やりたいわけじゃないけれど。というか、たびたびやりたいとも思わない。

「ううん」マリーがペーパータオルをごみ箱に捨てた。「そのドレス、素敵ね」

「ノードストロームで買ったの」

「私も！」

ジェーンはマリーにグロスを渡した。「友達が選ぶのを手伝ってくれたんだけどね。私は色選びが得意じゃなくて」

「私は自分で選んだけど、買ってくれたのはリュック」

だとしたら、どうしてリュックは、こんな小さすぎるドレスを妹に買わせたのだろう？おしゃれに憂き身をやつしているとは言えないものの、私にもサイズが合っていないことぐらいわかる。「いいお兄さんね」鏡越しに、マリーが唇にグロスを塗る様子を見守った。ちょっとつけすぎかも。「シアトルに住んでるの？」

「ええ。リュックと一緒に」

今夜、三度目のショック。「本当に？　それはとんでもない地獄ね。何か悪いことをした罰とか？」

「違う。ママが死んだの。一カ月半前に」

「ああ、どうしよう」ジェーンは胸が締めつけられた。「ごめんなさい。冗談のつもりで無神経なこと言っちゃって。私って、本当にばかね」

「気にしないで」マリーはジェーンに微笑んでみせた。「それに、リュックと暮らすのは、いつもとんでもない地獄ってわけじゃないし」

ジェーンはリップグロスを受け取り、マリーに顔を向けた。何か言ってあげられることはある？　何もない。でも、とにかくやってみよう。「私も六歳のときに母を亡くしたの。もう二四年になるけど、わかるわ……」そこで言葉を切り、ふさわしい表現を探す。一つも浮かばない。「心にぽっかり穴が開いてるのよね」

マリーがうなずき、靴を見下ろした。「今もときどき、ママがいなくなったことが信じられなくなるの」

「わかる、その気持ち」ジェーンはグロスのチューブをハンドバッグに戻し、マリーの肩に腕を回した。「もし誰かとママの話がしたくなったら、私にしていいからね」

「それもいいかも」

マリーの目尻に涙があふれ、ジェーンは彼女をぎゅっと抱き締めた。二四年経っても、あのとき味わった感情ははっきりと思い出せる。今にもあふれてきそうだから。「でも今夜はやめときましょう。楽しまなくちゃね。さっき、ヒュー・マイナーの甥ごさんたちに会ったの。ミネソタから来たんですって。あなたと同じ年ぐらいだと思う」

マリーは指で目をそっと押さえた。「カッコよかった？」

ジェーンは考えてみた。自分がマリーの年ならそう思ったかもしれない。でも、実際には違うし、この年で一〇代の男の子をカッコいいと思うなんて、どうも落ち着かない。頭の中で映画『卒業』のテーマ曲『ミセス・ロビンソン』が流れてきそうだ。

「そうねえ。農場で暮らしてるそうだから……」ジェーンが切りだし、二人は化粧室を出た。

「牛の乳搾りでもしてるんだと思う」

「げっ……」

「そうじゃなくて、仕事で鍛えられてがっしりしてるってこと。さっき会った限りの記憶では、家畜小屋みたいなにおいはしてなかったわよ」

「よかった」

「最高でしょ」ジェーンは肩越しにマリーを見た。「そのアイシャドウ、素敵。すごくキラキラしてる」

「ありがとう。今度、貸してあげるね」

「グリッターをつけるには、私はちょっと年取ってると思うけど」ジェーンが腕を下ろし、二人が人込みを縫って進んでいく。街を見渡しているヒュー・マイナーの甥っ子たちを見つけ、ジェーンは二人にマリーを紹介した。ジャックとマックは一七歳の双子だ。おそろいのタキシードを着て、深紅のカマーバンドを巻いている。毛先をつんつん立たせたクルーカット、大きな茶色の目。この子たち、ちょっとかわいい。ジェーンは認めざるを得なかった。

「君は何年生？」マック、もしくはジャックが尋ねた。

マリーが頬を赤く染め、背中を丸めた。その姿を見ていたら、思春期に感じた、ひどく自信のない気持ちがすっかりよみがえってきて、ジェーンは、あれをもう二度と味わわなくて済むことを神に感謝した。

「一〇年生」マリーが答える。

「俺たちは去年、一〇年生だった」

「そう。一〇年生って、いじめられるんだよな」

マリーがうなずいた。「皆、一〇年生をゴミみたいに扱うの」

「俺たちはそんなことしない。少なくとも女の子にはね」

「同じ学校だったら、俺たちが君の味方をしてあげるのになあ」と双子の片方が言い、ジェーンは彼の勇敢な態度に感心した。二人とも本当に親切な若いジェントルマンだ。きちんと育てられたのね。ご両親は誇りに思うべきだわ。「一〇年生って学年はムカつくよな」彼が言い添えた。

やっぱり違うかも。女の子の前でそういう話し方はしちゃいけないと、誰か教えてあげるべきだわ。

「ホント、ムカつく」マリーが同意する。「進級するのが待ち遠しい」

そうね、たぶん私が年を取っただけ。結局、「ムカつく」というのは、「最低」と同じことなんでしょう。

一〇代の若者のおしゃべりが続くにつれ、マリーはだんだんリラックスしていくように見えた。彼らはどこの学校に通っているか、どんなスポーツをするか、どんな音楽が好きか、といった話をしている。三人とも、会場の反対側で演奏しているジャズバンドはダサい、ということで意見が一致したようだ。

　マリーと双子が、あれが「ムカつく」、これが「ダサい」と語り合っているあいだ、ジェーンは、もっと大人の会話ができるところはないかしらと、会場に目を走らせた。そして視線は、ゼネラルマネージャーのクラーク・ガマチェと話し込んでいるダービーを通り越し、リュックに向けられた。彼はバーカウンターの端に寄りかかり、白いスリップドレスを着た背の高いブロンドの女性と話していた。女性はリュックの腕に手を置いており、彼女がしゃべると、彼は覆いかぶさるように頭を下げて聞いている。ジャケットの合わせ目を手で払いのけ、その手をズボンのポケットに突っ込んだ。チャコールグレーのサスペンダーが白いシャツのプリーツにぴたりと沿っている。ジェーンは、このフォーマルな服の下に神の肉体が、平らな下腹部に蹄鉄のタトゥがあることを知っている。女性が何か言って、リュックが笑い、ジェーンは顔を背けた。何か気がかりな、嫉妬によく似た感情がみぞおちに降りてきて、小さなハンドバッグをつかんでいる手にぎゅっと力を込めた。嫉妬なんかするわけない。彼は私のものではないし、あんな人、好きじゃないもの。まあ、それほどでもないかな。今、私が感じたのは怒り。そう考えれば納得がいく。私が妹の世話をしているあいだ、リュックはヴァンナ・ホワイト（人気クイズ番組のホスト）そっくりなブロンド美女を探し回っていたというわけね。

　ロブ・サッターにダンスを申し込まれ、ジェーンはマイナー家の双子にマリーを任せてその場を離れた。ハンマーはダンスフロアの中央に彼女を導き、驚いたことに見事なステップを披露した。彼女の体のわきに手を添え、上手にリードしてくれる。目の周りにあざがなかったら、タキシード姿の彼は申し分なく上品に見えただろう。

ハンマーのあとは、タキシードに合わせてモヒカンをライトブルーに染めてきたストロムスターと一緒に踊った。最初、この若いスウェーデン人との会話はなかなか成り立たなかったが、一生懸命、耳を傾けているうちに、彼の強いなまりが理解できるようになった。一曲終わって、バンドの演奏がいったんやむと、ストロムスターにお礼を言い、ダンスフロアの端で待っているダービーのほうに歩いていった。

「ジェーン、申し訳ないんだけど――」近づいてくる彼女に向かって彼が切り出した。「今すぐ君を送っていかなきゃならない。ずっと取り組んできたある選手の獲得が、今夜やっと決まりそうでね。クラークはもうオフィスに向かった。あとで落ち合うことになってるんだ」

キー・アリーナはスペースニードルの目と鼻の先にあるけど、私を送っていったら、場合によってはアパートから戻ってくるのに三〇分くらいかかってしまう。「行ってちょうだい。私はタクシーで帰るから」

ダービーは首を横に振った。「ちゃんと家まで送り届けたいんだ」

「俺が送り届けるよ」リュックの声に、ジェーンは振り返った。「マリーは今、マイナー家の双子と上の展望台に行ってる。あの子が戻ってきたら、君を送っていこう」

「それはすごく助かるな」ダービーが言った。

ジェーンはリュックの背後にちらっと目をやり、先ほどのブロンドの女性を探したが、彼は一人だった。「本当にいいの？」

「いいとも」リュックはチームのアシスタント・ゼネラルマネージャーに目を移した。「誰を獲得することになってるんだ？」

「明日の朝まで秘密にしといてくれよ」

「もちろん」

「ディオンだ」

リュックが笑みを浮かべた。「そうなのか？」

「ああ」ダービーはジェーンに顔を向けた。「今夜は一緒に来てくれてありがとう」

「こちらこそ、お招きいただきまして。リムジンは最高に盛り上がったわね」

「じゃあ二人とも、明日の朝、空港で」ダービーはそう言って、エレベーターに向かった。

ジェーンは去っていく彼を見つめながら尋ねた。「ディオンって誰？」

「まったく、本当にホッケーに疎いんだな」リュックは彼女の肘をつかみ、踊ろうかとわざわざ訊きもせず、そのまま込み合うダンスフロアに引っ張り出した。小さなバッグを取り上げ、ジャケットのポケットに押し込むと、一方の手で彼女の手をつかみ、もう一方の温かな手を彼女の体のわきに添えた。

新しいハイヒールを履いていると、ジェーンの目の高さはリュックの口の位置に来る。彼女は彼の肩に手を置いた。ダンスフロアの照明が彼の顔に斜めの影を投げかける。彼がしゃべっているあいだ、ジェーンはその唇をじっと観察した。「ピエール・ディオンはベテランのスナイパーさ。彼は氷を知ってる。彼がスイートスポットをとらえると、パックはものすごい勢いで突き刺さるんだ」

リュックの唇を見ていると、神経の末端に妙な作用を及ぼすので、ジェーンは彼の目へと視線を移した。おそらく、スイートスポットについては話題にしないのがいちばんだ。「妹さん、とてもいい子みたいね」

「本当に？」

「意外だって口ぶりだけど」

「そうじゃない」彼はジェーンの頭の向こうに目をやった。「ただ、あの子は気分にむらがあって、予測不可能なんだ。それに今夜はあの子にとって、あまりいい夜じゃなかった。ある男の子からハイスクールのダンスパーティーに誘われてたんだが、そいつが土壇場になって、ほかの女の子と行くことにしてしまったんだよ」

「ひどい。卑怯なろくでなしね」

リュックはジェーンに視線を戻した。「そいつのケツを蹴飛ばしてやると言ったんだが、マリーは、そんなことされたら恥ずかしいと思ったみたいだ」

ある奇妙な理由で、ジェーンはリュックにどんどん夢中になっていくような気がした。自分でもどうにもならない。きっと何もかも、彼が妹のために誰かのケツを蹴飛ばしてやると言ったせいだ。「いいお兄さんね」

「実際には、そんなんじゃないよ」彼の親指が手の甲をかすめ、ジェーンは少し引き寄せられた。「マリーは泣いてばかりいて、俺は何をしてやればいいのかわからない」

「お母さんを亡くしたばかりなんでしょう。あなたにできることは何もないのよ」

彼の膝が当たった。「その話、君にしたのか？」

「ええ。あの子の気持ちはわかる。私も母を亡くしてるから。誰かに話を聞いてもらいたいと思ったら、電話してきてねと言っておいたわ。あなたが気にしないといいんだけど」

「全然、構わないさ。あの子には話し相手になってくれる女性が本当に必要だと思ってる。遠征中、マリーと一緒にいてくれる女性を雇ったんだが、あの子はその人のことが好きじゃないらしい」リュックは一瞬、考えてから続けた。「あの子に本当に必要なのは、服を買いに連れていってくれる人だ。クレジットカードを貸すたびに、お菓子や、ツー・サイズも小さい服をどっさり抱えて帰ってくるんでね」

これで、あのきつきつのドレスも説明がつく。「マリーに友達のキャロラインを紹介してあげてもいいわよ。彼女、人を変身させる達人だから」

「そりゃあ、いいな、ジェーン。俺は女の子のことは何もわからなくて」

リュックのことを徹底的に調べなくたって、彼と会えば五分とかからず、この人は女の子について相当詳しいとわかっただろう。それは目の表情と、微笑んだときの、自信ありげな口元のカーブに表れている。「つまり、妹みたいな若い女の子のことは何もわからないんでしょ」

「自分の妹のことがわからないんだ」リュックは意地悪そうににやっと笑った。「でも、一度、双子とデートをしたよ」

「でしょうね」ジェーンは顔をしかめた。「あなたとヒュー・ヘフナー（『プレイボーイ』創刊者）も双子だわ」

リュックが笑った。心の底から面白がっている。「すぐ真に受けるんだな」そこで曲が終わり、ジェーンは後ろに下がった。しかし彼は解放してくれず、彼女をまた胸に引き寄せた。バンドが別の曲を演奏し始める。「リムジンでホーグと何をしてたんだ？」彼はジェーンの髪のすぐわきで尋ねた。

「え？」

「リムジンで最高に盛り上がったって、ダービーに言ってただろう」

ダービーと私はシャンパンを飲みながらテレビを観賞し、そのあいだ、運転手は街を回ってくれた。まるでビル・ゲイツ夫妻を送迎するかのように。でも、リュックはそんなことを知りたいわけじゃない。いやらしいことばかり想像してるんだわ。じゃあ、そういう話をしてあげよう。「はめをはずしてたの」

リュックが動きを止めた。「ホーグとはめをはずしてた？」

笑いだしそうになりながら、彼の顔を見上げる。はめをはずしているのは、私の想像力だけ。「あのヘアジェルをつけてると、彼、すごくワイルドなの」

リュックが再び動きだす。「聞かせてくれよ」息の混じったささやき声がこめかみをかすめ、ジェーンは彼の肩に置いた手の指先を丸めた。

「詳しく知りたいってこと？」

「そう。頼むよ」

今度は笑ってしまった。たぶん彼は、ハニー・パイでも考えつかないことをしてきたのだろう。詳しく話してみたところで、彼にショックを与えられるかどうかは疑わしい。「話をでっち上げない限り、あなたはがっかりする運命にあると思う」

「じゃあ、でっち上げてくれ」

そんなことできる？　このダンスフロアで？　目を閉じれば、ハニー・パイになれるのかしら？　笑顔一つで男をその気にさせる女になれる？　リュックのような男性をその気にさせることができる？

「楽しいことがいい」彼が注文を加えた。「ただし、ムチはごめんだ。痛いのは趣味じゃないんでね」

やってみたい。彼の胸に倒れこんでみたい。リュックのような男性を満足させる女のふりをしてみたい。みだらなことをしてあげるとささやき、男に懇願させるような女のふりをしてみたい。次号の『ＦＨＭ』では、ハニーが乱交パーティーに行く話を書いてみようかと思っていた。男はそういう空想が大好きだから。「眺めているのが好きなの？」

「いや、むしろ行動派だ」彼が耳元で言った。「そのほうがずっと面白いだろ」

でも、そんなことできない。自分のアパートで、独りで想像するならともかく、〈スカイライン〉でリュックの腕に抱かれて立っているとなれば、まったく別問題だ。これ以上、エスカレートさせるわけにもいかず、思いついた話はこれが精一杯だった。「ダービーはけだものよ。今夜は二人とも体力が回復しないかもね。というか、私はもう座ったほうがいいわ。くたくたなの」

リュックが体を引き、ジェーンの顔をのぞき込む。「まさか、それが精一杯だって言うんじゃないだろうな？　人をこき下ろすときのほうがまだましだ。それだって、ずいぶんお粗末だけど」

「ほかの話をしましょうよ」何か無難な話を。

リュックはしばらく黙っていたが、やがて言った。「今夜の君は素敵だ」

「ありがとう。あなたも決まってる」そのとき、ジェーンはもう一度引き寄せられた。指が彼の肩をかすめ、ジャケットの生地の感触が伝わってくる。少しでも体を傾ければ、彼のコロンと、シャツの糊のにおいが鼻を満たすだろう。「すごく素敵」

「そのヘアスタイル、気に入ったよ」

「今日の午前中、カットしてもらったの。今は格好よく見えるけど、本当の試練がやってくるのは、朝、髪を洗わなきゃいけなくなったときね」

彼がまた口を開いたとき、その声は、耳の横で低く穏やかに響いていた。「俺は洗って、そのまま出かけてしまう」

ジェーンは目を閉じた。よかった。無難で退屈な話題。髪のお手入れについて。

「ドレスも好きだ」

これもまた無難な話題。「ありがとう。黒じゃないわよ」

「俺もそれが気になってね」彼が体のわきに添えていた手を腰へと滑らせると、手のひらと指のぬくもりが、むき出しの素肌にじかに伝わった。「後ろ前に着てもいいと思わないか?」

その手の感触にすっかり緊張してしまったのか、唇からびっくりしたような笑いがもれる。

「まさか。それはどうかと思う」

「残念だな。俺は後ろ前に着てるのを見たって構わないんだけど」

ジェーンの内側でありとあらゆるものが静まり、音楽だけが周りを流れていく。意地悪そうな笑みを浮かべ、蹄鉄のタトゥを入れているリュック・マルティノーが裸の私を見たがっている。あり得ない。その衝撃で、ドレスのすぐ下の肌がぞくぞくし、熱くなり、あらゆる感覚で活気づいた。欲望と欲求が下腹部にたまっていく。私が体を少し前に傾けたら、彼は気づくかしら? 首のわきのにおいをかげる程度に傾けたら? ボウタイの黒いバンドと、ぱりっとしたカラーのすぐ上で体を傾けたら?

「ジェーン?」

「ん?」

「マリーが戻ってきた。明日は朝早い便だし、もう帰らないと」

ジェーンは目を上げ、彼の顔を愛撫している影を見つめた。みだらな考えが私の心を汚しているけれど、彼のほうは動じていないようだ。**俺は後ろ前に着てるのを見たって構わないんだけど**、ですって? きっと、また私をからかってるのよ。「コートを取ってくるわ」

腰にあった手がはずされ、温かな感触はひんやりした空気に取って代わられた。腕をつかまれ、二人でダンスフロアの外に出ると、彼がバッグを返してくれた。「チケットを預かるよ。マリーのコートを取りにいくから、ついでに君のも持ってくる」

ジェーンはバックの中をあさり、チケットを引っ張り出した。リュックがコートを取りにいっているあいだ、マリーとしゃべってはいたが、頭では彼のことを考えており、それは否定のしようがなかった。私は彼に強い欲望を感じている。これはまずい。彼は気づいたかしら？　気づいていないことを心から願っている。絶対にばれませんように。ジェーン・オールコットが、バッドボーイとして知られるホッケー選手、リュック・マルティノーに飛びつきたいと思っているだなんて。そんなこと誰にも知られず、一生幸せに暮らしてみせる。もし勘づけば、彼はきっと反対方向に逃げて、ずっと遠くへ行ってしまうだろう。

リュックが戻ってきて、黒いレインコートを着るのに手を貸してくれた。襟を直す際、彼の指がうなじをかすめ、ジェーンはこんなことを考えてしまった。このまま後ろに寄りかかり、彼の腕に抱かれたら、どんな感じがするだろう？　しかし、衝動的に行動する度胸があったとしても、もう遅かった。リュックは彼女から離れ、妹のためにコートを広げてやっていた。

三人はスペースニードルの下で、駐車係が白いランド・クルーザーを回してくれるのを待った。リュックはジャケットの四つのボタンをはめ、寒さで広い肩を丸めながら、ポケットに手を突っ込んでいる。そのあいだ、天気の話をしたり、明日の早朝の便の話をしたり。これといった話題もない。マリーが展望台から見た景色について話し、ジェーンはリュックの暗い横顔にちらっと目を走らせた。スペースニードルの照明が顔と広い肩の片側を照らし、コンクリートに長い影を投じている。

駐車係が戻ってくると、リュックはジェーンのために助手席のドアを、妹のために後部座席のドアを開けてやった。それから運転席に座り、三人を乗せた車はベルヴューを目指して出発した。数ブロックと進まないうちに、リュックが沈黙を破った。

「月曜日は、君が学校から戻る前にジャクソンさんが来てくれることになってる」彼は妹に言った。「必要なお金はあるのかい?」

ジェーンは横目で彼を見た。車内は暗く、横顔は黒い輪郭しかわからない。ダッシュボードの金色のライトが腕時計を照らし、ジャケットの身ごろに細長い銀色の光を何本も放っている。ジェーンは顔を背け、窓の外をじっと見つめた。

「お昼代。あと、陶芸クラスの教材費をまだ払ってないの」

「いくら要るんだ?」

リュックのランド・クルーザーの豪華な革の内装に囲まれ、ジェーンは邪魔者になった気分で二人の会話に耳を傾けていた。彼は日々の生活について妹と話している。私は含まれていない生活。これは彼の生活。私のじゃない。私には私の生活がある。自分の力でなんとかやっている生活が。私は彼の人生の一員ではない。

アパートの前の縁石に車が寄せられると、ジェーンはドアに手を置いた。「送ってくれてありがとう」

遠くからリュックの手が伸びてきて、薄いレインコートの上から彼女の腕をつかんだ。「そこにいて」それから、彼は後部座席に目をやり、「すぐ戻るよ、マリー」と言って車の外に出た。

ランド・クルーザーの前を通るリュックをヘッドライトが一瞬、スポットライトのように照らし出したかと思うと、助手席のドアが開いた。彼は車を降りるジェーンに手を貸し、彼女と並んでアパートへと通じる短い歩道を歩いていく。ライトに照らされたポーチの下でジェーンはバッグを開き、鍵を取り出した。しかし、サンノゼのホテルで部屋まで送ってくれた晩と同じように、リュックは鍵を取り上げ、錠に差し込んだ。

室内では、つけたままにしておいたフロアランプの明かりが絨毯の上に広がり、玄関を照らし出していた。「わざわざありがとう」ジェーンはアパートの中に入った。鍵を返してもらおうと手を差し出すと、リュックは彼女の手首をつかみ、鍵を載せた。しかし、そのまま手を放そうとせず、あとから部屋に入ってきた。

「こんなのよくないと思うが」彼の親指が脈打つ手首を軽くさする。

「何が？　私を送ってきたこと？」

「違う」リュックがジェーンを再び引き寄せ、顔を下ろしてきた。「君は俺の頭をおかしくさせる。その髪を見ていると、指に絡めたらどんな感じがするだろうと考えてしまうんだ」

レインコートの背中がぎゅっとつかまれ、生地がよじれて強く引っ張られる。「その赤い唇と赤いドレスを見ていると、ありとあらゆる、ばかなことを考えてしまう。君について、考えるべきじゃないことさ。でも考えてる。質問があるんだ。訊かずにおいたほうがいいのはわかってる」青い瞳がジェーンの目をじっと見つめている。興奮した真剣な眼差し。「でも、訊かずにはいられない」リュックは彼女の口に向かって言った。「だから教えてくれ。ジェーン、君は寒いのか？」それから、彼の唇が彼女の唇をかすめ、熱い吐息がかかる。「それとも興奮してるのか？」それから、彼はキスをした。ジェーンは衝撃でしばらくぼう然としていた。彼に優しくキスされているあいだ、ただそこに突っ立っていること以外、何もできなかった。どういう意味？　寒いのか、それとも興奮してるのか？　寒くないことははっきりしている。

リュックは温かい唇を押し当てながら、空いているほうの手でジェーンの頰を包み、こめかみあたりの髪を指ですいた。ジェーンが喉の奥のほうで小さくうめき、鍵が手から落ちる。寒いのかという質問の意味など、もうどうでもいい。彼のジャケットに手のひらを当て、首のわきへと滑らせる。こんなことになるなんて、あり得ないでしょう。私にはあり得ないこと。リュックとなんて……。

彼の唇がせがむように押し当てられ、ジェーンはついに口を開いた。彼の舌が滑るように差し込まれ、彼女の舌に触れる。ああ、この濡れた舌。大歓迎よ。

ホッケーのスティックで敵やパックを叩くことに明け暮れている人にしては、リュックの触れ方は驚くほど優しかった。彼の唇から小さなうめき声がもれると、ジェーンはもう自分を抑えるのをやめた。肌に広がる熱い情熱に、胸の内側で激しく鼓動し、太もものあいだをうずかせる情熱に、いつの間にか身を任せていた。これまで寄せつけないようにしてきた欲望へと真っ逆さまに落ちていく。彼の大きな手がドレスとコートの上から乳房を覆い、ジェーンは彼のほうに身を傾けた。そして、親指が胸の先端を軽くかすめると、思わずつま先立ちになった。もう身を任せているという考えはない。したいことをしているだけ。彼を一気に食べ尽くしてしまいたいと思っているかのようにキスをしている。彼女の舌は、リュック・マルティノーを好きなだけ食べたいと思っているかのように、彼の舌の上で動き回っている。

リュックが体を引き、ジェーンの顔をのぞき込んだ。彼の目はぼうっとしていて、声が困惑したようにしゃがれている。「こうしていると、わざと君を傷つけ、そこをまたキスで治したいと思ってしまう」

ジェーンは濡れた唇をなめ、うなずいた。私もそうしたい。

「くそっ」荒い息をしながらそう言ったかと思うと、リュックは向きを変え、出ていってしまった。ぼう然と途方に暮れるジェーンを独り残して。今夜、四度目のショックだ。

10 ブラインドサイド――背後からの攻撃

ジェーンは『ハニー・パイの日記』の原稿を保存したノートパソコンを閉じた。ハニーの今度の犠牲者は、スペースニードルの展望台で出会ったホッケー選手。リュック・マルティノーにそっくりなホッケー選手だ。

椅子から立ち上がり、重たいカーテンを左右に押しやって、ホテルの窓からコロラド州デンバーのダウンタウンを見渡す。間違いない、私はリュックに熱を上げてしまった。それはおそらく、危険なことでもあるのだろう。これまで、実在する人物をモデルにしてハニーの犠牲者を描いたことはあった。名前は変えたが、読者にはそれが誰だかわかってしまう。数カ月前には、『モンキーボーン』、『ダドリーの大冒険』、『タイムトラベラー／きのうから来た恋人』といった作品で映画ファンをがっかりさせたとの理由で、ブレンダン・フレイザーを昏睡させたのだ。でも、個人的に知っている人物を登場させたのはこれが初めてだった。

雑誌の三月号が出れば、皆、気づくだろう。シアトルの読者が気づくことは間違いない。おそらくリュックの耳にも入る。彼は気にするかしら？　たいていの男性は気にしないだろうが、リュックはたいていの男性とは違う。本や新聞や雑誌で自分の話は読みたくないと思っている。どんなによく書かれていようと関係ない。『ハニー・パイの日記』の中の彼は、ものすごくよく描かれている。これまで登場させた誰よりもセクシーで情熱的だ。すごくよくどころか、最高の出来だと言っていい。この原稿を本当に提出しようかどうか、まだ決めかねている。締切まであと数日あるから、それまでに決めよう。

カーテンから両手を離し、再び部屋のほうを向いた。リュックにキスされ、一瞬息が止まってから約一六時間が経過した。彼が言ったこと、したことを一つ残らず思い出し、頭の中で再現して一六時間。あれから一六時間経っても、やっぱりどう考えればいいのかわからない。彼が私にキスをし、何もかも変わってしまった。いいえ、実際にはキス以上のことをした。私の胸に触れ、君は俺の頭をおかしくさせると言ったのだ。もし彼の妹が車で待っていなかったら、私は彼を押し倒し、例の幸運のタトゥを確かめていたかもしれない。ロッカールームで目にするたびに私の頭をおかしくさせるあのタトゥを。もし行動に移していたら、まずいことになっていただろう。とてもまずいことに。いろいろな理由で。

ジェーンは靴とセーターを脱ぎ捨てた。セーターをベッドに放り、バスルームに向かう。目がちくちくするし、頭がぼうっとしている。部屋に閉じこもって『ハニー・パイの日記』を書いている場合ではない。明日の試合に先立ち、ペプシ・センターでコーチ陣や選手の取材をしておかなくては。コーチやフロントの人間と話をするなら、練習の合間がいちばんいいとダービーが教えてくれた。新しく獲得したピエール・ディオンについて、首脳陣に訊いておきたいことがあったのだ。

シャワー室に飛び込み、頭から湯を浴びる。その日の朝、リュックが暗い色のサングラスに青いスーツ、ストライプのネクタイを身につけて専用機に乗り込んでくると、ジェーンは緊張し、胃のあたりがそわそわした。ジュニア・ハイスクールで初めて男の子にのぼせ上がった一三歳のときに戻ったかのように。悲惨だ。クラスでいちばんの人気者に熱を上げても心を痛めるだけ。そんなこと、わかってもいい年なのに。

一五分後、ジェーンはシャワーから出て、タオルを二枚つかんだ。正直に言うなら――できれば避けようと思ったけど――もうこれ以上、彼に対して一時的にのぼせ上がっているだけなどと自分をごまかすことはできない。のぼせているどころか、ずっと強い思いを抱いている。それを考えると恐ろしい。私は三〇。一三歳の少女じゃないのよ。恋をしたことはあるし、欲望に身を任せたこともあるし、その中間の気持ちを味わったこともある。でも、心の赴くまま、リュックのような男性に夢中になってしまったことは一度もない。絶対だめよ。失うものが大きいときはだめ。自分の気持ちに反しようと、それより多くのことが危険にさらされるのならだめ。自分の気持ちよりもっと大切なもの、仕事を失うわけにはいかない。

失恋の傷はいつか癒えるし、乗り越えられる。でも、久々に与えられた絶好のチャンスをふいにすることにでもなれば、乗り越えられるとは思えない。それも男のせいで。そんなのばかげているし、私はばかじゃない。

ドアをノックする音で、考え事は中断された。のぞき穴から外を見ると、リュックが立っている。風に吹かれた髪。非の打ちどころのない格好。彼が床に目を落としたので、ジェーンはしばらく彼をじっくり見てしまった。革のジャケットにグレーのセーター。頬が赤くなっているから、きっと外から戻ったところなのだろう。彼が再び顔を上げ、のぞき穴の向こうから青い瞳でじっと見ている。まるでこちらが見えているかのように。「開けてくれよ、ジェーン」

「ちょっと待って」と大きな声で答える。なんだかばかみたい。ジェーンはクローゼットに行き、パイル地のバスローブを引っ張り出した。腰のベルトを結び、ドアを開ける。

リュックは目を上げて頭に巻かれたタオルを見つめ、それから口元へと視線を下ろし、さらにゆっくりと目を動かして、むき出しのつま先を見つめた。「またシャワーから出たばかりのところへ来てしまったみたいだな」

「ええ。そのとおり」

彼はジェーンの脚とバスローブに沿って再び視線を上げ、無表情で彼女の顔を見た。興味がないのか、見事な演技で興味がないように見せているのかのどちらかだ。「ちょっといいかな?」

「いいわよ」わきに寄り、彼を中に入れる。「何の用?」

リュックは大またで部屋の真ん中まで進むと、振り返り、彼女と向き合った。「今朝、飛行機で会ったとき、気まずそうにしてただろう。ジェーン、俺のいるところで君に気まずい思いをしてほしくないんだ」ふーっと深いため息をつき、ジャケットのポケットに両手を突っ込んだ。「だから、君に謝るべきかもしれない」

「謝るって、何を……?」でも答えはわかってる。そんなことしてくれなければいいのに。

「ゆうべ、君にキスしたことさ。今も、どうしてあんなことになったのかよくわからない」まるで答えは壁に書いてあるとばかりに、彼はジェーンの頭の先に目をやった。「君が髪を短くして、ものすごく素敵に見えなかったら、ああはならなかった」

「ちょっと待って」交通整理をしている警官のように片手を上げる。「私の髪型のせいだって言うの?」正しく聞き取れていたのかどうか一応、確かめよう。そうじゃないことを願うけど。

「それよりも、あのドレスのほうに関係があったんだろうな。あれは下心があってデザインされたドレスだ」

彼のほうが私にキスをしたのよ。私はあまりにも夢中になってしまって、今となっては夢中だったのかどうかさえよくわからない。それなのに、彼は今ここで、あれは髪型とドレスのせいだと言っている。まるで私があの格好でわざと彼をたぶらかしたかのように。まるで、たぶらかされなければキスなどしなかったと言わんばかりに。彼がどう思っているのかわかったのは、必要以上にこたえる。いやなやつ。それは間違いない。でも私がばかだった。それを認めるのがいちばんつらい。

苦痛と怒りが心臓の周りでこんがらがっていたが、それは表に出すまいと心に決めた。

「どこにでもある、ただの赤いドレスじゃない」

「背中がぱっくり開いてたし、前のほうは細長い生地が二本あっただけだ」リュックはひどく動揺し、ジェーンの頭に巻かれたタオルからバスローブの身ごろへ、さらに裸足のつま先へと再び視線を下ろした。昨日の晩以来、彼女のアパートでしたキスについて考えていたが、何に駆り立てられてキスしてしまったのか確信が持てずにいる。ドレス。赤い唇。好奇心。そのすべてだ。「それに、背中に垂れていた細いゴールドのチェーン。あれがついてる理由は一つしかない」

「何よ？　あなたを催眠術にかけるため？」

ジェーンは皮肉を言っているが、そう的はずれでもない。「催眠術じゃないかもしれないが、あんなところに垂れてるんだから、チェーンを見た男は誰だって、はずすことを考えるだろう」

彼女が片方の眉を上げ、ばかじゃないと言いたげに彼を見た。確かに、ちょっとばかみたいだ。「俺は本当のことを言ってるんだ。ゆうべ、男は全員、君のドレスのチェーンをはずすことを考えていた」誰もリュックにそんなことは言わなかったが、自分が思っていたのだから、皆もそうだと判断したのだった。

「これがあなたの考えたお詫び？　それとも起きたことをもっともらしく正当化する方法？」ジェーンがタオルをつかんで頭からはずし、ベッドの上に放り投げた。

「事実だ」

ジェーンが髪を指ですく。「妄想よ」

彼女も男だったら、この理屈がわかるだろうに。

「それに、こんなのばかげてるでしょ」髪を後ろになでつけるとき、濡れたカールが指に絡みついた。「私に罪をなすりつけてる。ゆうべは、私があなたのアパートに入ったわけじゃないし、私があなたにキスしたわけでもない。あなたが私にキスしたんでしょ」

「君は抵抗しなかった」あのとき、ドレスよりもショックだったのが何なのかわからない。自分が彼女にキスしてしまったことなのか、それとも彼女の反応だったのか。まさか、あんな小さな体が、あれだけの情熱を秘めているなんて、思ってもいなかったせいだろう。

ジェーンは、もううんざりとばかりに、長いため息をついた。「気を悪くさせたくなかったの」

リュックは笑った。近づいていって、彼女に唇を押しつけたい、あのバスローブの中に手を入れ、彼女の乳房をつかみたいと思っていたにもかかわらず。と同時に、それはとんでもない考えだということもわかっていた。机に尻をもたせかけ、彼女の口元から視線をはがしたが、ゆうべ、あの唇はどんな味だったかと考えてしまう。どこか安全なところを見ていよう。彼はジェーンのノートパソコンに目を走らせた。「君のキスの仕方を見て、俺の上に乗ってこようとしてるんじゃないかと思ったんだ」パソコンのそばに、開いたシステム手帳が置いてあり、中に付箋がたくさん貼られている。そのうちの二、三枚には、ホッケーに関するちょっとした雑学や、彼女が担当しているスポーツ記事用の質問がメモしてあった。

「ほら、また妄想が出た」

ピンクの付箋には〝二月三日、シングルガール締切〟とあり、別の付箋には〝ハニー・パイ、水曜までに決める〟とある。ハニー・パイ？　ジェーンは『ハニー・パイの日記』を読んでるのか？　セックスで男を昏睡させる淫乱な女の話だろう？　ポルノを読んでるジェーンなんて想像できない。「君はやる気満々だった」彼はわざとゆっくり、間延びした言い方をし、再び目を上げて彼女を見た。「だから、すぐにでも君を脱がせていた可能性もある」
「あなたのうぬぼれと妄想って、信じられないくらいひどいけど、それだけじゃない。あなたは……あなたは頭が錯乱してるのよ！」ジェーンはまくし立てた。

「たぶんな」リュックはそれを認め、彼女の横をすり抜けてドアに向かった。確かに錯乱した気分だ。

「ちょっと待って。約束したインタビューはいつできるの？」

彼はドアノブに手をかけたまま振り向いた。「今はだめだ」

「いつならいいわけ？」答えを迫られた。

「そのうち」

「そのうちって、明日？」ジェーンが両腕を上げ、髪をすいて耳にかけた。

「こっちから知らせる」

「今さら、あとには引けないのよ」

そんなつもりはない。今、する気がないだけだ。ここでする気はない。キングサイズのベッドがあって、俺の頭がどれほど錯乱しているか証明してくれとばかりにバスローブを着ている女性のいるホテルの部屋ではだめだ。「ふーん、そんなこと、誰が言ったんだ？」

ジェーンは眉根を寄せ、彼から目を離さずにいる。「私」

リュックはまた笑った。笑わずにいられなかったのだ。彼女は俺をやっつけてやろうと臨戦態勢を整えている。

「約束したでしょう」

一瞬、彼女の口を唇でふさいでしまおうかと思った。彼女が態度を和らげ、またこの胸に溶けていくまでキスをしてしまおうか。ゆうべ、俺を駆り立て、もっと先まで行きたいと思わせた、あの小さなうめきを聞かせてくれるまで。遠征初日の朝、チーム専用機の中で振り返って彼女を見たとき以来、ずっと心をとらえている場所に触れたいと思わせた、あの声がまた聞きたい。

「いつなの、リュック?」

衝動には屈せず、ドアを開けて肩越しに答える。「ジェーン、君がブラをつけているときにするよ」

リュックは廊下を歩きながら、ジャケットのファスナーを下ろした。ゆうべのことを繰り返すなんて、もうあり得ない。ゆうべは彼女にキスした途端、一秒と経たないうちに完全に硬くなってしまったが、あんなことは、ものすごく久しぶりだった。もしマリーが車で待っていなかったら、はたして、あそこでやめていたかどうか。やめていたと思いたい。自分は分別がある大人で、それだけの経験も積んできたし、後悔するようなこと、とてつもなく愚かなことをしでかす前にちゃんと踏みとどまれると思いたいが、自信がない。三二年間の人生で、これまでたくさんの女性にキスをしたし、たくさんの女性からキスをされた。でも、ジェーンのような女性は一人もいなかった。彼女のことはよくわからないし、わざわざ理解しようとも思っていない。本当だ。でもすでに、彼女のことばかり考えている。

今、俺の人生にいちばん必要ないのは女性だ。どんな女性であれ必要ない。中でも、あの女性は勘弁してほしい。遠征に同行している記者、チームの幸運のお守り、シャーキーはまっぴらごめんだ。

ジェーンの問題を解決する方法はただ一つ。できるだけ彼女を避けるしかない。言うほどたやすいことではないと思うが。彼女が遠征に同行し、すべての試合を取材し、験《げん》担ぎに「あほんだら」と言わなければならないとすれば、なかなか難しい。

これまでの選手人生、リュックは集中力に磨きをかけてきた。そのおかげで、オーバータイムのプレッシャー、至近距離からシュートを打たれるプレッシャーにも耐えられるのだ。次の数日間は、この集中力を発揮して、勝つことだけを考えよう。試合に集中し、果たすべき役割をまっとうしなければならない。

翌晩のコロラド・アバランチ戦で、リュックは三〇本のうち二八本のシュートを阻止し、チヌークスはスタンレー・カップに向けて、最大のライバルに三対二で勝利するという土産を持って専用機に乗り込んだ。ＢＡＣ一一一機が水平飛行に入るとすぐ、ジェーンのパソコンが放つ光で三列前の空間が明るくなった。あのライトに教えてもらうまでもなく、リュックは彼女がどこに座っているかわかっていた。でも、わかっているからといって、どうこうする必要もない。デンバーからフィラデルフィアまでのフライトのあいだ、何人かの選手が彼女と話しているのに気づいた。ダニエルが口にしたことで彼女が笑うと、あの若いスウェーデン人はいったい何を言ったんだ、何がそんなにおかしいんだと考えてしまった。その後、リュックは枕を引っつかみ、到着するまでずっと眠っていた。

ジェーンを避けるのは思ったよりも楽だったが、彼女のことを考えずにいるのは不可能だとわかった。避けなければと思えば思うほど、彼女のことを考えてしまうようだ。考えないようにしようと思えば思うほど、彼女は何をしているのだろう、誰と何をしているのだろうと考えてしまう。そして、その相手はたぶん、あの「ワイルドな男」ダービー・ホーグだろうと考えてしまうのだ。

フィラデルフィアでは一度しかジェーンに会わなかったが、ファースト・ユニオン・センターのロッカールームに彼女が入ってきた瞬間、リュックは彼女の赤い唇に目を留めた。わかってるんだぞ。俺の頭を錯乱させるためにわざと口紅をつけてきたんだろう。ジェーンは例の験担ぎのスピーチをすると、開いたロッカーの前に座っているリュックのほうへやってきた。

「頑張ってね、この、あほんだら」と言ったあと、ジェーンはやっと聞こえるぐらいに声を落とし、ささやいた。「一応、言っとくけど、ブラは何枚も持ってるの」

ロッカールームからさっそうと出ていくジェーンを見つめ、リュックは不安になった。あのふっくらした赤い唇のせいで、集中力がなくなってしまったんじゃないか？　一瞬、緊張し、ジェーンの唇と、頭の中で想像した黒のレースのブラに意識を向けてしまった。彼は目を閉じて頭をすっきりさせ、気力だけで集中力を取り戻すと、一〇分後にはリンクに出ていった。

その晩、チヌークスはフィラデルフィア・フライヤーズを相手にシャットアウト勝ちを収めたが、試合中にロブ・サッターがスラッシング（スティックで相手を叩く反則）を受けて脳震とうを起こし、病院送りになってしまった。レンジャーズとの対戦を控え、ニューヨークに乗り込んだときにも、ロブはまだ故障者リストに入っていた。試合前のロッカールームで、リュックはジェーンがいつもの験担ぎをしてくれるのを待ってから言った。「ブラを何枚も持ってるなら、一つ着けてみたらどうだ」

ジェーンは首をかしげ、彼を見た。「どうして？」

どうしてかって？ 理由はちゃんと説明できるが、ホッケー選手だらけのロッカールームで言うわけにはいかない。それに、乳首が完全に立ってるぞと教えてやるのは俺の務めじゃないだろう。俺は彼女を避けてるんだ。もう彼女と話すのも、彼女のことを考えるのもこれっきりだ。リュックはゴールネット目指して滑っていくあいだ、自分にそう言い聞かせ、レンジャーズに勝つことだけに意識を集中させた。しかし、チーム一の働き者である、弁当配達人《ランチ・ペイラー》ハンマーを欠くチヌークスは、フェンス際やコーナーで激しいチェックを受けた。そして、レンジャーズのキャプテンが突進してきてリュックの上方にシュートを放ち、結局、この試合は落としてしまった。

次の対戦相手は、エルヴィス・プレスリーの故郷、テネシー州ナッシュビルを本拠地とするプレデターズ。その晩のロッカールームでは、ブラの話はまったく出なかった。

試合では、経験で勝るチヌークスがNHLに加入して間もない若いチームをあっさり餌食にした。その後、専用機に乗り込んでシアトル行きの長い空の旅が始まると、リュックは家に帰れることを嬉しく思った。右膝が痛み、もうくたくただったのだ。

水平飛行に入るとすぐ、肩をすくめてジャケットを脱ぎ、座席のあいだの肘掛けを上げた。それから、ダッフルバッグをつかんで壁に押し当て、そこに背中をもたせかけて座ると、腹の上で手を組み、暗い中、通路の向こうにいるジェーンを見た。真上にある照明が頭に当たり、記事をタイプしている彼女のゆるやかなカールに光が差し込んでいる。軽やかにキーボードを叩く指先。彼女はいったん動きを止め、バックスペース・キーを何度か押し、また指を動かした。リュックは、才能に恵まれたその手で触れてほしい体の部分を何カ所か思い描いた。

ジェーンが頬にかかった巻き毛を耳の後ろにかけると、あごと喉があらわになり、リュックの目を引いた。何列か後ろでポーカーをやっている者もいたが、ほとんどの選手は眠っており、いびきと、ジェーンがタイプをする音が交じって聞こえてくる。

この一週間、リュックは常に試合のことだけを考え、気をそらしてきた。しかし、もう頭をふさいでくれるものがなくなり、わざわざ彼女を眺めている。ジェーン・オールコットが突然、ものすごく興味深い存在になってしまった理由を見つけ出そうとしている。彼女には俺の心をとらえて放さず、放っておいてくれない何かがある。それはいったい何なんだ？背も低い、胸も小さい。おまけに生意気な口を利く。それどころか、いまいましいほど頭が切れる。そういう女性は好きじゃない。それなのに……ジェーンが好きだ。今夜の彼女はセーターとカーディガンのアンサンブルを着ている。よく、年配の女性やアイビー・リーグの女子学生が着ているあれだ。色は黒。パールのネックレスはなし。それにグレーのウールパンツ。靴は脱いでいる。

リュックは闇に包まれたまま、ジェーンの柔らかな髪となめらかな白い肌を眺めた。初めて会ったときは地味すぎると思った。ナチュラル・ガールってやつだ。これまで、そういう女性に惹かれたことは一度もなかったが、今や、その理由をはっきり思い出そうにもなかなか思い出せない。彼女の柔らかい肌に両手を滑らせたら、どんな感じがするのだろう？デンバーのホテルで彼女の部屋を訪ねて以来初めて、裸の彼女を抱き寄せたらどんな感じがするだろうと、心の赴くまま考えてしまった。彼女に触れる喜びに浸ったら？彼女の唇、乳房、なめらかな太ももにキスする喜びに浸ったら？

かたかた鳴っていた音が途切れ、ジェーンが手を口元に持っていく。下唇を指でつまんでうめき、がっかりしているようにも、満足しているようにも取れる、長いため息が続いた。その声を耳にしたリュックは、いやというほど彼女を意識してしまい、裸の彼女を想像するのは、素晴らしいアイディアでも何でもなかったと結論を出した。

様々な影が二人を隔てている。リュックはその向こうを見つめ、ジェーンがバックスペース・キーを十数回叩き、またタイプを始める様子を観察した。しかし、そこで目を閉じ、自分の家のことに意識を向けた。遠征中、ジャクソン夫人からマリーが問題を起こしたと報告を受けることはもうなかったし、電話で話をしたときのマリーはいくぶん落ち着いているように思えた。どうやら同じマンションの女の子と友達になったらしい。それに、突然泣きだしたり、怒りだしたりすることもなかった。それでもリュックは寄宿学校の件を頭から排除してはいなかった。周囲に女性がいる環境のほうが、結局マリーのためになると信じていたからだ。ただ、彼女にそのことを話し合う心の準備ができているとは思えないし、それは彼も同様だった。まだだめだ。

オクラホマ上空のどこかで、リュックは眠りに落ち、SEA‐TAC空港にいよいよ到着するというころになって、ようやく目が覚めた。飛行機が着陸して完全に停止すると、リュックは荷物をつかみ、駐車場に向かった。ジェーンがキャスターつきの大きなスーツケースを引っ張り、ノートパソコンとブリーフケースを重そうに持って少し前を歩いている。歩幅の大きいリュックはすぐに追いついてしまい、一緒にエレベーターに乗り込んだ。二人が同時に同じ階のボタンを押し、ドアがすっと閉まる。リュックは壁に寄りかかり、ジェーンをちらっと見た。彼女は首をかしげ、こちらをしげしげと眺めている。疲れきっているようだが、ものすごくキュートだ。

「何だよ?」

「今週、インタビューさせてくれる?」

疲れているのかもしれないが、彼女は明らかに仕事モードだ。こっちは、なんてキュートなんだと思ったり、柔らかい肌や才能に恵まれた指先について、あれこれ空想したりしていたのに、彼女は仕事のことを考えていたのか。ちくしょう。

「ブラをするつもりなのか？」

「またその話？」

「ああ。たいていの女性はしてるだろう。君もしたらどうだ？」

「なんで、あなたが気にするの？」

リュックはジェーンのウールのコートの身ごろに視線を下ろしたが、もちろん何も見えなかった。「君の乳首が立ってるから、気が散るんだよ」目を上げると、彼女は眉根を寄せ、口をぽかんと開けていた。何か言おうと思っていたが、何だったか忘れてしまった、という感じだ。エレベーターのドアが開く。「いつも興奮してるみたいに見える」と言い添え、ジェーンが大きなスーツケースを引っ張り出すあいだ、扉を押さえていた。彼女の顔に浮かんだぼう然とした表情が傑作で、リュックは笑いだした。「今まで誰も教えてくれなかったとは言わせないからな」

「言うわよ。教えてくれたのはあなたが初めてだわ」ジェーンが首を横に振り、リュックとともに駐車場を横切っていく。「また、からかってるだけなんでしょ。コーヒーに小便をしてやろうかとか、これからストリップバーに行くと言ったときみたいに」

「コーヒーのことは本気で言ったんだ。今だってそうさ」リュックはランド・クルーザーの後ろで立ち止まった。

「ああ、そう」ジェーンは数台分先のスペースに止めてある自分のプレリュード目指して、そのまま歩いていく。

リュックは車の後部座席にバッグを放り込み、ジェーンのほうに目をやった。プレリュードのトランクが開いていて、彼女がふーふー言いながら大きなスーツケースを中に入れようとしている。彼は二人を隔てる二台の車を通り越し、プレリュードのほうに歩いていった。

靴音ががらんとした駐車場に反響し、ジェーンがそれに気づいて顔を上げた。車を止めている場所に照明が濃い影を投げかけている。片方の目の上に髪がばさっと垂れてきて、彼女がそれを押し戻した。息をしながら唇を少し開いている。

「手伝おうか？」

ジェーンはまだ地面に置いてある大きなスーツケースを指差した。「それを入れてもらえると助かるわ。ゆうべ、本を何冊か買ったら、本当に重くなっちゃって」

リュックは軽々とスーツケースを持ち上げ、トランクに入れた。

「ありがとう」ノートパソコンとブリーフケースも中に入れ、彼女がトランクを閉めた。

「どういたしまして」

「土曜日にマリーと出かけるから、迎えにいくことになってるんだけど、その話、聞いてる？」運転席のほうに移動しながら彼女が尋ねた。

「うん」リュックはあとからついていき、彼女の手からキーを取り上げてドアを開けた。

「本当に嬉しそうに話してたよ」

　ジェーンが手を差し出し、リュックがそこにキーを落とす。「なら、よかった。私たち、しばらく話してなかったし、あなたがオーケーしてくれたのかどうかわからなかったから」

　彼女の髪から緑の瞳へ、さらにまっすぐな鼻を通って上唇のくぼみへと視線を下ろしていく。「話ならしただろう」

「わかってないんだろうけど、私があなたを〝あほんだら〟と呼んだり、あなたがブラのことで私をからかったりするのは、話したうちに入らないの」彼女が口をへの字に結ぶ。「少なくとも、ロッカールームの外ではね」

　リュックは再び視線を上げて彼女の目を見つめ、考えた。わざと俺を怒らせようとしてるのか？　そうなんだろうな。「何をいらいらしてるんだ？」

　ジェーンは胸の前で腕を組み、一歩下がった。そうすれば、頭を後ろに傾けて俺を見上げなくても済むからだろう、とリュックは思った。「二人ともわかってると思うけど」

「俺はばかなホッケー選手にすぎない。だから、ものすごくゆっくり、詳しく説明してくれよ」

「ばかだなんて言ったことないでしょう」

　彼女がまた見上げざるを得なくなるよう、リュックは一歩前に出た。「ジェーン、そうにおわせただろう。それがわからないほど俺はばかじゃない」

　ジェーンが一歩下がる。「ばかだなんて意味で言ったんじゃないわ」

「いや、そういう意味さ」

「あ、そう。でも、あなたがばかだとは思ってない。あなたは……」

「俺は……？」

「失礼な人」

リュックは肩をすくめた。「そうだな」

「それに、私に不適切なことを言う」

「たとえば？」

「私がいつも興奮してるみたいに見える、とか」

そう見えるのは事実だ。

「男の記者には、そんなこと言わないでしょう」

確かに。でも、男の記者が興奮してうろうろしてたって、たぶん俺は気づきもしないだろう。ほら、ジェーン、また気づいてしまった。興奮してるんだろう。「言うように努力してみるよ」

ジェーンがもう一歩下がり、後ろの壁に背中が当たった。「それに、あなたは甘やかされてる。欲しいものは何でも手に入るし、何でも自分の思い通りになる」

またインビューのことを言っているんだな。「何でもってわけじゃない」リュックは前に進み、冷たいコンクリートに両手を置いて、彼女の頭を挟んだ。「欲しくても、体によくないものがいくつかあるんでね。それは避けなきゃいけないんだ」

「君」

「私？」

「カフェイン、糖分」ジェーンの唇に視線を下ろす。「君」

「何なの？」

「君は絶対によくない」片手を彼女の首の後ろに回し、唇を下ろしていく。「それに、君は、俺の思い通りになったことがない」リュックはキスをした。自分を抑えられそうになかったからだ。ジェーンの唇は温かくて、濡れていて、とても甘く、一瞬にして下半身に欲望がずっしり居座ってしまった。彼女のうなじに手を当て、唇を押し当てているだけなのに、抑え難い欲望が製氷車《ザンボニー》のごとく体じゅうを駆け巡る。

立ち去ろう、後悔するようなことをしでかす前にここを出よう。固く決意して体を引いたが、そのとき、ジェーンが彼を見上げ、濡れた唇をなめた。リュックはきびすを返すどころか、彼女の腰に腕を巻きつけ、体を抱き寄せた。背が高い女性の扱いには慣れていたが、ジェーンの場合、引き上げてつま先立ちにさせなければならなかった。彼女の唇の上で口を開き、濡れた熱いキスをする。抱き締めると、ジェーンは彼の肩から首の横へと手を滑らせた。二人の舌が触れ、絡み合い、彼女の指が彼の髪をすく。地肌に指が触れると、ぞくぞくする感触を覚えた。ジェーンが喉の奥でうめきを上げる。欲望と、それがかなわないいらいらと、切実な願いを感じさせる声。あの晩、彼を駆り立て、今すぐ彼女を壁に押しつけて抱いてしまおうかと思わせたうめきだ。

駐車場を照らす弱い光の中、リュックはジェーンのコートのボタンをはずし、セーターの下に手を押し込んだ。平らな腹部が温かい。彼は乳房へと手を滑らせた。ブラはつけておらず、乳房は手の中に悠々と収まってしまった。小さなラズベリーのようにすぼまった乳首が手のひらの真ん中をつつくと、下腹部が締めつけられ、硬くなり、もう少しで膝の力が抜けるところだった。唇を彼女の頬に滑らせ、深く息をつく。ずいぶん長いあいだ、これほどの興奮を感じたことはなかった。もうやめなくては。

「リュック」ジェーンがあえぎ、彼の頭をつかんで、唇を自分のほうに押し戻した。それから、両手を彼の肩から胸へと滑らせ、ベッドに行きたがっている女性のようにキスをする。口を開き、激しくなる一方の熱いキスを交わすうちに、リュックはふと防犯カメラの存在を思い出した。こんなことをしていたら捕まってしまう……。手のひらで硬くなった乳首を転がすと、ジェーンは一方の脚を彼の腰に巻きつけてきた。硬くなったものを彼女の下腹部に押しつける。二人の体は熱くなり、彼はもう焼き尽くされそうだった。腰をこすりつけながら、やめなくてはと思ったことなどすっかり忘れている。

「ここじゃだめだ」彼はキスを終わらせた。「捕まってしまう。本当に」頭を後ろに倒し、深呼吸をする。「近くにベストウェスタンかラマダインがある」瞬きをし、考える。とにかくあるはずだ。「部屋を取ってくるから、そのあいだ、君は車の中で待ってればいい」

「えっ？」

何てことだ。俺は彼女を求めている。彼女の上に身を投げだし、いつまでも体を重ねていたいと思っている。「一晩じゅう、やろう。明日の朝も。君がもう限界だと思っても、もう一度」こんなにしたくてたまらなくなったのは久しぶりだ。おかげで、ズボンの中でずきずき脈打つ鈍い痛みのこと以外、ほとんど何も考えられない。「すごくよくしてあげるよ」ジェーンは何も言わない。リュックはのぞき込むように彼女の顔を見下ろした。

彼女は絡めていた脚を下ろした。「ホテルで?」

「ああ。俺の車で行こう」

「だめよ」

「どこならいい?」

ジェーンは乳房をつかんでいるリュックの手をどけた。「どこでもだめ」

「なんでだめなんだ? 俺は硬くなってるし、下着の中に手を入れなくなって、君が濡れてるのはわかってる」

彼女の目は大きく見開かれ、少しぼんやりしている。「そんな言い方するなんて。グルーピーと一緒にしないで」

そんなふうに考えた覚えはない。それとも、あったのか? いや、やっぱりない。「〝濡れてる〟と言われたのがいやなのか? じゃあ、君はどういう言い方をするんだ?」

「どういう言い方もしないし、私はやらない。愛し合うの。やるのはグルーピーよ」

「ふざけるな」リュックは悪態をついた。「そんなの、どうでもいいだろう? 結局、同じことだ」

「同じじゃない。それに、私にはどうでもよくないの」胸を強く押され、彼は一歩、後ろに下がった。「あなたがつきあってる女の人たちと一緒にしないで。私はプロの記者なんだから！」

ジェーンがいったい誰を説得しようとしているのかわからない。俺か？　それとも彼女自身か？　「人をその気にさせておいて、君はものすごく上品ぶってる」リュックはくるっと向きを変えると、ジャケットのポケットに片手を突っ込み、手のひらに食い込むほど強くキーを握り締めた。ジェーンと出会ってしまったこと、彼女に目を留めてしまったことを後悔している。それ以上に後悔しているのは、ジェーンのせいで正気を失い、彼女にキスし、やっとの思いで家に帰るはめになったことだ。またか。

自分の車に歩いていくとき、ジェーンの車のエンジンがかかる音が聞こえてきた。ランド・クルーザーの運転席のドアを開けて乗り込むころにはもう、彼女は行ってしまい、赤いテールライトと最後の姿が垣間見えただけだった。

その残像、下腹部のうずき、ずきずきする頭、三日後には彼女にまた会わなければいけないという事実。

愛し合うの。ジェーンはそう言った。初めて会ったとき、彼女はぴりぴりした、〝おそらく五年はセックスとごぶさたしている〟類の女性だろう思ったが、それは正しかった。「〝愛し合う〟」リュックはあざけるように言い、運転席によじ登ってエンジンをかけた。彼女のサインを誤解したわけじゃないさ。ジェーンは愛し合いたいとは思っていなかったんだ。〝愛し合いたい〟と思っている女性なら、ポルノクイーンみたいなキスはしないだろう。〝愛し合いたい〟と思っている女性なら、ゆっくり時間をかけたいと思うはずだ。俺が駐車場の壁に押しつけているあいだ、腰に脚を絡めてきたりしないはずだ。

リュックは駐車スペースからバックで車を出し、家路に就いた。男のじらし方について、誰かあの上品ぶったお嬢さんに一つ、二つ、教えてやるべきだ。でもそれは俺じゃない。もうジェーン・オールコットにはうんざりだ。

今度こそ、本気だぞ。

11　ジューク——敵をかわすためのフェイント

駐車場での出来事から三日後、ジェーンはキー・アリーナの記者席に座って、リンクをじっと見下ろしていた。

「ここは無料で飲んだり食べたりできるの？」キャロラインが尋ねた。

「メディア用の休憩室に用意してあるわよ」今日はキャロラインを一緒に連れてきた。話し相手になってもらえるように。目下、抱えている男性絡みの問題を忘れさせてくれる相手が必要だったから。「私もよく利用するようになったのは最近なんだけど」

キャロラインは体にぴったりフィットしたチヌークスのTシャツを着て、同じようにタイトなジーンズをはいている。男を釣り上げるための格好だ。すでに、ビデオカメラを操作している男性の目を引いており、彼はもう三度もキャロラインをスクリーンに映し出していた。

プレゲーム・ショーが始まる数分前にはダービーもやってきて、二人と一緒に座った。髪をジェルでばっちり固め、黒いシルクのスーツには、いつものポケット・プロテクターが差し込まれている。キャロラインを紹介すると、ダービーは目を丸くし、口をぽかんと開けたまま、美しい友人に見とれていた。ジェーンはその反応に驚きはしなかったが、キャロラインが愛想を振りまき、彼をたぐり寄せる様子を目にしたときには少し驚いてしまった。
プレゲーム・ショーが始まった。あと一五分もしたら、ロッカールームに行って、チームの幸運を祈らなければならない。それはわかっている。リュックに会わなくてはならない。彼が私にキスをし、私が正気を失って、彼の腰に脚を絡ませて以来だ。土壇場で我に返り、彼とホテルに行かずに済んで本当によかった。もし行っていたら、まずいことになっていただろう。いろいろな理由で。

でも、リュックにひどく欲望を感じてしまったことは否定できない。私は彼に惹かれている。まるで磁石が大きな分厚い鉄板に引き寄せられるみたいに。自分ではどうすることもできない気がする。

遠征中の一週間は、できるだけ彼を避けて過ごしてきた。私をいらいらさせ、怒らせ、体の内側を溶かしてしまうあの男性を避け、大半の時間は仕事に没頭して、忙しくしているようにした。たとえば『シングルガール・イン・ザ・シティ』のネタとして、ダービーにインタビューをし、「いいやつ《ナイスガイ》は報われない」というテーマでコラムを書いた。女性のハートに火をつける男は避け、むしろ、ナイスガイを見直してみるべきだと読者に語りかけ、ダービーの言葉を引用して、彼がいい印象を持たれるようにした。そして、ダービーはそのお礼として、相変わらず私を煙たく思っているコーチたちに対し、彼女はよくやっているとほめてくれることになっていた。

読者に伝えたアドバイスに従い、かなり順調に私のハートに火をつけた男性を避けてきた。

でも、その後、壁に追い詰められ、彼にキスされた。ショックでぞっとしてもおかしくなかったのに、彼が近づいてきて、あの閉じかけたまぶたと、青い瞳に色濃く宿る欲望を目にしたら、すっかり膝の力が抜けると同時に、わくわくしてしまった。そして、彼の唇が重なった瞬間、心の叫びに屈し、欲しくてたまらなかったものを自分に与えてしまったのだ。そう、リュックを……。

彼に対する気持ちはこんがらがって、ごちゃごちゃだとしても、もう真実を避けて通ることはできない。私はリュックを求めている。彼と一緒にいたい。でも、ありふれたホテルに連れていかれるだけの、ありふれた女にはなりたくない。

ただのグルーピー扱いはいや。

彼は私を上品ぶっていると言った。私はちっとも上品ぶってなんかいない。男性がセックスの最中に乱暴な言葉を口にしても気にしない。何と言っても、私は『ハニー・パイの日記』を書いてるのよ。上品ぶってるもんですか。私は今、自分の威厳にしがみつこうとしている。彼と、自分自身と戦っている。手が届かない男性にすっかり夢中になってしまわないように努力しているの。

もし『ハニー・パイの日記』を書いていることがばれてしまったら、もう努力する必要はなくなるだろう。彼は二度と口を利いてくれないかもしれない。私を憎む可能性だってある。

先週、デンバーのホテルの部屋にリュックがやってきて、君にキスをしたのはあのドレスのせいだと言ったあと、私は例の三月号の原稿、つまり、シアトルのハンサムなゴーリーを登場させたエピソードを雑誌社に送った。ものすごく腹が立ち、傷ついていたものだから、送信ボタンをクリックしてしまった。

　もしリュックが三月号を読んだら、ハニーの今回の犠牲者は自分だとわかるだろう。きっと光栄に思ってくれるはず、とジェーンは自分に言い聞かせた。あれを読めば、嬉しく思うかもしれない。アメリカのすべての男性が、ハニーに昏睡させてもらえるという栄誉にあずかれるわけではないのだから。でもリュックが栄誉に感じるとは思えないし、それを考えるとちょっと後ろめたい気持ちになる。もちろん、彼が私とハニーを結びつけるわけがない。私がしたことは、絶対にわからないだろう。ただ、そう思ったところで罪悪感は軽くはならない。

　キャロラインが何か言って、ダービーが笑い、ジェーンの思考はリュックから引きはがされた。そして一瞬、ダービーに言ってあげるべきかしらと考えた。あなたは私の友達のタイプじゃない、おそらく彼女はあなたをはねつける、と。でも彼は喜んでキャロラインの笑顔に夢中になっているようだし、忠告するのはやめて、本人に悟らせることにしよう。ジェーンは座席の下にブリーフケースを置き、勇気を奮い起こしてエレベーターに乗り、一階へ下りた。

　白いタートルネックの上に着ている紺のブレザーをちらっと見下し、胸がちゃんと隠れるようにジャケットのボタンを留める。リュックから乳首が立ってると言われるまで、自分の胸に注目することはあまりなかった。本当に気にしたことがなかったのだ。小さいし、自慢できるものでもないし、ほかに注目する人もいなかったはず。

リュック以外、誰も。

ロッカールームに近づくにつれ、足取りが少し重くなる。ジェーンはドアのわきで立ち止まり、選手に檄《げき》を飛ばしているニストロム・ヘッドコーチの声に耳を傾けた。話が終わりに近づいてくると、ジェーンは背中をしゃんと伸ばし、ロッカールームに入っていった。リュックには目を向けまいと思ったが、見るまでもなく、彼が部屋にいることはわかった。彼がじっとこちらを見ているのが感じられる。いい雰囲気とは言えない。

「よう、シャーキー」ブルース・フィッシュが声をかけてきた。

「どうも、フィッシー」ジェーンはチームのメンバーのほうに注意を向けた。いつものように部屋の真ん中に立ち、幸運の儀式を始める。「皆、パンツは上げといて。話があるから、ちょっとお邪魔するわ。それと、ジョックストラップを同時に下ろす例のふざけたまねはやめてちょうだい。あなたたちと一緒に旅をしたことはいい経験だったし、決して忘れない。今年はスタンレー・カップを勝ち取れると信じてる」それから、ジャージを頭からかぶろうとしているキャプテン、ブレスラーのほうへ歩いていく。「試合、頑張ってね、ヒットマン」

ブレスラーが握手をする。昼の傷が痛んだに違いないが、彼は微笑んだ。「ありがとう、ジェーン」

「どういたしまして」

今夜の試合からロブ・サッターの出場が許可されており、ジェーンは彼のロッカーのほうへ移動した。「ハンマー、具合はどう?」

「まったく問題なし」スケート靴を履いて立ち上がると、彼はジェーンの頭のはるか上にそびえていた。「復帰できて嬉しいよ」

「戻ってきてくれてよかった」最後にリュックのほうを向き、そちらに歩いていく。彼はヘルメットを膝に載せて座っており、ダークブロンドの髪が額にかかっていた。澄んだ青い瞳が近づいてくる彼女を見つめているが、慎重を期してか、その視線には何の表情も浮かんでいない。一歩進むにつれ、胃がきりきりと締めつけられる。これなら怒るか何かしてくれたほうがいいくらいだ。彼の前で立ち止まり、深呼吸をする。「この、あほんだら」

「ありがとう」まったく感情が欠けている。

「どういたしまして」さあ、もうロッカールームを出るのよ、と自分に言い聞かせたが、出ていくことができない。「先週、ディオンにインタビューしたの」

「それで? 試合前に俺をいらいらさせるなと教わらなかったのか?」

なるほど。つまり、何も感じてないわけじゃないのかもね。いらだっていることははっきりしたもの。よかった。冷淡な態度を取られるより、よっぽどまし。「教わったわよ。試合のあともいらいらさせるなって言われたし」

「じゃあ、なんでまだそこに突っ立ってるんだ?」

「インタビューの準備、全部整ったんだけど」

「お気の毒さま」

そろそろ、こらしめてやるべきね。「ねえ、マルティノー、取引したでしょう。約束を守らないなら、もう二度と、あほんだらって呼んであげないから」

リュックが立ち上がり、ジェーンを見下ろした。「わかったよ。土曜日にマリーと買い物に行くんだろ。終わったら、あの子を送ってくるついでに、質問も一緒に持ってきてくれ」

ジェーンはにこっと笑った。「よかった」そして、彼の気が変わる前にロッカールームを出た。記者席に戻ると、ダービーとキャロラインが、彼が着ているエルメスのスーツについて夢中になって話し込んでいた。

座席の下に手を入れて再びブリーフケースを出し、中を探し回ってシステム手帳と付箋を一束取り出した。付箋に〝リュックにインタビュー〟と書き、手帳の土曜日のページに貼りつける。まるで、こうしないと本当に忘れてしまうとばかりに。

第二ピリオドの最中、キャロラインが身を傾け、耳打ちした。「すごいわね。氷の上で男性ホルモン全開」

ジェーンが笑った。「アイスショーの男子フィギュアって感じ?」

「ううん。精子バンクって感じ」

チヌークスは最後の四秒で勝負に敗れた。フロリダ・パンサーズがブルーラインからダイレクト・シュートを放ち、リュックは膝をついてブロックを試みたものの、パックはなぜかニー・パッドの下を抜けていた。背後のネットに目をやり、スティックでゴールポストを叩いたところで、試合終了のブザーが鳴った。

再びロッカールームに入ったジェーンはずっと顔を上げていたが、ヴラド・フェティソフと面と向かい合い、折れた鼻をまともに見てしまった。この場合、肩から上を見るのと、腰から下を見るのと、どちらがましなのだろう……？

ヴラドに傷の具合はどうかと尋ねつつ、いくつか先のロッカーにこっそり視線を走らせる。リュックは背中を向けて立っており、防具をはずして、上半身裸になった。背骨のくぼみをたどって腰に目を留めたところで彼がこちらを向き、ジェーンは喉が詰まった。罪へといざなうようにショーツからのぞいているのは、あの蹄鉄のタトゥ。彼に夢中になるのも無理はない。前から見ようが、後ろから見ようが、この人は目の保養になる。彼に触れられると思考がシャットダウンしてしまうのも無理はない。セックスはヴィニーとして以来ごぶさただし、彼をお払い箱にしてから、もう一年になる。

「……こういうゲームもあるさ」ヴラドが話を終え、ジェーンは録音しておいてよかったと思った。というのも、何一つ耳に入っていなかったからだ。

「ありがとう、ヴラド」そろそろ新しいボーイフレンドを見つけるべきかもしれない。リュックと、あの幸運のタトゥから私の心をそらしてくれる誰かを。

土曜日の朝、シアトルの空に灰色のもやが立ち込める中、ジェーンはキャロラインを車で拾って、そのままベルタウンへ向かった。あとでリュックにインタビューをする予定だったので、着ているものはいつもどおり、仕事用のグレーのウールパンツに白いブラウスだ。キャロラインはピンクのスエードパンツをはき、赤とピンクのストライプのボディシャツを着ている。『ラフ・イン』（六八〜七八年に放送されたお笑いバラエティショー）のオーディションに三五年、遅刻してきたのかと思わせる格好だ。ほかの人ならご法度なファッションとなるところだが、キャロラインが着ると、これが格好よく見えてしまう。

二人はリュックのマンションの外でマリーを拾い、ちょうど予約の時間にサロンに到着した。ヴォンダはまず、マリーの傷んだ毛先をカットしてから、あごのすぐ下でフェザーカットにした。若々しい、キュートなヘアスタイルにしてもらい、マリーは四歳ぐらい大人びて見える。

サロンのあとは、ギャップ、ビビ、ホット・トピックを巡り、マリーはシルバーの大きな鋲《スタッド》がついた革のベルトと、ケアベアのTシャツを買った。キャロラインはボディピアスとストロベリー・ショートケーキのネイルファイルを、ジェーンはバットガールのTシャツを購入。三人は男の子や音楽の話、ハリウッドのあの女優の格好がひどくなってきた、といった話をした。ショッピングのあいだ、マリーは行く店行く店でリュックのクレジットカードを出した。

ノードストロームのMACのカウンターでは、例のメイクアップ・アーチストに、大きな青い目とつやつやした顔色を引き立たせる程度に化粧をしてもらい、マリーは深紅の口紅を買うことにした。よく似合っていたけれど、これでまた彼女は一歳分大人っぽくなった。リュックは大人びた妹を見てどう思うだろう？　ジェーンは考えずにはいられなかった。まあ、それもすぐにわかること。

服を選ぶ段になると、マリーはキャロラインの意見におとなしく従った。キャロラインは、人がファッションで過ちを犯さないように仕向け、しかも本人にそれを悟らせない術《すべ》を心得ている。だから、背が高くて、美人で、スーパーモデルのように装っていても、悪く思われたりはしないのだ。

マリーがカルバン・クラインの三号のストレッチジーンズを試着したいと言うと、キャロラインは「それはサイズが小さめにできてるのよ」と助言した。「デザイナーズ・ジーンズって、拒食症の女性とか、小柄な男性向けの作りになってるのよねえ。よかった、あなたが男の子みたいなぎすぎすした体形じゃなくて」そして、五号のジーンズをマリーに渡した。

靴売り場でマリーが一二センチのウェッジソールがついた、スティーヴ・マッデンのクロッグを試していたとき、ダービー・ホーグが現れた。

「シャツを選ぶのを手伝ってあげるって約束したの」とキャロラインが言った。もしジェーンが分別をわきまえていなかったら、今あなたの顔、少し赤くなったわよ、と友人に断言していただろう。こんなの、あり得ない。だって、燃えるような赤毛のオタクなメンサなんて、キャロラインのタイプじゃないもの。彼女が好きなのは、背が高くて、色黒で、ポケット・プロテクターとは縁のない男性でしょう。

キャロラインは、サイドにシルバーのバックルがついた黒のブーツをマリーに示した。

「さっき買った迷彩柄のスカートとベルトに合わせたら、すごく素敵」

ジェーンは個人的に、そのブーツはひどいと思ったが、マリーは目を輝かせ、「最高《ブーヤ》！」と言った。今のは〝よかった〟って意味よね。そう思うことにしよう。ティーンエージャーの言葉を聞いたら、また年を感じてしまった。その埋め合わせをするため、ジェーンは五センチヒールのロープサンダルを何足か試着した。

ダービーの隣に腰を下ろし、ストラップをはめる。「これ、どうかしら？」ウールのパンツを引き上げながら尋ね、いろいろな角度からサンダルを見てみた。

「かかしの靴みたいだな」

ジェーンは、ドクロが描かれたお気に入りのシルクシャツとレザーパンツに身を包んだダービーに目を走らせ、いったいどこで買ったのだろうと考えた。

彼は身をかがめ、耳元で言った。「キャロラインに僕のこと、よく言ってもらいたいんだけど」

「だめよ。サンダルを侮辱したくせに」

「彼女とデートできるようにしてくれたら、その靴、買ってあげるよ」

「私に仲を取り持ってほしいわけ？」

「問題があるのかい？」

ちらっと目を走らせると、キャロラインはラルフ・ローレンのコーナーでローヒールのサンダルを見ていた。「ええ、まあ……」

「靴、二足にする」

「もう、それはいいから」ジェーンはサンダルを脱ぎ、箱に戻した。「でも、ちょっとアドバイスしとく。そのドクロつきのシャツはやめること。あと、メンサの話はしちゃだめ」

「本当に？」

靴売り場のあと、ジェーンとマリーはエスカレーターで上の階の下着売り場へ向かい、キャロラインとダービーは紳士服売り場へ向かった。

ジェーンとマリーは買い物した袋をいくつも持って、ブラのコーナーへ。

「これはどうかな？」マリーがラベンダー色のレースのブラを掲げる。

「かわいい」

「でも、きっと、着け心地が悪いよね」と言って、首をかしげる。「そう思わない？」

「ごめん。私じゃ役に立てそうにないわ。ブラはしないのよ。本当に、一度もしたことないの」

「どうして？」

「それは……ご覧のとおり、あまり必要ないから。昔からずっと、キャミソールを着るか、バンドゥ・ブラをするだけ。あるいは何も着けない」

「私がキャミソールしか着てなかったら、ママに殺されちゃう」

ジェーンは肩をすくめた。「でしょうね。うちは、私が年ごろになっても、父がそういう話をしたがらなかったの。ずっと、男の子を育てているふりをしていたんだと思う」

マリーが値札をめくった。「今もお母さんが恋しい？」

「いつも恋しいけど、今はそんなにひどくないわ。ママが病気になる前の、楽しかったことをいろいろ思い出すようにしてごらんなさい。悪いことを思い出しちゃだめよ」

「お母さんは、どうして亡くなったの？」

「乳がん」

「ああ……」二人は、鮮やかなレースのブラ越しに見つめ合った。マリーの大きな青い目がジェーンの目をじっとのぞき込んでいる。愛する人の最期を看取った者同士、何も言う必要はなかった。お互い、わかっているから。

「私より小さかったんでしょう？」マリーが尋ねた。

「六歳だった。母は長いあいだ患って亡くなったのよ」母は三一歳だった。今の私より一つ上。

「私、今もママの棺に飾ってあった花を持ってるの。もう枯れてるんだけど、持ってると、何となく今もママとつながっているような気持ちになれるから」マリーがうつむいた。「リュックにはわからないみたい。捨てればいいのにって思ってる」

「花を取ってある理由を話したの？」

「ううん」

「話すべきよ」

マリーは肩をすくめ、赤いブラを手に取った。

「私は母の婚約指輪を持ってるの」ジェーンは打ち明けた。「父は、母に結婚指輪をさせたまま葬ったんだけど、婚約指輪は取っておいたの。私はそれにチェーンをつけて首にかけてたわ」指輪のこと、それが自分にとってどんな意味があるかということについて、人に話すのは久しぶりだった。キャロラインにはわからない話だ。彼女の母親はトラック運転手と駆け落ちをしていたから。でも、マリーはわかってくれる。

「今、指輪はどこにあるの？」

「下着用の引き出しの中。母が亡くなって何年かしたころ、はずしたの。そのときが来たら、あなたも花を片づけようと思えるんじゃないかな」

マリーはうなずき、白いウォーター・ブラを選んだ。「見て、これ」

「重そうね」ジェーンは自分もラックから一つ手に取り、ブラのパッドを強く握ってみた。重みがあって、ぐにゃぐにゃしている。妹が胸を大きく見せるプッシュアップ・ブラをしていたら、リュックはどう思うだろう？　もし私がこれを着けたら、どう思うだろう？「こんなすごいパッドが入ったブラ、リュックは買ってほしくないんじゃない？」

「そんなこと、気にしないってば。たぶん、気づきもしないでしょ」マリーはブラを四着持って、試着室に消えていった。待っているあいだ、ジェーンはたくさんの買い物袋を拾い上げ、少し先にあるショーツの売り場に移動した。

ブラについては、あまり詳しくなかったが、ショーツについては目が肥えている。二年前、ジェーンはTバック派に転向した。最初は毛嫌いしていたのだが、今では大いに気に入っている。Tバックは普通のショーツのように裾がまくれ上がることがない。まあ、言ってみれば、あれは最初から裾が上がっているわけだし。マリーを待っているあいだに、ジェーンは綿ストレッチ素材のTバックと、おそろいのキャミソールを六セット購入した。

マリーは試着室から出てくると、手に持っているパンティを何着かと、ブラを三着、レジカウンターに置いた。と、そのとき、バッグの中で携帯電話が甲高い音で鳴った。

「もしもし」マリーはフリップを開け、電話に出た。「うん……だと思う」と言って、ちらっとジェーンを見る。「訊いてみるね……。リュックがお腹空いてるか、だって」

リュックが？　「なんで？」

マリーが肩をすくめる。「なんで？」と兄に尋ね、彼のクレジットカードを店員に渡してから、ジェーンに言った。「今日はリュックが食事当番なの。インタビューしにくるなら、ジェーンの分も何か用意しとくって」

頭に二つのことが同時に浮かんだ。リュックが料理をする。もう私に腹を立てていないに違いない。「ぺこぺこだって言っといて」

12　ベンチ三列目にぶち込まれる——激突

「庭がないのって変な感じ」今やベルタウンのリュックのマンションで暮らすようになったマリーは、これまでの生活との違いについて話していた。「もう洗濯もしないし」とつけ加えたところで、エレベーターが一九階に到着し、二人は外に出た。「それは楽なんだけどね」

「リュックがあなたの分も洗濯するの？」

マリーが笑った。「まさか」二人は廊下を歩いて、左側のいちばん奥のドアまで進んでいく。「クリーニングに出すと、きれいになって、きちんとたたまれて戻ってくるの」

「あなたの下着も？」

「うん」

「私は自分のパンティには誰も触ってほしくないわ」ジェーンが言い、マリーがドアを開ける。少なくとも見ず知らずの人には触られたくない、と考えながら中に入り、突然、足が止まった。ずらりと並んだ窓に衝撃を受けて、その場に立ちすくみ、見ず知らずの人がTバックをたたむという考えはどこかに消えてしまった。床から天井まで届く窓が壁全体を占領している。立ち並ぶビルの最上階が目に入り、その向こうに、エリオット湾に浮かぶ船が見える。居間には濃紺のソファと椅子、飾り鉄《ロートアイアン》とガラスでできたコーヒーテーブルとエンドテーブルが並んでいた。複数の部屋が自然につながっているように感じられ、ステンレスの鉢植えに入った大きな観葉植物がところどころに置かれている。左側を見ると、大画面テレビにニュージャージー・デビルス対ニューヨーク・アイランダーズの試合が映っており、収納型のAV機器のステレオからデイヴ・マシューズ・バンドの曲が流れていた。

リュックは、みかげ石のカウンターで居間と仕切られたオープンキッチンに立っていた。背後に並ぶキャビネットの前面にはガラスがはめ込まれ、クローム仕上げの取っ手がついている。器具類はステンレスで、見た目はちょっと未来的だ。彼がリモコンを手に取り、ステレオの音を切った。口元が小さくカーブを描き、目尻にしわが寄る。「マリー、見違えたよ」

マリーは買い物した荷物とコートをソファにどさっ置き、兄の前で一回転してみせた。

「二一に見えるでしょう」

「そこまではどうかな」リュックに笑顔を向けられ、ジェーンはまたしても磁石になった気分だった。自分よりも強い力で引っ張られていく磁石だ。「ジェーン、ビール飲む?」

「結構よ。私、ビールは飲まないの」ブリーフケースとジャケットをソファに置く。

「じゃあ、何にする?」

「水でいいわ」

「ジェーンのビール、私が飲む」と、マリーがとんでもないことを言いだした。

「本当に二一になったらな」リュックはステンレスの冷蔵庫から水のボトルを出した。

「リュックだって、二一になる前に飲んでたに決まってる」

「ああ。その結果は見てのとおりだ」彼は冷蔵庫の扉を足で閉め、ボトルをジェーンに向けた。「それ以上、言うなよ」

「何も言うつもりはなかったけど」ジェーンは部屋を横切り、クロームフレームとグレーのレザーを使った二脚のスツールのあいだに立った。

「そのほうがいい」リュックはグラスに氷を何個か放り込み、ボトルのキャップをひねった。グレーベージュのリブ編みセーターの袖がまくり上げてあり、クルーネックから白いTシャツの襟がのぞいている。いつものゴールドのロレックスをはめ、オリーブグリーンのカーゴパンツをはいている。「俺は君をゆすれるネタを知ってるからな」

彼はキスしたときに私が溶けてしまいそうになったこと、私がブラをするのが好きではないことを知っている。「本当にすごいネタは何も知らないでしょう」

リュックがにやっと笑い、口の片側が引っ張られた。「どのくらい、すごいんだ?」

あなたの頭を吹き飛ばすくらい。絶対に見抜けないでしょうね。神に感謝するばかりだわ。私がハニー・パイだなんて、あなたには絶対わからない。

「ネタって?」マリーが隣のスツールに座り、尋ねた。

「私がガールスカウトに入ってるって話」ジェーンが答えた。

リュックが、それは怪しいとばかりに片方の眉を上げ、カウンターにグラスを置いた。

「入ってたの」と断言する。

ンターに置いた。


「私も」マリーがあとに続いた。「今も、バッジは全部持ってるの」

「俺はボーイスカウトなんか入ったこともない」

マリーがあきれたように目を上に向けた。「そんなの言わなくたってわかる」

リュックは言わせてもらおうとばかりに妹を見たが、最後の最後で思いとどまったようだ。そして、水のボトルを冷蔵庫に戻してから、マリネしたチキンの胸肉が入ったボウルをカウンターに置いた。

「何を手伝えばいい？」ジェーンが尋ねた。

リュックは引き出しを開けてフォークを取り出し、チキンを裏返した。「座って、のんびりしてればいい」

「私、手伝う」妹が申し出て、スツールから滑り下りた。

リュックがちらっと目を上げ、青い瞳が微笑んだ。マリーを見る眼差しが温くて、ジェーンは胸がきゅっと締めつけられたが、それは彼に対する欲望とは無関係だった。彼にのぼせ上がっているせいではなく、すべては、リュック・マルティノーの親切で優しい一面を目にしたせいだ。「そりゃあ、助かるな。じゃあ、パスタを出して茹でてくれ」

マリーはカウンターの向こうに回り、キッチンにいるリュックと合流した。ガラス戸付きのキャビネットからパスタの赤い箱を出し、次に計量カップを取り出す。「水、二カップ」箱の説明書きを声に出して読んでいる。「バター大さじ一」

「マリーが小さかったころ――」リュックが蛇口をひねった。「水《ウオーター》と言えなくて、〝ガッター〟と言ってたんだ」

「なんで知ってるの？」マリーが尋ね、計量カップに水を入れる。

「親父がまだ生きていたころ、遊びにいって、そのとき耳にしたんだよ。君はたぶん、二歳だった」

「赤ちゃんのころはかわいかったでしょ」

「はげてた」

マリーは水を止め、カップの中身を鍋に移した。「それで？」

リュックは手を伸ばし、彼女の髪をくしゃくしゃっと乱した。「サルみたいだった」

「リュック！」マリーは鍋をコンロに載せ、指で髪をとかした。

彼は太い声で、得意げに「ははは」と笑った。「かわいらしいサルだったよ」

「うん、そのほうがいい」マリーはコンロの火をつけ、鍋にバターを加えた。「自分はテレタビーズそっくりだから、私のこと、ねたんでるんでしょ」

「テレタビーズって？」

「うそっ！　テレタビーズ、知らないの？」マリーは無知な兄に首を横に振ってみせた。

「知らないよ」途方に暮れたように眉間にしわを寄せ、リュックが青い目をジェーンに向ける。「知ってる？」

「残念ながら知ってる。幼児向け番組のキャラクターよ。一度しか見たことないけど、その限りで言えば、テレタビーズは赤ちゃん言葉でしゃべりながら、皆でテレタビーランドを走り回ってるの」

「それに、お腹にテレビがついてて、映像が映せるのよ」マリーが言い添える。

リュックは口をぽかんと開け、うつろな目をしている。考えただけで突然、頭痛がしてきた、といった感じだ。「冗談だろ」

「本当よ」ジェーンは首を横に振った。「念のため、言い訳させてもらうなら、何年か前にジェリー・ファルウェル（米国の牧師。キリスト教右派の指導者）の発言が新聞に大きく取り上げられたから知ってるだけよ。ファルウェルは、テレタビーズには同性愛奨励の要素が潜在するって、世の親たちに警告したの。どうやら、ティンキーウィンキーが紫色で、赤いハンドバッグを持ってるからってことらしいわ」

「ティンキーウィンキー？」リュックはゆっくりと振り返り、妹を見た。「まったく。俺がホッケーばかり見てるから、からかってるんだろう」

「それはちょっと違う。リュックがテレビでホッケーを見るのは、私が学校の様子をテレビで監視するようなものでしょう」

鋭い指摘。

彼もそう思ったに違いない。というのも、しぶしぶ認めたしるしに、肩をすくめたからだ。

「君が、そのテレベリーとかいうやつを見てるなんて信じられないよ」と言ったものの、リモコンをつかみ、ホッケー中継を切った。

「テレタビーズ」マリーが訂正する。「ハンナのうちに遊びにいくと、あの子が二歳の弟のためにテレタビーズのビデオをセットするの。弟は夢中になって見てくれるから、私たちはそのあいだにマニキュアが塗れるというわけ」

「ハンナって？」

「三階に住んでる子。この前、話したでしょう」

「ああ、そうだった。名前を忘れてたよ」リュックは野菜を蒸し始め、コンロのグリルを点火して、チキンを載せた。

「食事が終わったら、ハンナと映画に行くの」

「送っていこうか？」

「いい」

リュックには持って生まれた品がある。パックに手を伸ばしていようが、グリルの上でチキンをひっくり返していようが、動きは流れるようで、無駄がなく、見る者を魅了する。同じくらい、うっとり見とれてしまうのが、あのカーゴパンツに包まれたヒップ。ちょうど腰が隠れるくらいの位置、パンツのバックポケットに縫いつけられた〈ノーティカ〉のラベルのすぐ上にセーターの裾が当たっている。

ジェーンは、その日の報告をするマリーと、リュックの話に耳を傾けた。マリーは今日買った物、後日買おうと思っている物について、一つ残らず説明している。この前、リュックが話してくれたから、彼がマリーとうまくいっていないと思っていることは知っている。でも、こうして一緒にいる二人を目にしていると、彼が思っているとおりなのかどうかよくわからなくなる。すごく仲良くやっているように見えるけど……。二人は家族だ。普通の家族ではないかもしれないし、いつも穏やかに暮らしているわけじゃないかもしれない。でも、それはどこの家族も同じこと。二人はコンロの前に立って料理をし、私も会話に入れてくれようとしているけれど、少し疎外感を覚えてしまう。今朝、迎えにいったときと同じぴちぴちのジーンズをはいているマリー。片やサイズがぴったり合ったパンツをはいているリュック。

リュックがチキンを裏返し、マリーはキャロラインに教わった、いろいろなデザイナーズ・ブランドについて、兄に詳しく伝授した。「君がようやく、ぴちぴちじゃないジーンズを買ってくれたのならありがたい」と言って、彼が野菜の火の通り具合をチェックする。

マリーは肩越しに兄を見て、青い目を少し細めた。

もし、このときリュックが妹の目つきをちらりとでも見ていたら、彼女が真剣に異議を唱えたことに気づいただろうし、追い討ちをかけるようなことはしなかっただろう。「いつも、ぴちぴちのズボンをはいてるからな。縫い目がはじけないのが不思議だよ」

ああ、言っちゃった……。

「ほ――んとに意地悪！　私はリュックのジーンズがぴちぴちなんて言わないでしょう」

「それは、ぴちぴちじゃないからだろ。何であれ、尻に食い込むものは好きじゃないんでね」リュックはようやくマリーをちらっと見た。「何をそんなに怒ってるんだ？」

マリーは口を開いたが、ジェーンが先回りをした。「マリーはすごくいいものを選んだのよ。それを着ると、本当にかわいいの」まあ、あの鋲つきのベルトを除けばだけど。「キャロラインが手伝ってあげたしね。私はファッションのことはだめだし、色合わせも苦手。だから、黒ばっかり着てるんだけど」

リュックはカウンターに移動し、そこに寄りかかった。「〝呪われし者の女王〟(ヴァンパイアを主人公とした小説のタイトル)だからかと思ってたよ」

にこにこしている彼の目をのぞき込み、ジェーンは顔をしかめた。「違います。失礼な人ね」それから、再びマリーに注意を向ける。「今度、ワックス脱毛に行くけど、一緒に行かない？　私も以前はカミソリ派だったんだけど、今はワックス派に転向したの。あれはすっごく痛くて……もう、死にそうよ。でも、やるだけの価値はある」

「いいよ」マリーが兄に微笑みかける。「ねえ、リュックのクレジットカード、一枚、持ってていい？」

「とんでもない」彼は素足を交差させ、広い胸の前で腕を組んだ。「そんなことしたら、君はお菓子を九キロ分に、ブリトニー・スピアーズのろくでもないCDをどっさり買ってくる」

マリーがまた兄をにらみつけた。「一度だけでしょう。それに、お菓子九キロも買ってないし、ろくでもないCDなんか買ってない」

「二度だ。あんなに糖分を摂ったら体に悪いし、ブリトニー・スピアーズなんか聴いてると、脳みそが吸い取られる」緊張した空気が漂ったが、リュックは気づいていないらしい。あるいは、気づかないふりをするのがうまいかのどちらかだ。姿勢を正し、料理の出来具合を確認している。「いつか、君の歯が相変わらず全部そろっていて、ブリトニーのせいで脳みそがゼリーみたいにぶよぶよにならずに済んだとわかる日が来たら、俺に感謝するだろうな」

マリーの顔には、そんなの「ず――――っと」先のことよ、と書いてある。

三人がテーブルに着くころには、マリーはほとんど口を利かなくなっていた。ジェーンもかつては一〇代の女の子だったが、これほど不機嫌になったことがあったかどうか思い出せない。といっても、自分には、君のズボンはぴちぴちだ、君が聴いてる音楽は最低だなどと言う兄弟はいなかった。いたのは、娘が不機嫌になると、何もかも「女性の日」のせいにして、彼女をいらいらさせ、ぞっとさせる父親だけだ。

リュックは上座に座り、ジェーンとマリーがその両隣に向き合って座った。それぞれの皿のわきにはグラスに入ったミルクが置かれている。確か、以前リュックに訊かれたとき、ミルクはあまり飲まないと伝えたと思ったけど……。小学校のとき以来、私にミルクを出した人は一人もいない。ジェーンはナプキンを膝に広げ、食事を始めながら考えた。無理にお酒を飲ませようとした男性はいたけど、ミルクを飲ませようとした男性はいなかった。

リュックは料理を美味しそうに見せているだけじゃない。ちゃんと美味しく作っている。食べてみたいと思うほど美味しそうな男性が、おまけに料理もできるってこと？　バービー人形のコレクションを増やすため、あるいは私に無理やりミルクを飲ませるためにしているのでなければ、ちょっとできすぎだわ。

「このチキン、すごく美味しい」ジェーンは彼をほめた。

「ありがとう。秘訣はオレンジジュースなんだ」

「自分でマリネしたの？」

「もちろん。材料は——」

「知ってた？」マリーが口を挟んだ。「イルカって、人間以外の哺乳類で唯一、快楽のためにセックスする動物なんだって」

リュックのフォークが宙で止まり、彼が妹を見る。マリーはわざと兄をけしかけている。ジェーンは彼がどう答えるか聞いてみたい、いらいら、おたおたして、妹の望みどおりの反応をするかどうか見てみたいと思った。

「そんなこと、どこで聞いたんだ？」

「生物の先生に教わったの。それに、クラスの子がディズニーワールドへ行って、イルカと一緒に泳いだら、本当に発情したんだって」

宙に浮いていたフォークを口に運び、リュックは考え込むようにしながら食べ物を嚙んでいる。「発情したイルカのことなんか、学校で習った覚えはないな。俺たちのころは、カエルの解剖をしただけだったし」と言って、ジェーンに注意を向ける。「だまされた気分だ」それから、マリーの出鼻をすっかりくじいてしまった。「ジェーン、君はどうだった？　発情したイルカについて習ったかい？」

ジェーンは首を横に振り、笑わないように努力した。「いいえ。でも、ディスカバリーチャンネルで見たんだけど、アフリカで同性愛のサルを発見したんですって。だから、サルの中にも快楽のために交尾する種類がいるはずだって言ってたわ」

リュックの眉がすっと上がった。「同性愛のサル？　何を根拠に特定したんだ？」

ジェーンは声を上げて笑い、首を横に振った。

彼が口元を少し押し上げて頬笑み、青い目の端にしわが現れた。「黒縁のメガネと牛柄のパジャマかな？」

「もう、その話はやめて」

「何？」マリーは興味津々。

ジェーンは彼に笑みを返し、パスタに手をつけた。「リュックはね、私が醜いメガネをかけてると思ってるの」

「パジャマもだ」

「どうして、ジェーンのパジャマがどんなか知ってるの？」

リュックが妹を見る。「フェニックスのホテルで、お菓子の自動販売機のところにいる彼女を目撃したら、想像できる限り、最悪のパジャマを着てた」

「一っ走り、チョコレートを買いにいったのよ」ジェーンが説明する。「選手は皆、自分の部屋にいると思ったから」

「リュックには、チョコレートを買いに走る気持ちなんかわかるわけない」マリーはあきれ顔だ。「ヘルシーな物しか食べないんだもん」

「俺の体は神殿なんだ」リュックは大口を開けてカリフラワーにかぶりついた。

「で、脚が長くて、胸が大きい人なら誰でも拝みにきていいんでしょう」ジェーンは言ってから、たちまち後悔した。今のは取り消せればいいのに……。

マリーは声を立てて笑った。

リュックは悪党のようににやっと笑った。

ジェーンは彼があれこれ言ってくる前に話題を変えた。「ジャクソンさんって、どんな人？」

「リュックが留守のとき、私と一緒にいてくれる年配の女性」マリーが答えた。

「グロリア・ジャクソンさんはもう引退してるけど、元教師で、とてもいい人だよ」

「年取ってる」マリーはパスタを一口食べた。「食べるのも遅いし」

「ほら、やっぱりジャクソンさんを嫌ってるじゃないか」

「嫌ってない。子守りなんか必要ないと思ってるだけ」

リュックはたまりかねた様子で息を吐き出した。前にもこの話はしただろうと言いたげに。

おそらく、さんざんしたのだろう。彼はグラスに手を伸ばしてミルクをごくごく飲んだ。再びグラスを下ろしたとき、上唇に白いひげが残っており、彼はそれを舌でなめた。「どうしてミルクを飲まないんだ？」とジェーンに訊く。

「言ったでしょう。ミルクは好きじゃないの」

「わかってるけど、君にはカルシウムが必要だ。骨にいいからな」

「まさか私の骨を心配してるんじゃないでしょうね」

「心配はしてない」セクシーににやっと笑い、口元がカーブを描く。「でも興味はそそられる」

彼の言葉と目つきが体の中にするりと入り込み、冷えたままにしておいたほうがいい部分を温めた。

「ジェーン、飲んじゃったほうがいいよ」マリーが忠告し、二人の大人はかろうじて性的な当てこすりを交わさずに済んだ。「リュックはいつも自分のしたいようにしちゃうんだから」

「いつもなの？」ジェーンが尋ねた。

「いや」リュックが首を横に振る。「いつもってわけじゃない」

「ほとんどそうでしょ」マリーは譲らない。

「俺は負けず嫌いでね」彼の目はジェーンの口元へ漂っていく。「全力を尽くしてトライするタイプの男なんだ」

ジェーンがちらっとマリーを見ると、彼女はブロッコリーを皿のわきへよけるのに忙しかった。「手段は選ばないってこと？」リュックに注意を戻す。

「そのとおり」

「どういう手を使うの？」

「それは、勝算によるな」リュックは視線を上げ、ジェーンの目を見つめた。「仕方なく汚い手を使う場合もある」

「仕方なく？」

彼は意地悪そうに口元をゆがめた。「好き好んで使う場合もある」

ええ、知ってる。あなたにはそういうところがある。ゴールの前で、敵のスケート靴を突いたり、引っかけたり、手荒なまねをするのを見たことがあるもの。でも、ホッケーの話をしてるわけじゃないんでしょう。

「車の免許、いつ取らせてくれる？」ありがたいことに、マリーが横から口を出し、話題を変えてくれた。

二人の大人が彼女を見る。それから、リュックが椅子の背にもたれ、ジェーンはようやくほっとした。「まだ、そんな年じゃないだろう」

「そんな年よ。一六だもん」

「一八になってからだ」

「リュック、そんなのひどい」マリーはミルクをがぶ飲みし、皿の空いたところにグラスを置いた。「新しいフォルクスワーゲン・ビートルが欲しいの。自分のお金で買うから」

「自分の金を使えるようになるのは二一になってからだ」

「じゃあ、仕事見つける」

自分の食器を持ってキッチンへ入っていく妹を、リュックはじっと見ていた。「今夜も例によって虫の居所が悪いらしい」と口の端だけ動かして言う。

「あの子が怒ってるのは、あなたがぴちぴちのジーンズなんて言うからよ」

「本当のことだ」

ジェーンはナプキンをつかみ、テーブルに載せた。「もう、前みたいなことはないと思う。キャロラインがサイズの合った服を買うようにうまく言ってくれたから」

「君もその友達も、土曜日をつぶして妹を買い物に連れていってくれてありがとう」リュックが言った。マリーはキッチンを出ると、自分の寝室へ向かって廊下を歩いていき、二人はその様子を見守った。「あれ以上、ひどいジーンズは想像できないからな」リュックは手のひらをジェーンの手の下に滑り込ませ、彼女の指をしげしげと眺めた。

「全部、キャロラインのおかげよ」温かい彼の手の中にある自分の手は小さくて、とても白く見える。ジェーンは胸が急に締めつけられた。「私は自分の身なりを考えるのがやっと。黒ばかり着てるのは、どんな色が似合うのかわからないからなの」

「赤だ」リュックはジェーンの手をひっくり返し、手のひらを見た。ゆっくりと目を動かし、彼女の手首から腕、肩を通って、再び口元へと視線を上げていく。そして上体を傾け、彼女に近づいた。声が少し低くなり、熱を帯びている。「君は赤が似合う。でも、あの赤いカクテルドレスについてはもう話したよな」彼の声に追い立てられ、温かな動揺が素肌の上を駆け巡り、みぞおちへ伝わった。

「あなたを催眠術にかけて、私にキスさせたドレスのこと?」

「思ったんだ。あれはドレスのせいじゃない。ドレスを着ていた女性のせいだった」彼の親指がジェーンの親指のわきをさする。「君は女の子みたいな柔らかい肌をしてる」

ジェーンは、こうすれば動揺を静めることができるかのように、空いているほうの手をみぞおちに当てた。「女の子だもの」

「気づいてたよ。気づきたくないときだって、君のことは気づいてしまう。飛行機やバスで奥の席に座っているときも、試合のあと、体の大きさが自分の倍もある男たちと対決しようとロッカールームに入ってくるときも、いつだって気づいてたんだよ、ジェーン」

落ち着かない気分になって笑ったが、喉が詰まってしまった。「男性が三〇人いる中で、遠征に同行している女性は私一人だからでしょう。なかなか見落とせるもんじゃないわよね」

「最初はそうだったかもな」彼の目がジェーンの髪と顔をじっと見つめる。「あたりを見回すと君が目に入り、いるはずがないのに、そこにいるからびっくりしたもんさ」彼は視線を下ろし、彼女の目を見た。「でも今は君を探している」

その言葉で、胸の鼓動が少し激しくなったにもかかわらず、彼の言ったことがなかなか信じられなかった。「遠征に同行してほしくないと思ってたんじゃないの?」

リュックはジェーンの手をナプキンに戻した。「思ってた」立ち上がって食器類をまとめる。「今も思ってる」

ジェーンはグラスをつかみ、彼のあとからキッチンへ入った。「どうして? あなたの私生活に興味はないって言ったでしょう」実際、興味がない。『ハニー・パイの日記』は架空の話だし、私のエロティックな幻想だ。

リュックは食器をすべてシンクに置き、質問に答える代わりに、ジェーンのグラスを取り上げ、ミルクを飲み干した。グラスを下ろしたとき、ジェーンは同じ質問をした。「どうして遠征に同行してほしくないの？」

彼は青い瞳で彼女の目をじっと見つめ、上唇についたミルクを舌でなめた。彼がどう答えるかが、とても大切なことに思える。私にとっては。だって、そうなりませんようにと願っていたのに、どんなに頑張っても、リュックに恋をしてしまいそうだから。抵抗すればするほど、その強い思いにどんどん引き込まれてしまう。

「行ってくるね」マリーが再びキッチンに入ってきた。

ほんのつかの間、リュックは相変わらずジェーンを見ていたが、無理やり視線を妹に向けた。「金は持ってるのか？」と尋ね、グラスをシンクに置く。

「二〇ドルある。それで足りるはず」マリーは肩をすくめてスノーボード・コートをはおり、襟から髪を引っ張り出した。「ハンナのうちに泊まるかもしれない。ハンナがお母さんに訊いてからだけど」

「どっちにしても連絡しろよ」

「そうする」マリーはファスナーを上げ、ジェーンにさよならを言った。妹を玄関まで送っていくリュックを見ていたとき、ブリーフケースに目が留まり、ジェーンはそもそも何のために彼のマンションにいるのかを思い出した。二人はお互い惹かれているかもしれないけど、どちらもプロだ。私は仕事をするためにここにいる。私は彼好みの女じゃないし、私の心をドリトスの袋みたいに引き裂くような男性と恋をしたいとは思わない。

ジェーンはキッチンから居間のソファへ移動した。ブリーフケースのファスナーを開け、ノートとテープレコーダーを取り出す。痛い思いをするのはいや。リュック・マルティノーなんか愛したくない。でも、この胸が鼓動するたびに、もう手遅れだと告げている。

リュックがマリーを見送ってドアを閉めると、ジェーンは彼を見上げた。「始めてもいい？」

「いよいよ、お仕事の時間か？」

「ええ」ジェーンはブリーフケースのポケットからペンを取り出した。

彼がこちらに歩いてくる。長い脚が二人の距離をどんどん縮めていく。美しい青い目で私を見つめ、こちらに近づいてくる彼のいったい何が私を溶かし、ぎらぎらした熱い魔力のとりこにしてしまうのだろう？

「どこでする？」ジェーンが尋ねた。

「それが問題だな」リュックは挑発するようなセクシーな笑みを浮かべた。

13　ハットトリック――一晩で三得点

「セクハラするつもり？」

リュックは胸の前で腕を組み、ジェーンをじっと見下ろした。「困るのかい？」

「そうよ。私は『シアトル・タイムズ』向けのインタビューをするためにここにいるの」

くそっ。背筋はしゃんと伸びてるし、目はまっすぐこちらを見ている。すっかり仕事モードだ。でもお気の毒さま。こっちは君を困らせてやりたいんだ。「座れよ」グロリア・ジャクソン以外の女性が家にいるのを目にするなんて、ずいぶん久しぶりだ。マリーと一緒に暮らすようになって以来、そういうことはなかったのだ。

さっき、キッチンで初めて顔を上げ、この家の物に囲まれて居間に立っているジェーンを見たときはショックだった。最初のころと同じだ。あのころ、ふと振り向くと、チーム専用機やバスに座っている彼女が目に入り、どきっとした。思いも寄らない場所に、場違いな女性がいるという衝撃。でも、あのころもそうだったが、今日も彼女はすぐになじんでしまった気がする。まるで、もうずっと前からここにいたかのように。

リュックはソファの片側の端に座り、ジェーンは中央に腰を下ろした。彼女が膝に置いたノートとテープレコーダーに目を落とすと、こめかみと頬に焦げ茶色の巻き毛が少し垂れた。着ている物はいつもの黒いパンツと白いブラウスだが、彼女の肌が見た目どおり柔らかいことはわかっている。

「自分の過去について、どの程度、話したい？」ジェーンはうつむいてノートを見つめたまま、最初の質問を切り出した。

「ゼロ」

「いろんなこと、たくさん書かれたでしょう。これで誤解を解くことができるのよ」

「言わぬが花だ」

「あなたをいちばん困らせるのは、真実について書かれた話？」ジェーンが横目で彼を見る。

「それとも、でっち上げられた話？」

今までそんな質問をされたことがなく、リュックはしばらく考えてみた。「たぶん、真実と違う話だな」

「実際よりよく書かれていても？」

「たとえば？」

「そうねえ、よくわからないけど……」ジェーンは息を吸い込み、吐き出した。「女性関係。オールナイト・セックス、みたいなこと」

彼女がその話を持ち出そうとしたことに、少しがっかりした。テープレコーダーのスイッチはまだ入っていなかったので、リュックはその件について話した。「オールナイト・セックスなんて、いっさいしたことがない。俺が一晩じゅう起きていたとすれば、それはハイになってたからだ」

ジェーンは再び膝に目を落とし、唇の内側を噛んだ。「セックス方面でスタミナがあるといった書かれ方をすれば、たいていの男性は名誉に思うんじゃない？」

俺は彼女を信頼しているに違いない。さもなければ、ここまで話さなかっただろう。そう考えたリュックは、さらに言葉を続けた。「ハイになって一晩じゅう起きてる場合、そっちの方面は好調じゃなかったよ。俺の言いたいことが君にわかればだけど」

「つまり、あなたといろんな女性にまつわる噂はどれもこれも、名誉な話ではないということ？」

ジェーンはちょっと上品ぶっていて、実はこの手の話に興味をそそられているから、こんな質問をするのだろうか？

「そういうわけじゃない。俺はキャリアを立て直そうとしているところなんだ。ああいうくだらない話は、大事なことの妨げになる」

「あら、いけない……」ジェーンはカチッとペンをノックし、テープレコーダーのスイッチを入れた。「『ホッケー・ニュース』に載ってた今シーズンのプレーヤー・ランキング・トップ五〇《フィフティ》では、今のところ、あなたは六位。ゴーリーの中では二位よ」ジェーンは彼の私生活から離れた内容でインタビューを続けた。「去年はリストにまったく載らなかったでしょう。昨シーズンと比べて飛躍的によくなった要因は何だと思う？」

冗談だろ。「よくなったんじゃない。昨シーズンはたいしてプレーしてないんだ」

「じゃあ、ケガからカムバックするにあたって、今シーズンはものすごく努力を重ねたってことね」言い方が、まるで緊張しているかのようによそよそしい。ちょっと驚きだ。この世に彼女を緊張させるものはたいしてないと思っていたが。「あなたがこれまで直面した最大の困難は何？」

「もう一度プレーするチャンスをつかむこと」

ジェーンが髪を耳にかけ、彼をちらっと見上げた。「膝の調子はどう？」

「一〇〇パーセント問題ない」リュックは嘘をついた。膝がケガをする前の状態に戻ることは二度とないだろう。プレーを続ける限り、痛みや不安とつきあっていかなければならない。

「記事で読んだんだけど、エドモントンのジュニア・リーグでホッケーを始めたときは、センターだったそうね。どうしてゴーリーになろうと決めたの？」

どうやら、セックスライフ以上のことを調べてきたらしい。でも、なぜか、それがわかっても、以前のようにいらいらしない。「五歳から一二歳ぐらいまでセンターをやってた。チームのゴーリーがシーズンの途中で辞めたもんで、コーチが選手をぐるっと見渡して言ったんだ。〝リュック、ポストのあいだに立て。おまえがゴーリーだ〟」

ジェーンが笑った。少し緊張が解けたらしい。「本当に？　生まれたときから頭でパックを止めてやるって燃えてたわけじゃなかったのね？」

彼女の笑い方が好きだ。心から笑っているし、緑の目が輝いている。「ああ。でも、俺は実に素早く、上手に動けるようになった。だから、脳震とうを起こすことはなかったよ」

ジェーンがノートに何か走り書きした。「以前のポジションに戻ろうと思ったことはある？」

リュックは首を横に振った。「ない。一度、ゴールに立ったら、もう離れたくなくなった。そんなこと、考えもしなかったよ」

ジェーンが再び彼を見上げた。「知ってた？〝アバウト〟じゃなくて〝アブート〟って言ってる」

「やっぱり？直そうと努力してきたんだ」

「直さなくていい。私は好きよ」

俺はジェーンが好きだ。自分はもっと分別があるかと思っていたが、彼女の艶やかな髪とピンク色の唇を見ていたら、突然、分別などどうでもよくなった。「じゃあ、もう努力しなくていいんだろ？」と、正真正銘のエドモントン人らしい発音で言う。

ジェーンは口元を引いて微笑み、再び膝の上のノートに注意を戻してしまった。「ゴーリーはほかのプレーヤーと違うって言っている人たちもいたわ。つまり、ゴーリーは変わったタイプの人間ってことよね。あなたもそう思う？」

「ある程度は正しいかもな」リュックはさらに深くソファにもたれ、背の部分に腕を沿わせた。「俺たちは、ほかのプレーヤーとは違う勝負をしている。ホッケーはチーム・スポーツだが、ゴールを守る男は例外だ。ゴーリーは一対一の勝負をするほうがずっと多い。それに、もしへまをしても、誰もカバーしてくれない」

「相手ウィンガーの攻撃をしのいでも、派手にライトが当たるわけじゃないし、お客さんが沸くわけでもない」

「そのとおり」

「負けた場合、立ち直るのにどれくらいかかる？」

「それは負け方による。試合のビデオを見て、次はどうすればよくなるか考え、たいがい翌日には立ち直ってるよ」

「あなたの試合前の儀式は何？」

リュックはずっと黙っていた。そして、ジェーンがとうとう顔を向けたところで、尋ねた。

「君に〝あほんだら〟と呼んでもらうこと以外に？」

「それは載せない」

「偽善者め」

ジェーンが肩をすくめた。「じゃあ訴えれば？」

彼女に対してしそうなことはいくつもあるが、訴えるのは数に入ってないな。「前の晩と当日はプロテインと鉄分をたくさん摂るようにしている」

「引退したグレン・ホールというゴーリーは、プレーしているあいだは、ちっとも楽しめないと言ったそうだけど、あなたは、自分のポジションをどう思っているの？」

面白い質問だ。リュックは首をかしげて考えながら、ジェーンをしげしげと眺めた。どう思っているのだろう？　ホールと同様、いやだと思うときもある。セックスより気持ちがいいと思うときもある。「俺はリンクの上では、すごく集中しているし、負けず嫌いだ。シュートをブロックし、空中でパックをつかみ、自分の実力を思う存分発揮できているときの気分ほど素晴らしいものはない。ああ、俺は確かに自分のしていることが大好きだ」

ジェーンは何か書き留め、ノートを閉じた。それから、ペンを唇に押し当てたものだから、リュックは彼女の口元に注意を引かれた。

ジェーンには、これまで知り合ったどの女性よりも、彼の好奇心をかき立てる何かがあった。上品ぶったジェーンと、ポルノクイーンみたいなキスをするジェーンは一致しなかったが、そんなギャップよりも好奇心をそそる何かがあった。艶やかなカールに指を通してみたい、手のひらで顔を包んでみたいと思わせる何かが。これまで、たくさんの美女とつきあってきた。肉体的には非の打ちどころのない女性たちだったが、欲望はいつだってちゃんとコントロールできていた。だがジェーンに対してはうまくいかない。小柄でやせっぽちのジェーン。小さな胸、言うことを聞かない巻き毛、人の目を探るように見つめ、絶対よからぬことをたくらんでいると悟ってしまう濃い緑色の瞳。彼女にキスをした、あのパーティーの夜からずっと、ジェーンの服を脱がせ、手と口で体じゅうを探検することを思い描いてきた。彼女を避けようとしたが、避けるどころか、駐車場の壁に押しつけて、危うくヤッてしまうところだった。それればかりか、彼女に対する欲望は、この数日、強くなる一方だ。

こうしてジェーンを見つめ、柔らかそうな肌と艶やかな髪を目にしながら、リュックは考えた。なぜ彼女を避けなければいけないのだろう？　彼女は今、俺の生活の一部になっている。どこにも行かないだろうし、俺もどこにも行かない。二人は大人だ。もし、彼女の乳房に唇を当て、温かい濡れた体の奥まで自分をうずめることになっても、二人の大人が喜びを与え合って何が悪い？　何も間違ってはいないだろう。というより、それこそ、二人がともに必要としているものかもしれない。リュックはジェーンのブラウスの胸元に視線を下ろし、小さな乳房が突き出ている部分を見た。わかってる、これこそ俺が必要としているものだ。

わきにある電話が鳴り、ジェーンの乳房に関する考察は中断された。リュックが受話器を取る。マリーからだ。ハンナの家に泊まることにしたらしい。「明日の朝、また電話してくれ」彼はそう言って、電話を切った。

「マリー？」

「ああ。ハンナのところに泊まるって」

ジェーンは彼のほうを向くと、片方の膝をソファに引き上げ、彼の手のわきにあるクッションに肩をもたせかけた。「マリーの話はしたい？」

「いや。あの子の生活をこれ以上つらくするようなことは何も言いたくない」

「それが賢明だと思う」ジェーンはノートにちらっと目を走らせ、再び彼を見上げた。「将来のことを考えた場合、自分はどうなってると思う？」

リュックはその質問が嫌いだった。今はケガをすることなく、シーズンを乗り切ろうとしているだけだ。ずっと先のことは考えたくない。一プレー、一試合、一シーズン。そこまでのことしか考えたくない。「引退したら、身の振り方を決める時間もできるだろう」

「それはいつごろだと思う？」

「少なくとも、あと五年はあると思いたいね。もっとかな」

「あなたはインタビュー嫌いとして知られているでしょう。どうして、そんなに記者と話すのがいやなの？」

リュックはジェーンの腕を指でさすった。「いつも、ピントのずれた質問をしてくるからだ」

ジェーンは彼の指先が腕から肩へ滑っていく様子を見つめた。口が開き、静かな息がもれる。「じゃあ、どんな質問ならいいわけ？」

リュックは彼女のあごの下に指を当て、目を自分のほうに向けさせた。「なぜ遠征に同行してほしくないのかと、もう一度、訊いてくれ」

「なぜ？」

親指がジェーンの下唇をさする。「君がいると、正気を失ってしまうからさ」

「ああ……」彼女がささやいた。

リュックはテープレコーダーに手を伸ばし、スイッチを切った。「君を探し回るのはやめよう、君のことは忘れようと思った。君を避けていれば、気にしなくて済むと思ったんだ。でもだめだった」ノートとペンを取り上げて床に放ると、心の赴くまま、彼女のこめかみにかかる柔らかな巻き毛を指ですいた。「ジェーン、君が欲しい」前かがみになり、手のひらで彼女の顔を包む。そして額を重ね合わせ、ジェーンが今の言葉の意味をすっかり理解していることを確認し、言い添えた。「君を裸にして、体じゅうにキスしたい」

ジェーンは目を丸くした。「この前の夜、私に本気で腹を立ててたでしょう」

「ほとんど自分に腹を立ててたんだ。君にグルーピーみたいだと思わせてしまったから」リュックの唇がジェーンの唇をかすめていく。「一瞬たりとも、君をグルーピーだと思ったことはない。それをわかってほしいんだ。君がどんな人なのか、俺はちゃんとわかっているし、君を無視しようと精一杯頑張っても、できないんだ」

彼はジェーンの唇にそっとキスをすると、体を引いて彼女の目の奥をのぞき込んだ。「君と愛し合いたい。今、俺を止めなければ、そういうことになる」

「それは、よくないいんじゃないかな」と言ったものの、ジェーンは体を引かなかった。

「どうして？」

「だって、私はあなたと一緒に旅をする記者よ。チヌークスに同行するのよ」

リュックはジェーンの唇の端にキスをし、彼女の気持ちが少し和らいだのを感じ取った。

「あと三秒以内にもっとましな理由を考えたほうがいい。さもないと、すぐ真っ裸にされてしまうからな」

「私は、あなたの好きなバービー人形じゃない。脚も長くないし、胸も大きくないの。あなたがつきあっているタイプの女性にはかなわないわ」

リュックはもう一度、体を引き、彼女の目をのぞき込んだ。ジェーンが大真面目だとわからなかったら、笑いだしていたかもしれない。「かなうとか、かなわないとかの問題じゃない」彼女の髪を耳にかけてやる。

ジェーンは彼の手首をつかんだ。「私は、あなたのような男性の欲望をかき立てるタイプの女じゃないんだってば」

今度こそ笑ってしまった。笑わずにいられなかったのだ。リュックは硬くなっており、それは彼女の言葉が間違っているという証拠だった。「遠征初日のあの朝、チーム専用機の中で振り返って君を見たときからずっと、裸の君はどんなだろうと考えていた」彼女の喉に手を滑らせ、ブラウスのボタンへと下ろしていく。「あのときからずっと、君は俺の頭を狂わせてきた」ボタンをはずす指先が、彼女の素肌と、シルクのようにすべすべしたブラウスの生地をかすめていく。「君はあらゆる感情をかき立てる。特に欲望をね」彼は頭をちょっと下げ、耳にキスをした。「君がショックを受けるような、欲望に満ちた、みだらな空想をたっぷりとかき立ててくれる」

リュックはパンツからブラウスの裾を引っ張り出し、光沢のあるキャミソールを見下ろした。「この前の晩、メディア・ラウンジで見かけたときは、君をテーブルに放り上げ、そのままデザートの皿の上でやってしまうところを空想した」

「なんだか……汚れそう」

「それに楽しそうだ。なめてきれいにしてあげられそうな、興味深い場所を一つ残らず想像してしまった」

ジェーンは口を開いたが、息を殺しているかのような声になってしまった。「糖分は摂らないのかと思ってた」

リュックが笑った。「君の糖分を摂りたいんだよ」彼はそう言って、首のつけ根のカーブにキスをした。「ショックだったかな？　かわいいジェーン」

ジェーンは胸の奥から今にもこみ上げてきそうなうめきを押しとどめた。リュックは私にショックを与えている。でも、彼が思ったようなショックじゃない。メディア・ラウンジの話はもちろんだけど、まさか、彼が私の空想をしていたなんて。とにかく、それが大ショックだ。喉のわきに彼の温かい息がかかると、背筋がぞくぞくし、シルクのキャミソールをなで回している手の熱が素肌に広がった。脚のあいだに熱いものがたまっていく。乳首がすぼまって痛いほど硬くなり、ジェーンは太ももを合わせてぎゅっと力を入れた。彼が欲しい。欲しくてたまらないと思うあまり、だんだん目の前がかすみ、ほとんど息ができなくなった。ええ、そうよ。彼と同じくらい、私も彼を求めている。でも、これほど彼を求めた結果がどうなるのか、それを思うと怖くなる。セックスの問題にすぎないなら、今ごろとっくに裸になっていただろう。彼も同じだったに違いない。でもこれは裸になる以上の問題。少なくとも私にとっては。そうじゃなければいいのにとどんなに願ったところで、私は体だけじゃなく、心も巻き添えにしている。

浅い息をしながら唇を開き、こんなことできない、もう帰らなきゃと伝えようとしたが、リュックの大きな手が乳房をつかみ、シルクの布地の上から素肌を温めた。彼が声をひそめ、耳打ちをする。「ジェーン、君が欲しい」次の瞬間、彼の唇が求めてきた。男らしい、温かみのある香りが鼻を満たし、ジェーンは彼のにおいをめいっぱい吸い込んだ。清潔な肌のようなにおい。セックスのようなキスの味。

一九階下から消防車が猛スピードで走っていく音が聞こえてきた。現実の世界が去っていき、ジェーンの最後の慎みも一緒に連れ去られた。もう正気はどこかへ飛んでしまった。彼女はリュックのセーターをぎゅっと握り締めた。彼が求めてくれるのと同じくらい、私も彼が欲しい。ひょっとすると私の気持ちのほうが勝っているかもしれないし、あとになって、その反動を心配することになるのだろう。でも今、気になるのは、シルクのキャミソール越しに乳首を軽くかすめている彼の手と、心を麻痺させ、体をうずきっぱなしにさせる濡れたキスだけだ。自分の喉からこらえきれなくなったうめきがもれると、ジェーンはキスを返した。もうこれ以上自分の力では押しとどめていられなくなった情熱で彼をむさぼっている。リュック・マルティノーとワイルドでみだらなセックスをしたいという圧倒的な激しい欲求に包囲され、こんなことをしてはいけないという気持ちと理性は燃え尽き、灰と化した。

ジェーンはたっぷりとキスをごちそうしながら、膝をついて起き上がり、彼の脚をまたいだ。自分の力では抑えきれない感覚に、もう我を忘れている。リュックのセーターとTシャツを胸から引きはがし、それを頭から脱がせるあいだだけ、二人の飢えた唇が離れた。それから、彼の体に両手を当て、届く限り、すべての場所に触れていく。がっしりした肩と胸。指先で素肌をさすり、胸骨をたどる。太ももの上に座り込むと、リュックの硬くなったものが押しつけられ、二人のパンツの布地越しに彼女の肌を温めた。胸と耳の中で心臓の鼓動が激しく響いている。ジェーンはさらに強く体を押しつけ、リュックも骨盤をぐいぐい押しつけてくる。平らな腹部へ手を滑らせると、彼に手首をつかまれた。

「だめだ」声が緊張していて、呼吸が速くなっている。「あせるなよ。中に入るまで、いくわけにはいかないんだ。でも、中に入ったら、たぶん五分しかもたないだろうな」

それでもいい。リュックと五分間なんて、これまで経験してきたどんなことより素敵に思える。この先、それ以上の素敵な経験は二度とできないかもしれない。

リュックはジェーンのブラウスを押し広げて肩からはずし、腕に滑らせた。脱がせたものを床に放ると、今度は薄いシルクのキャミソールをじっと見つめた。閉じかけた目が少しうつろになっている。「これがブラの代わりなのか?」

ジェーンは首を横に振り、彼の温かい肩と胸に両手を滑らせた。「ときどき、これも着ないことがあるの」欲望で頭がもうろうとする中、今朝、どのTバックをはいてきたか思い返してみる。ああ、よかった、ちゃんとしたやつをはいてきた。

「思い出したよ」リュックがうめいた。「君が下着を半分つけずに歩き回っているとわかったときから、俺は困ったことになっていたんだ」彼は大きな手で輪を描きながらジェーンの腰をさすり、彼女をひざまずかせてから、腹に顔をうずめた。シルクの布地が押し上げられ、彼が口を開くと、温かい息がかかり、肌が熱くなった。「脱いで」彼はジェーンの腹部に濡れたキスをした。

ジェーンは頭からキャミソールを脱ぎ、わきに落とした。リュックは彼女の肋骨に沿って、指を大きく広げ、首をそらせて彼女を見た。熱い眼差しが乳房に触れる。彼はあえぐように息を吸ったが、何も言わなかった。

もう一度、リュックの膝の上に座ったジェーンは、彼の心境を代弁しなければいけない気持ちに駆られ、「あなたが見慣れているものとはちょっと違うでしょう」と言って、手のひらで胸を覆った。

「大きな胸は失望も大きい場合があるんだよ。ジェーン、君は美しい。空想より美しい」リュックは彼女の手首をつかんで後ろへ押しやり、背中を弓なりにさせて乳房を顔のほうに近づけた。「君のこういう姿を見る日をずっと待っていた。ずっとこうしたいと思っていた」ささやく吐息が、ずきずきうずく乳首に触れる。それから、彼は熱く濡れた口の中に彼女をそっと吸い込んだ。手首が解放されると、ジェーンは両手で彼の頭を挟み、胸に抱き寄せた。

彼は頬をすぼめ、ますます強く吸った。手の甲が彼女の腹部をかすめ、パンツのウエストバンドのボタンがはずされる。内側へ差し込まれた手が赤いレースのTバック越しに下腹部を包むと、ジェーンは喜びのうめきを上げた。

「ジェーン、濡れてる」小さなパンティを押しのけ、なめらかな熱い素肌に触れると、リュックは喉の奥のほうで言った。ジェーンはその場であっさり屈してしまいそうだった。愛撫されるがまま、オーガズムに達してしまいそう。たいした時間もかからず、いってしまいそう。でも、独りでいきたくない。彼と一緒にいきたい。

「もう、だめ」ジェーンは彼の手首をつかんだ。彼は腹部から乳房へと手を滑らせると、濡れた指先で乳首をもてあそび、もう一度口で愛撫した。喉の奥で、男性の強烈な喜び、所有本能を示すような声が低く響き、それを耳にすると、彼女はぎりぎりのところまで導かれ、乳房を口に含まれているだけでいってしまうんじゃないかと不安になった。

「やめて」

リュックは頭を後ろに倒し、彼女を見た。その目は激しい熱情で恍惚としている。「したいことを言ってくれ」

したいことはたくさんあるけど、二度とこんな機会はないかもしれない……。「あなたのタトゥをなめてみたい」

彼はよく聞こえなかったかのように何度か目をしばたたいたが、すぐに腕を大きく広げた。ジェーンはリュックの膝からするりと下り、彼を引っ張って立ち上がらせた。靴とソックスを脱ぎ、パンツも脱ぎ捨てると、Tバック姿で立ち、彼の肩と胸にキスをした。がっしりした筋肉に手を滑らせ、下に向かってキスの跡をつけていく。そして、彼の前でひざまずき、カーゴパンツのウエストバンドに手をかけて、平らな腹部を顔のほうに引き寄せると、タトゥの鉄尾《ヒール》の部分をなめ、舌で彼の肌を味わった。「あなたの蹄鉄、どのくらいの大きさなんだろうって思ってた」ジェーンはささやき、彼のへそにキスをした。「ずっとこうしたいと思ってたの」

「もっと早く言ってくれれば、やらせてあげたのに」彼はジェーンの髪を指ですき、顔からどけた。「次はもう、許可を求めなくていいよ」

ジェーンはリュックの腹部に向かって微笑んだ。肌が太鼓の皮のようにぴんと張っていなかったら、彼を叩いていただろう。それから、パンツのボタンをはずし、腰から太ももへと下ろしていく。目の前にある黒い蹄鉄は、白いブリーフの下に隠れて見えなくなっていた。清潔な白い綿の布地が見事にふくらんでいる。ジェーンはそこにキスをした。それから、下着を脚に滑らせて下ろしていくと、解放されたものが前に突き出てきた。彼女が目を留めたのは、蹄鉄の鉄頭《トウ》の部分。毛の下に隠れているが、ペニスの根元まで届いている。ダークブロンドの毛のすぐ上には、蹄鉄の左右を結びつける形でリボンが彫られており、そこに黒い太字で〈ＬＵＣＫＹ〉と記されていた。

ジェーンは笑い、熱くなったビロードのような先端にキスをした。「これは？　許可を求めてほしくない？」

リュックの答えは、殺した声で放った「よせ！」のひと言だった。

彼にキスされてから初めて、自分のほうに権限が移り、主導権を握っているような気がした。彼をめいっぱい口に含み、手のひらで重みを確かめる。初めてのときに、相手の男性にこんなまねをしたことは一度もなかった。悪しき先例を作ってしまうんじゃないかと心配だったのだ。でもリュックとなら構わない。これは私がしたくてやっていること。彼のためじゃなくて、自分のために。それに、あとでどんなに傷つこうが、痛い思いをしようが、リュックとの未来は存在しないとわかっている。先例ができることはあり得ない。だから、彼からできる限りのものを奪ってやろう。私はハニー・パイ。最善を尽くして、彼を昏睡させてやろう。

リュックはジェーンの肩をつかんで引っ張り起こした。顔を近づけ、彼女の口に力ずくで舌を入れてくる。両手がヒップに回って抱き上げられると、ジェーンは彼の腰に脚を巻きつけた。リュックは硬くなったむき出しの素肌をTバックの上から押しつけ、下ろされたパンツとブリーフを蹴飛ばすように脱ぎ、飢えたようにキスをした。それから、二人は居間を出て廊下を進み、彼の暗い寝室に入っていった。巨大な窓から差し込む明かりだけが大きなベッドに広がっている。濃紺のキルトの上に寝かされたジェーンは肘をついて体を起こし、暗がりの中で動いている彼を見守った。ナイトテーブルの引き出しがすっと開き、やがて彼は彼女の前に戻ってきた。

「始める前に謝っておかなきゃいけないかもな」リュックは太くなったものの先端にラテックスのコンドームをかぶせ、長さに沿って下ろしていく。

ジェーンはパンティを脱ぎ、放りなげた。外から注ぐ光がリュックの顔の片側を照らしている。「どうして?」

リュックは温かい体でジェーンを覆い、肘で体重を支えた。「あまり長もちしないと思うからさ」

そのとき、なめらかで、硬くて、熱を帯びた先端が触れ、そんな心配することないのに、とジェーンは思った。というのも、自分も長くもちそうになかったから。彼が途中まで侵入してくると、体が抵抗した。止めようとして肩に手を押し当てると、リュックはジェーンの顔を両手で挟み、そっとキスをした。それから、いったん体を引き、もう少し奥まで自分を押し込んだ。

「君がすごくきつく俺を締めつけてる」リュックがあえぐ。ジェーンは息を――彼の息を――吸い込んだ。彼はほぼ完全に体を引いたが、その結果、相当深くまで自分をうずめることになり、ジェーンはそれが子宮の入り口に達したのを感じ取った。太いうめき声が彼の胸を引き裂き、彼女の心臓の周りで反響している。

ジェーンは彼の背中に片脚を巻きつけた。「リュック」とささやいた瞬間、彼が動きだした。喜びをもたらす完璧なリズムを刻みながら。「すごくいい……」

顔の真上で彼が尋ねた。「どうしてほしい？」

「このまま続けて」アスリートの肉体、最後まで戦い抜くために鍛えられ、引き締まった肉体に力がこもり、荒い息が顔にかかった。ジェーンの細胞という細胞は、自分の体を力強く突いてくるものに意識を集中している。

「もっと？」

「ええ、もっと欲しい」ジェーンがあえぎ、リュックは彼女が欲しがるものを与えた。もっと速く、もっと強く、もっと激しく。彼がベッドの上へ上へと彼女を押しやり、荒い息が何度も何度も彼女の頰をかすめていく。そして、もうこれ以上耐えられないと思った瞬間、ジェーンは叫び声を上げ、彼の肩に置いた手を握り締めた。クライマックスはあまりにも素晴らしく、心臓が鼓動する音と、肌の上を駆け巡る興奮に邪魔されて、何も見ることも聞くこともできない。彼が奥深くで点火した炎はジェーンの体を活気づけた。内側の筋肉が締まり、リュックをさらに深く吸い込むと、ついに彼にもクライマックスが訪れた。喉から悪態のような言葉が一気に飛び出してくる。

二人ともしばらく何もしゃべらなかった。呼吸が落ち着き、心拍数が正常に戻ると、ようやくリュックは体を引き、ベッドを離れてバスルームへ向かった。ジェーンのほてった肌にひんやりした空気が勢いよく流れ込み、彼女は、まだらになった影の中を歩いていく彼を見守った。頭が相変わらず麻痺していて、自分が何をしたのか考えられない。でも心はわかっている。私はリュック・マルティノーを愛している。怖いくらい熱烈に。

トイレの水が流れる音が聞こえ、ジェーンはバスルームのドアのほうに目をやった。リュックがこちらに歩いてくる。窓から寝室に注ぐ四角い光に囲まれた裸身がとても美しい。彼を見ていたら、発作を起こしたように胸が締めつけられた。

「何時に帰らなきゃいけなかったんだい?」リュックはベッドに上がり、ジェーンのもとにやってきた。

バケツで水を浴びせられたように現実が押し寄せてくる。彼は私の余韻が消えるのを待ってさえくれなかった。私は頭が吹き飛びそうなセックスをしただけ。彼はもう、私がいつ帰ってもいいと思っている。ジェーンは体を起こし、下着を探そうとあたりを見回した。泣きだすなんて絶対にしたくない。何か屈辱的なことをしてしまわないうちに出ていかなくちゃ。

「門限はないわ」裸でいることを考え、できるだけ上品に、なおかつ大急ぎでベッドの端まではっていき、下を見渡した。パンティがない。「下着が見つかったら、すぐ出ていくから。あなたは明日、試合だし、ちゃんと休まなくちゃね」

リュックはジェーンの足首をつかみ、再び自分のほうに引き寄せた。「明日の晩は控えのゴーリーが出る。君にいてほしいから訊いたんだ」

ジェーンは仰向けに寝かされ、彼の顔をじっと見上げた。「本当に?」

「ああ。あと二回したいと思ってる。それまでは解放しないからな」

「あと二回?」

「そう」きつく抱き寄せられ、ジェーンは岩のようにがっしりした彼の肉体を再び感じ取った。「何か問題でもある?」

「ううん」

「よかった。今夜はハットトリックを狙ってるんだ」

14 反省部屋《シン・ビン》――ペナルティボックス

翌日の晩、試合の取材に赴いたジェーンは、キャロラインを連れてくればよかったと思った。あまり考えすぎないように、気を紛らせてくれる存在が必要だった。昨日の晩、自分がしたことを分析しすぎないようにするために……。でも、本当はもう、自分がしたことを死ぬほど分析していた。私はリュック・マルティノーと三回セックスをした。一回目は頭が吹き飛びそうな、二回目は大地を揺さぶるような、三回目は髪に火がつきそうなセックスだった。回を追うごとに、触れられるたびに、彼の口から言葉がもれるたびに、どんどん彼に夢中になり、もう心が元どおりになることはないだろうと思ってしまった。

午前二時ごろ、窓から流れ込む月明かりとシーツに絡まって彼は眠りに落ちた。エドモントンで大きくなったという話をしていたかと思うと、次の瞬間、まるで誰かにスイッチを切られたかのように、ぱたっと寝入ってしまった。あんなにぐっすり眠る人は見たことがなかったので、しばらく観察して、ちゃんと息をしているかどうか確かめたくらいだ。そのとき、額にかかる髪をどけ、頰と、ざらざらしたあごの無精ひげに触れてみた。そして、服をかき集め、彼を起こすことなく家を出た。

こんなあっという間に、こんなに激しく男性を好きになったのは初めてだった。彼を起こさずに出てきた大きな理由は、何を言えばいいのかわからなかったから。**ありがとう？ またそのうち？ 明日、試合のときにね？** あのまま帰ったのは、それが一夜限りのお相手が守るべきルールだから。そういうお相手は夜が明ける前に去るのが常。

おまけに、パンティもはかずに出てきてしまった。寝室が暗くて下着が見つからず、かといって、明かりをつけて彼を起こしたくなかったのだ。下着を置きっぱなしにしてしまい、目下、最大の不安は、彼が掃除を頼んでいる女性があれを見つけてしまうこと。もっと悪いのは、マリーが見つけてしまうこと。

ううん、違う。最大の不安は行方不明のパンティが発見されることじゃない。今夜、リュックに会い、押したり引いたり、駆け引きをすることだ。私にもかつてボーイフレンドがいたし、一夜限りの情事も経験したことがある。自分も傷つき、相手を傷つけもした。でも、リュックにどれほど傷つけられるのかと思うと、過去の痛みなど比べものにならない。それはわかっている。でもわかっていても、食い止められそうにない。

リュックに会うのは、すごく恐ろしくもあり、素晴らしくもあり、すっかり混乱しているけれど、心の真ん中に居座っているのは罪悪感だ。昨日の晩、彼がしてくれた話で、これまでだいたいわかっていたことがやはり本当だったと確認できた。彼は『ハニー・パイの日記』を読んで光栄に思うはず、読んだって気にしない、などと自分に言い聞かせることはもうできない。彼は気にするだろうし、私にはそれをどうすることもできない。彼に償う術もない。私が裏で絡んでいたことはばれっこないとわかっていても、みぞおちがきりきりするような罪悪感を軽くする役には立ってくれなかった。

　私は彼を愛している。彼のためにこんな格好をしてきたわけじゃないとわざわざ自分に嘘をついたりもしない。今日は赤い口紅をつけ、黒のブレザーの下に赤いシルクのブラウスを着て、黒のウールのパンツをはいてきた。ばかみたい。赤が似合うと言われたからって、赤いブラウスを買いに走るなんて。まるで、これを着れば彼に愛してもらえるとばかりに。

　試合の三〇分前になり、ジェーンはロッカールームに向かった。中に入って、「皆、パンツは上げといて」を始める。いつもの幸運の儀式をしているあいだ、リュックの熱い、刺激的な視線が感じられ、絶対に彼を見ないようにしていた。ゆうべのことがあったあとではだめ。彼の寝室であんなことをしたあとでは顔なんか見られない。儀式を終えるとあごを引き、ドアを目指した。

「何か忘れてるだろ」リュックが大声で呼んだ。

　まさか。忘れたことなんかない。ブーツを見下ろしたまま向きを変え、再び部屋を横切っていく。彼の前に立つと、足元に見えるスケート靴からようやく目を上げ、分厚いパッド、ジャージの魚のロゴをたどって、彼の口元へ視線を走らせた。ゆうべ情熱的にキスをしてくれたこの唇。私の体じゅうにキスしてくれた唇。「今夜はプレーしないのかと思ってた」

「しないよ。でもゴーリーが引っ込められたら、俺が代わりに出なきゃならない」

「ああ、そう。わかった」ジェーンはため息をついた。気力だけで、なんとか頬が赤くならないように努め、ようやく顔を上げて、面白がっている青い目を見つめた。「この、あほんだら」

「どうも」彼は意地悪そうににやっと笑った。「でも、何か忘れてると言ったのは、そのことじゃない」

〝パンツは上げとけ〟スピーチはしたし、キャプテンと握手したし、リュックをあほんだら呼ばわりしたし、何も忘れてない。「じゃあ何？」

リュックは身を乗り出し、かろうじて聞こえるぐらいの声で言った。「ゆうべ、俺のベッドにパンティを忘れていっただろ」

ジェーンの中でありとあらゆるものが止まり、息の仕方も思い出せなかった。誰かに聞かれていないかと、あたりを見回したが、皆、ほかの場所で忙しそうにしている。

「今朝、枕の下にあるのを見つけて、わざと置いていったのかと思ったんだ。おはよう代わりのプレゼントだったのかもしれないな」

顔と首に火がつき、喉がふさがり、なんとか絞り出せたのは、甲高いキーキー声だけだった。「違うってば」

「なんで帰る前に起こさなかった？」

ジェーンは片手を握り締め、咳払いをした。「眠ってたから」

「第二ラウンドに備えて体を休めてたんだ。いやあ、ゆうべの君はホットだった」リュックは顔を近づけて彼女を見つめ、眉をひそめた。「恥ずかしいのか？」本当に途方に暮れているような訊き方だ。

「そうよ！」

「なんで？　誰にも聞こえてないさ」

「ああ、もう……」ジェーンは小声で言い、髪が燃えだす前に立ち去った。記者席に戻ると、ダービーがいた。しかもキャロラインを連れてきている。

「あら、お二人さん」ジェーンは挨拶をして腰を下ろした。「キャロライン、試合、また見にきたいと思ってたんだ？　知ってたら、私が誘ってあげたのに」

「いいのよ。本当はたいしたファンじゃないんだけど、ダービーが電話をくれて、ほかに何をしてたわけでもないから来たの」キャロラインが肩をすくめる。「ゆうべ、電話したのよ。どこにいたの？」

「どこも。電話のコンセント、抜いてあったから」

「それ、本当にやめてほしいんだけど」キャロラインは一瞬、ジェーンを見つめ、顔を近づけた。「嘘ついてるでしょ」

「ついてない」

「いいえ、ついてます。あなたのことは小さいころから知ってるの。嘘をつけばわかる」キャロラインは目を細めた。「どこにいたの？」

ジェーンはダービーが視界に入る程度に体を前に倒した。携帯電話で話し中だ。「出かけてた」

「男と？」ジェーンが答えずにいると、キャロラインが息を飲んだ。「ホッケー選手とね！」

「シーッ！」

「誰？」キャロラインは声をひそめ、盗み聞きをしているＣＩＡのように、あたりを見回した。自称バイリンガルの彼女は、二人が小学校のときから口にしている言語、すなわちピッグ・ラテン（語頭の子音群を語末に回し、「エイ」を加えて作る子供の隠語）を行使した。

「白状しなさい《エル・テイ・イー・メイ》、ジェーン《アネ・ジェイ》」

ジェーンはあきれた顔をした。「あとでね」ノートパソコンを開いたちょうどそのとき、下のリンクでレーザー・ショーが始まった。試合のあいだ、ジェーンはメモを取り、ベンチに座っているゴーリーは見ないように努力した。彼は腕組みをしてゲームを見守っていたが、何度か記者席のほうを見上げた。リンクと客席を隔てて二人の目が合い、ジェーンは心臓が喉につかえたような気分になり、顔を背けた。こんなあやふやな気持ちになったのは初めてだ。複数の仕事を担当し、しかるべく進行させている女性としては、こんな心もとない気持ちになるのは耐えられない。おかげで胃はきりきりするし、頭も痛くなってきた。

「ジェーン？」ずっと注意を引こうとしていたのにだめだったといった感じで、キャロラインに肩を揺すられた。

「何？」

「三回も呼んだのよ」

「ごめん。記事のこと考えてて……」ジェーンは嘘をついた。

「ダービーが、試合のあと、待ち合わせて飲みにいかないかって」

ジェーンは身を乗り出し、アシスタント・ゼネラルマネージャーを見た。私についてきてほしいと思っているかどうかは疑わしい。「私は無理ね」それは事実だし、ダービーもわかっているだろう。「選手と話して、締切までに記事を書かないといけないから」それに、昨日のリュックとのインタビューもまとめなければいけない。「私抜きで行ってちょうだい」

ダービーが努めて残念そうな顔をする。「本当にいいの？」

「もちろん」もう少しでダービーがかわいそうになるところだった。キャロラインのことは大好きだけど、私の親友は、ダービーのオタク心をフェラガモで踏みにじるつもりなのだろう。やっぱりダービーに言ってあげたほうがいいのかもしれない。でも、私は人の心配をしている場合じゃない。

チヌークスは二対三でボストン・ブルーインズに負けた。試合終了後、ジェーンは深呼吸をして、再びロッカールームへ入っていった。リュックのロッカーにはパッドがかかっていたが、本人はもういなくなっている。ジェーンはため込んでいた息を吐き出し、安堵と怒りが入り混じった妙な気持ちになった。あの恐ろしい恋の駆け引き……。試合のあと、私がロッカールームに来るとわかっていて、わざと私を困らせることもなく出ていったのだ。いやなやつ。

ジェーンはニストロム・ヘッドコーチと、今日、二三本のシュートのうち二〇本をセーブした二番手のゴーリーにインタビューをした。その後、ハンマーとフィッシュにも話を聞いてから、ブリーフケースとジャケットを片手に持って、通路のほうへ進んだ。

出口付近にリュックが立っていた。近づいてくるジェーンをじっと見ている。ヒューゴ・ボスの紺のスーツに栗色のシルクのネクタイ。よだれが出そうなくらいハンサムだ。

「プレゼントがある」リュックは勢いをつけて壁から離れた。

「何？」

彼がジェーンの背後に目をやったかと思うと、ライバル紙のスポーツ担当記者が通りかかった。

「ジム」リュックが軽く会釈をする。

「やあ、マルティノー」

横を過ぎていく際、その記者はジェーンをじろじろ見た。彼の心は読み取るまでもない。口が重いことで知られるゴーリーと私の関係を怪しんでいる。

リュックはジェーンの背後にもう一度目を走らせると、ジャケットのポケットから赤いレースのTバックを取り出した。「これ。幸運のお守りとして取っておくべきかなと思ってるんだが」と言って、指に下着をぶら下げている。「ブロンズ加工をして、額に入れてベッドの上に飾っておくとかね」

ジェーンはそれを引ったくり、ブリーフケースに押し込んだ。後ろを振り返り、がらんとした廊下に目を走らせる。「そんなの持ってたって、幸運じゃなかったでしょ。今日、プレーしなかったんだから」

「俺が考えているのは、別の幸運だ」リュックは手を伸ばし、ジェーンの髪を指ですいた。

「一緒に来てくれ」

ああ、どうしよう。ジェーンはぴくりともせず突っ立っていたが、本当は彼の胸に飛び込んでしまいたかった。「どこへ?」

「あるところ」

ジェーンが心を鬼にして後ろへ下がると、リュックは手をわきに下ろした。押したり、引いたり……。私の心はタフィのように溶けかかっている。「あなたと一緒にいるところを見られるわけにはいかないのよ」

「どうして?」

「わかってるくせに」

「皆にプロだと認めてもらいたいからだろ」

わかってるんじゃない。「そのとおり」

「ダービーといるところは見られてるじゃないか」

「それとこれとは違うわ」

「どう違うんだ?」

ダービーのことは愛してないもの。ダービーを見ても、心があっちに引っ張られたり、こっちに引っ張られたりはしない。それに、ダービー・ホーグとは何の関係もないと言えば、皆、本当にそうなのだろうと信じてくれるかもしれない。でも、リュックとの関係を否定しても、誰も信じてくれないだろう。「彼には悪い評判がないけど、あなたにはある」そして、『ＦＨＭ』の三月号が発売されれば、リュックの評判はいっそう悪くなる。

彼は、そんな話、信じられないと言わんばかりにジェーンをただ見つめている。「じゃあ、俺がオカマだったら、一緒にいるところを見られてもいいんだな？」

「なんてこと言うの？　ダービーはオカマじゃないわ」

「君は間違ってるよ、スイートハート」

スイートハート。彼はいったい、いくつの州で、何人の女性をスイートハートと呼んできたのだろう？　そのうちの何人が彼の言葉にだまされ、自分はほかの女性とは違うと思い込んでしまったのだろう？　何人の女性がリュックに恋をするという、愚かなまねを自分に許したのだろう？

自分に許す。視線を上げ、彼の上唇の深い溝、青い瞳、長いまつ毛を眺めていたら、「許す」では、自分の気持ちをコントロールしていたような言い方だ、と思えてきた。まるで、選択の余地があったみたいじゃないの。選択の余地はなかったし、今もない。あったら、こんなことになるのを許していなかっただろう。彼の首に抱きつき、二度と放したくないと心が駆り立てられたが、ジェーンは無理やり言った。「ゆうべのことは間違いだった。もう二度と繰り返しちゃいけないのよ」

「わかった」

わかった！　私の心はずたずたなのに、「わかった」ですって？　彼の幸運のタトゥを殴ってやるべきかしら、泣きだす前に逃げるべきかしら……。決めかねているあいだに、彼は背後にある扉を開け、ジェーンの手をつかんで清掃用具室に引っ張り込んだ。そして扉を閉め、明かりをつけた。

「リュック、何するの？」

「君が言ってた、悪い評判ってやつを稼いでるんだ」

ジェーンはブリーフケースを自分の前に掲げた。「やめて」リュックがにやっとした。室内に漂う洗浄液のにおいのせいなのか、リュックの魔力のせいなのか、頭がくらくらする。

「わかった」彼女のわきに手を伸ばし、彼は部屋の鍵をかけてしまった。

ジェーンはドアノブを、次にリュックを見た。「リュック！」彼はいつでも、そうしたいと思ったときに、私を引きずっていかれるわけじゃないわよね？　そうなの？　とんでもない！「ゆうべ、あなたに間違った印象を与えたみたいね。いつもあんなことするわけじゃ……つまり、インタビューしたばかりの人と寝たことなんかないの」

彼はジェーンの唇に指を当てた。「君のセックスライフは俺の知ったことじゃない。君が誰と、どんなふうに、どんな体位でやってたかなんて、どうでもいいんだ」

〝どうでもいい〟の部分が、必要以上にこたえた。「でも、私は――」

「シーッ」リュックがさえぎった。「人に聞こえてしまうぞ。俺といるところを見られたくないんだろ。忘れたのか？」ジェーンの頭を挟んで扉に手をつき、身を乗り出して彼女を後ずさりさせている。二人を隔てているのは、ブリーフケースただ一つ。「今朝、目が覚めたときからずっと、君のことを思ってた」

ジェーンはあまりにも恐ろしくて、どんなことを思っていたのかとは訊けなかった。「私、帰らなきゃ」下に手を伸ばして鍵を開ければ、彼はそのまま行かせてくれると十分承知していたが、どうしてもそれができない。「記事を書かないと」

「ちょっとぐらいいいだろう?」

彼のコロンの香りと洗浄剤のにおいが入り混じり、ちょっとぐらいこのままでいてはいけない理由が一つも思い浮かばなかった。彼が片方の腕を腰に巻きつけ、顔を下ろしてくる。ジェーンの唇に向かって口を開いたとき、出てきた声はしゃがれていた。「何がなんでも、そのブリーフケースを抱えてるつもりなんだな」それから、リュックはキスをした。彼の唇は温かく、口の中は熱く、彼のすべてがそうであるように、セクシーで、挑発的なキスだった。一瞬、攻撃的だったかと思うと、次の瞬間には攻めるのをやめ、そのままジェーンに舌を追わせる。**もうちょっとぐらい、いいでしょう、**という意識がたちまち、肌じゅうを駆け巡り、みぞおちにたまっていく。リュックは彼女の頬から首のわきへと唇を滑らせた。それからブラウスの襟を押しのけ、内側の肌をそっと吸う。「君はすごく柔らかい」そして、耳のほうへ唇を動かしながら、ささやいた。「内側も外側も」

扉の向こうから男性の笑い声と、ストロムスターの強烈ななまりが聞こえてくると、リュックはジェーンの目に視線を戻した。荒い息をし、声も荒々しくなっている。「まだブリーフケースをしっかりつかんでるつもりなのか？」

ジェーンはうなずき、手にいっそう力をこめた。

「いいだろう。じゃあ手を放すなよ。でも、そいつをこっちに渡したいのなら、やめろとは言わない」彼が警告する。「さもないと、このまま床に倒れて俺が上に乗っかることになるぞ」

二人がしていることにぞっとするべきなのだろう。それはわかっている。キー・アリーナの清掃用具室でリュック・マルティノーとキスしているなんて、愚かなことこの上ない。しかし、心は小さな幸せに包まれてシャボン玉のように浮き上がり、ジェーンは笑いたくなった。リュックは私を求めている。私を見る目つき、飢えたような太い声の調子にそれが表れている。愛してはいないのかもしれないけれど、私と一緒にいたいと思っている。

そのとき、リュックが何歩か後ろに下がった。「こんなまねをするなんて、あんまりいい考えじゃなかったな」

通路がさらに騒がしくなってきた。「まだしばらく、身動きが取れないかもしれない」彼は空の大きなバケツをつかみ、ジェーンが座れるようにひっくり返した。「ごめん」

私もこんなことするんじゃなかったと思うべきなのだろう。それもわかっている。締切があるのに。清掃用具室の中で、リュックと一緒に身動きが取れずにいるなんて。もし見つかったら、二人ともまずいことになる。といっても、それほど後悔しているわけじゃない。

ジェーンはバケツに腰を下ろし、目の前にそびえるように立っているリュックを見上げた。

彼が重たげなまぶたの下から見つめ返してくる。栗色のネクタイに沿って視線を下ろし、黒いベルトからズボンのファスナーへと目を走らせると、彼は完全に立っていた。裸の彼がどんなだったか、はっきりと思い出せる。がっしりした体、硬くなっていくペニス。それに、あの幸運のタトゥの誘惑には逆らえなかった。突然、ゆうべしたことをまたするのがそんなに悪いことなのかどうか、よくわからなくなった。でも、だめよ、とブリーフケースをわきに置きながら考える。清掃用具室の中ではだめ。「妹さんはどう?」話題を変えると同時に、次々に浮かんできて始末に負えない考えから頭を切り離した。「あの子、昨日は新しい髪型が気に入ってたでしょう。でも、次の日って、ショックを受けるものなのよね」

「何だって?」リュックはジェーンの緑の瞳をじっと見下ろした。彼女が急に考えを変えたことが信じられない。ちょっと前まで、人の下半身をじっと見ていたじゃないか。どこに関心があったのか勘違いはしていないぞ。それが今、彼女は妹の話をしたがっている。「お昼に会ったときは元気にしてたけど」

「この前、少しお母さんの話をしたの」

リュックは数歩、下がり、一方の肩を扉にもたせかけた。「何て言ってた?」

「それほどたいした話はしなかった。まあ、する必要もなかったしね。あの子の気持ち、わかるのよ。私も六歳のときに母を亡くしてるから」

そんな幼いときに母親を亡くしていたとは知らなかった。だが、それも当然と言えば当然だ。ジェーンについて本当にわかっているのは、シアトル・タイムズに雇われていて、ベルヴューに住んでいて、頭の回転が速くて、肝が据わっているということだけ。ジェーンの笑い方が好きだし、彼女と話をするのも好きだ。彼女の肌は見た目どおり柔らかい。それに彼女は美味しい。どこもかしこも。ベッドの中の彼女が素晴らしいことを俺は知っている。素晴らしいどころじゃない。ジェーンは俺をへとへとにさせた。おかげで、今朝、目が覚めて以来、またあれをしてもらうにはどうすればいい、ということしか考えられなくなってしまった。まあ、こうやって考えてみると、ジェーンについては、ほかの大勢の女性よりもたくさんのことを知っているみたいだな。「それは気の毒に」

ジェーンは口元を引き上げ、悲しげな笑みを浮かべた。「ありがとう」

リュックは扉に背中を滑らせ、ジェーンの足元の床に座った。膝が彼女にくっつきそうだ。「マリーは大変なときなんだ。でも、どうしてやればいいのかわからない」あえて妹のこと、彼女が抱えている問題のことを考えてみる。「カウンセラーにも話そうとしないし」

「行かせたんだ？」

「そりゃあ行かせるさ。でも、あの子は二回カウンセリングを受けて、それっきり行くのをやめてしまった。気分のむらが激しくて、予測不可能。母親が必要なんだ。でも、俺がそれを与えてやれないのはわかりきっている。全寮制の学校で、同じ年ごろの女の子たちといるほうが幸せなんじゃないかと考えたんだが、マリーは、俺が自分を追い払おうとしていると思ってる」

「思ってるの？」

リュックはジャケットのボタンをはずし、引っかけるように手首を膝に置いた。今まで私生活を人に話したことはなかった。家族以外の人間には誰も。いったいどうして、ジェーンにだと話してしまうのだろう？　しかも記者なのに。ひょっとすると、自分でもまだわかっていない理由で、彼女を信頼しているからかもしれない。「追い払おうとしているとは思わない。でも、そうなのかもな。どっちにしろ、俺はろくでなしさ」

「リュック、あなたを批判してるわけじゃないわ」

ジェーンの澄んだ目を見つめ、彼女の言葉を信じた。「あの子に幸せになってほしいんだ。でも、今は幸せじゃない」

「そうね。この先も、しばらくはそうかもしれない。あの子は、きっと怖いのよ」ジェーンが首をかしげ、顔にかかっていた巻き毛がはがれるように垂れた。「マリーのお父さんはどこにいるの？」

「俺たちの父親は一〇年前に亡くなった。当時、俺はエドモントンで母親と暮らしていて、マリーの母親と俺の父親はロサンゼルスで暮らしてた」

「じゃあ、親を失うのがどういうことか、あなたは知ってるのね」

「そうでもないよ」彼の一方の手が膝から下ろされ、指先がジェーンのパンツの折り目をかすめていく。「父親に会うのは年に一度だったし」

「それでも、お父さんが生きていたら、自分の人生はどうなっていたんだろうって思うでしょう？」

「いや。俺にとっては、ホッケーのコーチのほうがよっぽど父親らしい存在だった。マリーの母親は親父の四番目の奥さんなんだ」

「ほかに、きょうだいは？」

「俺」リュックはちらっと目を上げた。「マリーのきょうだいは俺だけ。でも、俺はふさわしくないいんじゃないかと思う」

　頭上のライトが巻き毛を照らし出し、ジェーンが口角を少し上げて悲しげな笑みを浮かべた。こんな笑みは見たくない。それより、彼女のジャケットの襟をつかみ、唇を引き寄せてキスをするほうがずっといい。リュックは真剣にそう考えた。だが、キスをすれば、なるようになってしまうだろうし、扉の向こうにチームメイトがいる清掃用具室でそんなことになるわけにはいかない。

「少なくとも、私にはまだ父親がいる」ジェーンが言った。「一三になるまで、父は私に男の子みたいな格好をさせてたの。それに、ユーモアのセンスがない人でね。でも私を愛してくれるし、いつもそばにいてくれた」

　男の子みたいな格好？　これで、あの服とブーツの説明がちょっとついたな。

　ジェーンは下唇を嚙んだ。「お母さんの代わりになるものなんて存在しないのよ。絶対に。私は今でも毎日、母が恋しくなるし、もし母が生きていたら、私の人生は今とどう違っていたんだろうって考えてしまうの。でも、時とともによくなるわ。毎日ずっとそればかり考えないようになれば、そのうちね。あと、自分はマリーにふさわしくないなんて、そんなの間違ってる。リュック、ふさわしい存在になりたいと思えばなれるのよ」

俺を見る彼女の様子。すごく簡単なことでしょうと言いたげな表情。俺が正しい選択をすると、当の本人よりも彼女のほうが信じているかのようだ。まるで、俺は身勝手なろくでなしではないと、本人よりも彼女のほうがわかっているみたいじゃないか。ジェーンのパンツの裾から手を入れると、靴下に遭遇した。ふくらはぎに沿ってそれを下ろし、柔らかい素肌に触れる。ゆうべは膝の裏にキスをし、そのまま太ももへと唇をはわせたのだ。ジャグジーから出たあとで、彼女の脚は濡れていた。今も思い出すと、下半身がぞくぞくする。

「俺は留守にしてばかりだ」リュックは親指で彼女のすねをなでた。「それに、もしマリーに訊けば、たぶん、あまりいい兄貴じゃないって言うさ」

ジェーンは短い髪を耳にかけ、彼を一瞬見つめてから言った。「あなたとマリーが一緒にいるのを見たとき、私にもお兄さんがいたらなって思っちゃったわ」

リュックの親指が止まった。二人を隔てる空間越しに、緑の目をじっと見つめ、彼女にキスをするという考えは突如停止した。彼女がシュートを放ち、パックを胸で受けてしまった気分だ。胸骨にバシッと当たり、衝撃で頭がぼうっとしている。通路から男性の声がいろいろ聞こえてきたが、清掃用具室の中では、二人のあいだに沈黙が漂っていた。宙ぶらりんの状態が延々と続き、リュックはようやく、締めつけられる胸からわざとらしい笑いを絞り出した。

「あなたそっくりのお兄さんが欲しい、なんて言うなよな」

「まさか。あなたにそっくりな人なんてごめんだわ」ジェーンの口元がカーブを描き、リュックの世界も同じ方向へ傾いた。「あなたそっくりのお兄さんがいたら、わいせつなことを考えた罪で逮捕されちゃう」

ジェーンの笑顔のほうに滑り落ちていく気がして、彼女の脚をつかんでいる手に力をこめた。落ちていく原因は彼女なのに、まるでそこが頼みの綱であるかのようにしがみついてしまった。彼女は気づいていないらしい。リュックは無理やり手を離した。足を踏ん張り、扉に背中を滑らせて立ち上がる。「もう行ったほうがいい。例の記事を書くんだろう」

ジェーンは眉間にしわを寄せ、目をしばたたいた。「大丈夫？」

「ああ。マリーが寝る前に話をしなきゃいけないって思い出したんだ」

「通路に誰もいないと思う？」ジェーンはブリーフケースと上着を持って立ち上がった。

「さあ、どうかな」リュックが鍵を開け、扉がかちっと開く。ハンマーがイクイップメント・マネージャーと話をしながら通りかかった。リュックは待てのしるしに人差し指を上げ、二人の男が出口の外に出たのを確認すると、ようやく扉から頭をのぞかせた。幸い、通路には誰もいない。リュックとジェーンは清掃用具室から出た。彼女が上着に袖を通している。いつもなら手を貸すところだが……。

「ヘッドコーチに話があるんだ」リュックは嘘をついて後ろ向きで歩き始めた。一歩進むごとに、呼吸が少しずつ楽になっていく気がする。

「マリーに話があるんじゃなかったの？」

そんなこと言ったかな？「ああ、あとでね。まずはコーチと話さないと」

「あらそう」ジェーンはしばらく彼を見ていた。それから、「じゃあ、さようなら」と手を上げ、向きを変えて行ってしまった。リュックは去っていく彼女の後頭部をじっと見つめ、ジャケットの裾を払ってズボンのポケットに両手を突っ込んだ。立ち止まり、徐々に視界から消えていく彼女を見守る。

いったい何が起きたんだ？ 出口のドアが閉まると同時に自問する。病気にでもかかったんだろうか？　いや、清掃用具室でアンモニアを吸いすぎたせいかもしれない。彼女の膝の裏にキスしたことを考えていたと思ったら、次の瞬間には息ができなくなっていた。彼女は俺がいい兄だと思っている。だから何だ？　俺はそうは思わない。でも、仮に最高の兄貴だとしても、ジェーンが俺をどう評価しているかなんて、どうでもいいじゃないか。何か不可思議な理由で、どうでもいいと言えなくなっているのは明らかだが、それが何を意味するかは考えたくない。俺の人生には面倒なことがありすぎて、かわいいヒップと、きゅっと締まったピンクの乳首の持ち主に、あの小柄な女性記者に夢中になっている余裕はないんだ。

ゆうべのジェーンは、いろいろやってくれた。たとえば、俺の勝手な思い込みをすっかり吹き飛ばしてくれたこともその一つ。彼女はぴりぴりしていなかったし、まったく上品ぶってもいなかった。長く一緒にいればいるほど、もっと一緒にいたいと思ってしまった。彼女の引き締まった体の奥に入っていたときも、さざ波のように訪れる快感を味わいながら、また彼女が欲しいと思ってしまった。今朝、目覚めたとき、彼女がそこにいなくて、ひどくがっかりした。

でも、ジェーンは混乱のもとだし、今の俺にそんなものは必要ない。彼女がゆうべのことは間違いだった、もう二度とあり得ないと告げたとき、ちゃんと耳を傾けるべきだったのに、君のほうが間違っているとばかりに彼女を清掃用具室に連れ込み、それを証明しようとした。

「リュック」ジャック・リンチが後ろからやってきて、背中を叩いた。「何人かで、ちょっと飲みにいくところなんだ。一緒に来いよ」

リュックは振り返り、チームのディフェンダーを見た。「どこへ行くんだい?」

「フーターズ」

今の俺に必要なのはそれかもしれない。小さなショートパンツと、ぴちぴちのタンクトップを身につけた女性がいるところへ行くべきだ。胸の大きな女性たちが食事を運び、身を乗り出して皿を並べてくれるところ、女性がべたべたしてきたり、電話番号が書かれたメモをこっそり滑らせてきたりするところへ行くべきだ。そういうところにいる女性は俺に何も期待しない。もし、誰かとベッドをともにすることにしても、それは何も意味しない。事が済めば、いつまでも考えたり、頭の中で何度も何度も再現したりはしない。ジェーンを抱いたときと違って。

リュックは腕時計を見た。まだ少し時間がある。「席を取っておいてくれ」

「了解」ジャックが答え、そのまま立ち去った。

そうさ、フーターズへ行くべきだ。男になれ。男同士のつきあいに行ってこい。出かけたって、かんかんに怒るガールフレンドがいるわけじゃないだろう。

あなたとマリーが一緒にいるのを見たとき、私にもお兄さんがいたらなって思っちゃったわ。

くそっ。ジェーンは危険な女性だ。俺は彼女のことを考えてばかりいるが、それだけじゃない。用心しないと、彼女が俺の良心になってしまう。良心など欲しくないし、良心が俺のことをどう判断しようが気にしない。俺は自分のやり方でうまくやってる。

リュックは車のキーをつかんだ手をポケットから出した。もともとの計画へ逆戻りだ。ジェーンのことは無視しなくてはならない。言うまでもないが、これまで無視しようと思ってうまくいったためしがなかった。

でも今度こそ、もっと必死で努力しなくては。

15 つぶしにいく《マッキング・イット・アップ》——フェンス際の格闘

火曜日の朝、ジェーンは『シアトル・タイムズ』のスポーツ欄担当の編集部長カーク・ソーントンのオフィスへ入っていった。クリス・エヴァンズの仕事を引き継いで以来、カークには一度会ったきりだ。今日のカークは、新聞やら割付紙やら写真がうずたかく積まれたデスクの向こう側に座っていた。片手に受話器を持って耳に当て、もう一方の手でコーヒーの入ったマグカップを持っている。ちらっと視線を上げ、ジェーンが目に入ると、ひどいしかめっ面をした。眉間にしわが寄り、口の両わきにも括弧《かっこ》で囲んだように線が表れている。カークはマグカップから人差し指を上げ、空いている椅子を示した。

彼はいつも機嫌が悪いのかしら？　それとも私が来たせいでこうなってるだけ？　にわかに、ここへやってきたことがそれほどいい考えだったのかどうか疑わしく思えてきた。今日は月経前症候群《PMS》でお腹が痛いし、彼と険悪なムードにはなりたくない。

「ソニックス（シアトルのプロ・バスケットチーム）はヌーナンが担当する」カークが受話器に向かって言った。

「今夜のハスキーズ（ワシントン大学のフットボールチーム）の試合にはジェンセンを行かせることにした」

ジェーンは向きを変え、オフィスの外の大部屋を見た。ほかのスポーツ記者が何人か、自分のデスクに座っている。私がここの一員になることはあり得ない。それを思い知らされることになるのだろう。でも構わない。ここにいる男性記者みたいになりたいとは思わないもの。私はもっと上を目指したい。クリス・エヴァンズのがらんとしたデスクにじっと目を注ぐ。今の仕事がいつまでも続くわけじゃない。クリスはいずれ仕事に復帰する。でも、これが終われば、履歴書に素晴らしい経歴が一つ加わるし、もっといい仕事が見つかるだろう。ことによると、『シアトル・ポスト・インテリジェンサー』の仕事ができるかもしれない。

「用件は何かな？」カークが尋ねた。

ジェーンは振り返り、頭のはげた編集部長を見た。「ピエール・ディオンのインタビュー、なぜ、ちゃんと載せていただけなかったんですか？」

カークがコーヒーをすすり、首を横に振る。「契約の翌日、『シアトル・ポスト・インテリジェンサー』がディオンのインタビューを載せただろう」

「私の記事のほうがよく書けてました」

「あの時点で、もう古かったんだ」編集部長はデスクの上の新聞に目を落とした。

そんなの信じられない。インタビューしたのが男性記者だったら、いつもの記事に押し込むんじゃなくて、ちゃんと特集記事にしていたんでしょう。

「ほかに用件は？」

「リュック・マルティノーにインタビューしました」

そのひと言が効いて、編集部長が顔を上げた。「マルティノーのインタビューを取れるやつはいない」

「取りました」

「どうやって？」

「やらせてくれと頼みました」

「皆、頼んでるぞ」

「彼は私に恩があるから、都合をつけてもらったんです」

カークは目を伏せてジェーンの足元を見てから、再び視線を上げた。頭がいいから、考えていることは言わないんでしょう。でも、わかってるのよ。「どんな恩なんだ？」

ふと、リュックにものすごく気持ちいいことをしてあげたんですと言いたい誘惑に駆られそうになった。でも、あれはインタビューが終わってからのこと。だから厳密には、性的接待と引き換えに記事を書かせてもらったわけではない。「私がクビになったとき、リュックがまた復帰してくれと頼みにきたので、してもいいけど、単独インタビューに応じてくれたらの話だと言ったんです」

「で、応じてくれたのか？」

「ええ」原稿をプリントアウトしたものと、データを保存したディスクをカークに渡した。いつもの記事と同じように、添付ファイルにしてメールで送ることもできたが、編集部長がこれを読んだときの顔を見たかったのだ。記事の出来には満足しているし、内容は一字一句覚えている。

マルティノーは絶好調

チヌークスのゴーリー、リュック・マルティノーが物議をかもすのは今に始まったことではない。私生活や仕事についてあれこれ分析され、論じられ、様々な記事や文章が書かれてきたが、結局、真実についは皆、今一つ確信が持てずにいる。本人が強く主張するところでは、私生活について書かれた記事の大半は作り話で、事実とはほぼ無関係だ。嘘か真かと問えば、彼はこう答えるだろう――過去は人の知ったことではない、と。近ごろのマルティノーは、ゴールを守る仕事に一〇〇パーセント集中している。

謎めいたゴーリーとのインタビューを開始して気づいたのは、彼があけすけにものを言ったかと思うと、よそよそしくなり、それが繰り返されることだった。リラックスと緊張。このコントラストが、コーン・スマイス賞（プレーオフ最優秀選手に贈られる）受賞者にして、ＮＨＬ史上最高のゴーリーに数えられる人物を作り上げている。

誰もが認めるところだが、二年前、マルティノーの復帰は絶望的、ＮＨＬでの選手生活は終わったとの報道がなされた。これがどれほど的はずれであったか。現在、マルティノーは平均失点二・〇〇でリーグ二位に着けている。最高のゴーリーのトレードマークは手の早さと冷静なコントロール。態度はでかいが、それに負けないくらい大きな才能の持ち主だ。本領を存分に発揮しているとき、彼の燃えるような眼差しは相手を威圧し……。

原稿を読み進めるうちに、カークは薄い唇の端を引きつらせ、しぶしぶ笑みを浮かべた。気は進まなかったのだろうが、ささやかな敬意が顔の表情を和らげている。ジェーンの気分は一瞬にして変わってしまった。カーク・ソーントンの態度が変わったからといって、何か思ったり、喜びを感じたりしたくない。でも、やっぱり嬉しい。これがどれほど嬉しいことか、今、初めて思い知った。胸の中に小さな明かりが灯ったように、誇らしい気持ちでいっぱいになった。

カークがスケジュールを見た。「再来週の日曜版にスペースを取っておこう」

再来週の日曜はちょうど遠征から戻る日だ。「特集記事ってことですよね？」念のため、訊いてみる。

「そのとおり」

新聞社を出ると、太陽が輝いていた。マウント・レーニアがきれいに見えているし、人生はものすごくよくなった。プレリュードに向かってジョン・ストリートを歩きながら、しばし勝利を味わうことにした。スポーツ担当の男性記者たちはもう、いやでも私を重視せざるを得なくなる。少なくとも、くだらない『シングルガール・イン・ザ・シティ』のコラムを書いている頭の悪い女として、あっさり退けるわけにはいかなくなるだろう。リュックのインタビューはAP通信に採用され、世の人々の目に触れることになる。ただ、これで編集部でもっと仕事がやりやすくなるなどと勘違いはしていない。その逆の事態になるかもしれないけれど、あまり気にしていない。私は皆が死ぬほどやりたがっていたインタビューをものにした。

そう、今日は人生がとてもいいものに感じられる。でも昨日はというと、話はまったく別。昨日は家でじっと座って電話を見つめていた。一五のころに戻ったみたいに、電話が鳴るのを待っていた。日曜日の夜、キー・アリーナを出てからずっと、リュックが連絡してくるに違いないと思っていた。清掃用具室に連れ込まれ、彼とは二度とセックスをしないという決心を考え直すことになったあと、彼が電話をしてくるか、玄関に現れるだろうと、なんとなく期待していた。二人のあいだに個人的なつながりができたと思っていたのに。私たちは大事な話をした。私の下着以外の話を。だから彼がきっと連絡をしてきてくれると思っていたのに。

連絡はなかった。私はソファに座り、ディスカバリーチャンネルで鳥のつがいをじっと見つめながら、リュックに恋をするなんて、これまででいちばんばかなことをしてしまったと悟った。もちろん、数週間前から愚かなことだとわかっていたけれど、実際そうなってみると、手の施しようがなかったのだ。

ジェーンは車でコインランドリーへ向かい、衣類を洗濯機に押し込んだ。パンティは曜日ごとにはくものが決まっていて、今日は火曜日だ。でもスーツの下には日曜日にはくはずのパンティをはいている。別にどうってことないでしょう。でも、今の私の人生をよく物語っている。

衣類が乾くのをじっと眺めていたら、ダービーが携帯に電話をよこし、アドバイスを求めてきた。どうやら彼も手が届かない相手を好きになってしまったらしい。

「キャロラインは僕とデートしてくれると思う?」ダービーが尋ねた。

「さあ、どうかしら。この前、一緒に飲みにいったときはどうだったの?」と、一応尋ねる。

翌日の朝、キャロラインから電話があって、悲惨な話をこまごまと聞かされていたのだが。

あの晩、スタートはよかったものの、そのあと、テンションは急降下したらしい。

「彼女にあまりいい印象を与えてないと思うんだ」

「メンサのメンバーだって話をしたのね?」

「だから?」

「だめだって言ったでしょう。私たちのような、ごく普通の知能の持ち主はね、あなたのたいそうな脳みその話なんか聞きたくないの」

「どうして?」

ジェーンはあきれて天を仰いだ。「ブラッド・ピットが自分の顔のよさを自慢したら、そんな話、聞きたいと思う?」

「それとこれとは違うよ」

「同じよ」

「違うって。ブラピは顔のよさを自慢する必要がないだろう。見れば誰だってわかるんだから」

うーん、それは言えてる。「そうね。じゃあ、ポルノスターはどう？　巨根の自慢をする男優の話、聞いていたい？」

「いいや」

ジェーンは携帯電話を逆の耳に移した。「ねえ、女性の中でも、特にキャロラインみたいな人にいい印象を与えたいなら、自分がいかに賢いかなんて話をしちゃだめ。微妙に、それとなくにおわせるのよ」

「僕は微妙にってやつがあまり得意じゃないんだ」

冗談を言ってるわけじゃないらしい。「キャロラインがいい印象を持つのは、どんなワインを注文すべきか知ってる男性よ」

「ゲイっぽくないか？」

めらめら燃えてるドクロのシャツは違うっていうの？　「ない。彼女をどこかいいお店に誘ってあげて」

「そしたら、行ってくれるかな？」

「ものすごく素敵なお店にしてね。キャロラインはドレスアップするのが大好きだから。いつもオシャレなの」ジェーンは一瞬、考えてから尋ねた。「あなたって、コロンビア・タワー・クラブ（会員制高級ビジネスクラブ）のメンバー？」

「うん」

やっぱりね。「そこへ連れてくのよ。そうすれば、彼女が最近買った、ジミー・チューの靴を履く理由ができるでしょう。で、彼女が靴やファッションの話を始めたら、興味があるふりをすること」

「僕はデザイナーズ・ブランドに凝ってるんだ」

ジェーンは笑みを浮かべた。「頑張ってね」電話を切ってから、今度はノードストロームにいるキャロラインに電話をし、ダービーから連絡があるはずよと教えてあげた。驚いたことに、キャロラインはダービーとのデートにそれほど抵抗は感じていなかった。

「メンサの話でいらいらしてたんじゃなかったの?」ジェーンは友人に念を押した。

「そうよ。でも彼って、『ナーズの復讐』に出てくるオタク学生みたいで、ちょっとかわいい」とキャロラインが説明する。なら、私はかかわらないのがいちばんだ。前から言ってるでしょう、私は人の心配をしている場合じゃないの。

その晩、チヌークス対タンパベイ・ライトニングの試合があり、ジェーンが「あほんだら」と呼んでも、リュックはほとんど注意を払わなかった。彼女をからかったり、二人で過ごした夜を思い出させることを言ったりもしなかった。ゴールでは、素早い手さばきと大きな体でパックを止め、ほぼ完璧なプレーを披露した。試合は引き分けに終わり、その後、彼がジェーンを待ち伏せして清掃用具室に連れ込んだり、しびれるようなキスをしたりすることもなかった。

その二日後、対エドモントン・オイラーズ戦で今季六度目のシャットアウトを成し遂げた晩も、リュックの態度は変わらなかった。翌朝、デトロイト行きの飛行機に乗り込んだときも、ジェーンの席にはほとんど目もくれず、そのまま通りすぎた。耐え難いことだけど、彼が私をできるだけ避けようとしているのは一目瞭然だ。いったい私が何をしたっていうの？清掃用具室で交わした会話を頭の中で何度も何度も再現してみる。彼がこれほど露骨に私を避けるようになった原因として思いつくのはこれしかない。彼はなぜか私の気持ちを見抜いてしまい、大急ぎで逆方向に逃げているのだ。彼のために赤い口紅と赤いブラウスを買ったのに。すごく情けない。彼はデザートの皿の上で私と愛し合う空想をしたと言い、私はその言葉を信じてしまった。最悪のおばかさんだ。

今やリュックはほぼ完全に私を避けていて、それがどれほどつらいことかと思い知って、自分でもびっくりしている。二人で愛を交わし、本当に楽しんだと思っていたのに。彼に多くを求めたわけじゃない。どちらかといえば、清掃用具室に連れ込まれたことで、彼が求めているのは一夜限りの関係ではない、それ以上の関係だと思ってしまったのだ。君をグルーピーだと思ったことはない、と彼は言い、今は私を最悪のグルーピーみたいに扱っている。何が何でも避けなくてはいけない相手のように。彼の態度に傷ついただけじゃない。腹が立った。怒りを通り越して、彼の体を傷つけてやりたいと思ったほどだ。一瞬、仕事を辞めることさえ考えた。そうすれば、冷淡な彼と向き合わなくて済む。でも、次の瞬間、自分に言い聞かせていた。男の問題で墓穴を掘ったりするもんですか。たとえ胸が痛むほど愛した男性であっても。その人を見ると惨めな気分になるとしても。

その後、ホテルに着いてから、『シングルガール・イン・ザ・シティ』の草稿を書こうとしたものの、部屋の窓からミシガン湖を見渡している時間のほうが長かった。どっちにしろ、リュックとの関係はいずれ終わる運命だった。終わらせるなら早いに越したことはない。そうすれば、少なくとも『ハニー・パイの日記』の件で罪悪感にさいなまれずに済む。ただ、残念ながら、良心はその言葉に耳を傾けてはくれなかった。

数時間経っても電話は鳴らず、ジェーンは自分に言い聞かせようとした。リュックはチームメイトと一緒にいるから、電話をかける暇がないのよ。〝バービー人形〟の誰かと会っているわけじゃない。彼がほかの女性と一緒にいるとは考えたくないけど、考えずにはいられない。彼がほかの女性にキスをしたり、触れたりしているのかと思うと、頭がおかしくなってしまう。

夕方六時に、ジェーンはホテルのレストランでダービーと落ち合った。食事をしながらマティーニを二杯飲み、キャロラインのことをしゃべりまくるダービーに耳を傾けた。

食事が終わってから、二人はホテルの中にあるスポーツバーへ出向いた。チヌークスのメンバーが五人、テーブル席に座ってビールを飲んだり、軽食をつまんだりしながら、コロラド・アバランチがロサンゼルス・キングズを完全に叩きのめす様子をテレビで観戦していた。リュックもその中にいる。彼の姿を目にすると、不安とほっとした気持ちとで、胃がせり上がる感じがした。バービー人形と一緒にいたわけじゃなかったんだ。

「やあ、シャーキー」皆が声をかけてくれた。リュックを除いて。

ぴくっと動いた眉と、冷ややかに人を評価するような青い目は、君に会ってもちっとも嬉しくないと語っている。さんざん打ちのめされた心がまた傷ついた。

ジェーンはダニエルとフィッシュのあいだに座り、意味ありげな目でリュックを見ないように気をつけた。チームのゴーリーに恋をしていることが、テーブルにいるメンバー全員にわかってしまうのではないかと不安だったのだ。彼もそれに気づいて、ますますよそよそしくなるんじゃないかしら？　でも、おそらくそれはないだろう。

リュックを無理やり無視しようとしたが、完全には無視できず、ジェーンの視線はテーブルの向こうにいる彼の目に引きつけられた。彼は椅子に深く腰かけ、一方の手をわきに垂らし、リラックスしてくつろいでいる。ただし、射るような眼差しは別だ。まるで彼女の頭の奥を見ようとしているかのように真剣な表情を浮かべている。グラスに手を伸ばして水を飲み、氷を吸い込むと、上唇に水滴がついた。彼がその氷を噛み砕き、ジェーンは顔を背けた。

「『シングルガール・イン・ザ・シティ』の最新回、読んだよ」フィッシュが話しかけてきた。「君の言うとおりだ。いいやつ《ナイスガイ》は本当に報われないよな。俺はナイスガイだから、マーサ・アイランドにある家を別れた妻に渡すはめになった」

「ほかの女性と一緒にいるところを見つかったからだろ」サッターが念を押すように言った。

「夫のそういう行為はかみさんをかんかんに怒らせることになるんだよ」

「ああ、百も承知さ」フィッシュはぶつぶつ言い、ジェーンに目を向けた。「今度は何について書いてるんだい？」

まだあまりネタが浮かんでいなかった。どっちみち、話題にしたいことが何もなかったのだが、口を開いたら、思わず「〝一夜限りの関係を楽しむのはいいことか？〟」と言ってしまい、たちまち後悔した。撤回できるものならそうしたい。

「俺はいいと思う」ペルーソがテーブルの端で言った。

「うん」

「俺も賛成」

「結婚してなければな」フィッシュが言い添える。「一夜限りのお相手を見つけようと思ってるんじゃないだろうな？」

ジェーンは肩をすくめ、無理やり冷静を装った。感情を出さずに答えなくちゃ。男性がするように、超然とした言い方で。「考えてるとこ。デトロイトの記者で、すごくセクシーな人がいるの。この前、こっちに来たときに話をしたんだけど」

テーブルの向こうでリュックが立ち上がり、カウンターのほうへ歩いていく。ジェーンは後ろ姿をじっと見つめ、青と白のストライプのドレスシャツからリーバイスへと視線を走らせた。

「もし、コラムを書くのに助言が必要なら言ってくれ。男がどんな考え方をするか、俺たちが教えてやるよ」とペルーソが言い、こうつけ加えた。「男の本音ってやつをね」

本音なんか知りたくもない、とジェーンは思った。あまりにも恐ろしくて、聞きたくないわ。「方向性がはっきりつかめたら、お願いするかも」

「オーケー」

ジェーンが顔を上げたそのとき、リュックがダーツを二セット持って戻ってきた。「例の五〇ドル、取り戻すチャンスをくれるべきだろう。この前と同じルールでいこう」

「やめたほうがいいと思うけど」

「思わない」リュックはジェーンの腕をつかんで引っ張り起こした。「いちばん尖ってるダーツを選んでくれ」と言って、彼女の手のひらにダーツをぴしゃっと押しつける。それから、耳元で、やっと聞こえるぐらいの声でささやいた。「スローイング・ラインまで運ばせるんじゃないぞ」

眉根を寄せ、険しい目でこちらを見ている。まるで彼のほうが何かに腹を立てているみたいだ。まあ、いいわ。彼を叩きのめせば、さぞいい気分でしょうね。腕力で勝負するわけにはいかないから、ダーツでボロボロにしてやろう。

「ルールは覚えてるだろ」ジェーンがポイントを確認していると、彼が言った。「負けたって、女の子みたいに泣くのはなしだからな」

「絶好調の日だって、私に勝てっこないわ」ジェーンは女の子がするように髪の毛を払い、選んだ三本のダーツを渡した。「いい、マルティノー、これはね、あなたがいつもやってる、めめしい男向けのスポーツとは違うのよ。ダーツでは、ピンチになったってチームメイトは助けてくれないし、パッドやヘルメットで隠れることもできないの」

「シャーキー、その言い方はひどい」とサッター。

ジェーンは口をぽかんと開けた。「ただのこき下ろし合戦でしょう」

「でも今のはすごく軽蔑的だ」フィッシュが言い添える。

「この前、あなたたちは、私をレズビアンだって言ったわよねえ」と念を押すと、男たちは全員、肩をすくめた。「ホッケー選手って、どうしようもない」ジェーンは堂々とした足取りでカウンターの向こうにあるダーツ・ボードを目指した。リュックが並んで歩いている。彼の腕が肩をかすめると、その感触が全身に伝わった。ジェーンは二人のあいだにもう少し距離を置いた。

「あいつとここで何してるんだ？」スローイング・ラインの位置で足を止めると、リュックが尋ねた。

「あいつって？」

「ダービーだよ」

「一緒に食事をしたの」

「あいつと寝てるのか？」

彼にこれほど腹を立てていなかったら、笑っていただろう。「あなたの知ったことじゃないでしょ」

「デトロイトの記者はどうなんだ？」

そんな記者は存在しないが、リュックに言うつもりはなかった。「どうって？」

「そいつと寝てるのか？」

「私が誰と、どんなふうに、どんな体位でするのが好きかなんて、どうでもいいのかと思ってた」

リュックはジェーンをじっと見つめ、歯を食いしばって言った。「さっさと投げろ」

ジェーンは彼を見上げた。あごに力が入り、目が青い炎を放っている。敵が思いきって打ったシュートがゴールに入ってしまったときのように。完全に怒ってる。私に怒ってるんだ。頭がおかしいんじゃない？「下がってて」ダーツをまっすぐ的に向ける。「あなたを叩きのめしてやるわ」一本目はダブルに入り、三本投げ終わると八〇点を稼いでいた。リュックは四〇点しか取れず、ジェーンの手のひらにダーツを押しつけるように渡した。「ここは照明が最低だ」

「違うでしょ」ジェーンはにこっと笑い、大きな喜びを感じながら言った。「最低なのはあなた」

リュックが目を細める。

胸の内側から数週間分の怒りと痛みがあふれ、思いのほか大きな声を出してしまった。

「もっとひどいわ。泣き言ばっかり言って」

一斉に息を吸う音に注意を引かれ、二人は少し離れたところにいる男たちを見た。

「これでラッキーはシャーキーをつぶしにかかるぞ」サッターがわきで予想を立てる。

暗黙の了解で、ジェーンとリュックはそれぞれの位置に着いた。そして、二巡目の結果はジェーンが六五点、リュックは三四点。

「もう忘れちゃったんだけど、なんで皆、あなたのこと、ラッキーって呼ぶんだっけ？」ジェーンはダーツをもらおうと手を伸ばした。

リュックは取られないようにそれを遠のけた。ゆっくりと、みだらとしか言いようのない笑みが浮かび、口元がカーブを描く。君がひざまずいて、俺のタトゥにキスしたことは覚えているんだぞと告げている笑みだ。「そんなこと、ちゃんと考えれば思い出せるはずだ」

「ううん」ジェーンは首を横に振った。「それほど印象に残らないものだってあるのよ」手を差し出すと、リュックがそこへダーツを置いた。

彼は外野のチームメイトのところへは行かず、ジェーンの横に立ったまま言った。「思い出させてやろうか」

「遠慮しとく」まず八のトリプルに当て、続けて二〇のトリプルに狙いをつける。「一度でたくさん」

「もしそれが本当なら、なんで俺たち、三度もしたんだろうな?」

「どうしたの?」ジェーンが振り返る。「今夜は自我《エゴ》をなだめる必要があるわけ?」

「ああ。何にも増してね」

彼は私と話す決心をしたんだ。そうすれば私が足元にひれ伏すと思ってるんでしょう。たぶん、私がひざまずいて、またタトゥにキスをすると思ってる。可能性はゼロよ。「興味ないわ。ほかの人を探して」

「ほかの人は要らない」その言葉が温かい愛撫のように感じられたそのとき、彼が言い添えた。「ジェーン、君が欲しい」

たちまち怒りが消え去り、残ったのは底知れぬ痛みだけだった。その痛みが胃をかき回し、心臓を締めつける。女の子のように泣きだしてしまわないうちに、ジェーンはリュックの手にダーツを押しつけた。「お気の毒さま」そして彼に背を向け、バーを出た。なんとか二階の部屋にたどり着くと、目の前がぼやけてきた。リュック・マルティノーを失ったって、悲しむもんですか。自分に言い聞かせ、ティッシュで涙をぬぐった。

部屋に戻って一〇分もすると、リュックがドアをドンドン叩いた。そんなに激しく叩かれたら警備員が来てしまうと思い、彼を中に入れた。

「リュック、何の用？」ジェーンは腕組みをし、足を踏ん張った。

しかし、リュックはそのまま前に進み、無理やり彼女を後ずさりさせた。「君が欲しい」彼が答え、背後でドアが閉まる。

「興味ないわ」リュックが近づきすぎるものだから、彼の胸に額が当たってしまった。彼はわざと私のスペースを侵害している。ジェーンは彼から離れ、彼のコロンのにおいから離れ、部屋を横切っていく。「君をグルーピーだと思ったことはないって言ったくせに、あんなことして。グルーピー扱いされてる気分にさせてるじゃない」

「悪かったと思ってる」リュックは眉根を寄せ、足元の床を見つめた。「そんなつもりはなかったんだ」

「もう手遅れよ。人をベッドに誘っておいて、そのあと、これっぽっちも思ってくれないなんて許せない。まるで、おまえなんかどうでもいいって感じで」

「どうでもいいなんて思ったことはない」彼は再びちらっと目を上げ、青い眼差しをまっすぐ彼女に向けた。「ジェーン、俺は君のことを思ってた」

「いつ？　ほかの女の人と一緒にいるとき？」

「君以外の女性と一緒にいたことはない」

ほっとしたが、それでも猛烈に腹が立つ。「私を無視するのに忙しかったときも考えてたって言うの？」

「そうだよ」

「私を避けてるときも？」

「ああ。そういうときも、そうじゃないときもずっと」

「あ、そう」

「ジェーン、君のことを思ってる」リュックが歩み寄り、二人の距離はわずか数センチになった。「ものすごく」

数日前、彼が同じことを言ったときは、その言葉を信じた。でも今度は信じない。「前にも聞いた。そんなの嘘よ」と言ったものの、心の中に相反する気持ちがあって、彼の言葉を信じたがっている――**ものすごく**。一歩、後退すると、ふくらはぎがベッドの端に当たった。「嘘じゃないさ。寝ても覚めても、君のことが頭から離れない」リュックはジェーンの肩をつかみ、ベッドに押し倒した。「君は、俺には必要のない混乱のもとだ」言葉を続け、彼女の頭の両わきに手を置き、左右の太もものあいだに片方の膝をついた。「ところが、俺はその混乱のもとが欲しいと思ってる。手に入れようと思ってるんだ」

ジェーンは彼を止めるべく、胸に両手を押し当てた。リュックは綿のシャツ越しに暖炉のごとく熱を放ち、彼女の手のひらを温める。「あなたは自分の欲しいものがわかってないんだと思う」

「いや。わかってるさ。君が欲しい。それに、君と一緒にいるほうが、そうじゃないときよりもずっといい気分だ。もうその気持ちに逆らうつもりはない」リュックはジェーンの眉間にキスをした。「君に感じている気持ちに逆らうのはやめた。そんなのは無駄な抵抗だし、結局、いらいらするだけだ」

その言葉で怒りは多少、和らいだが、心にはまだ不安が重くのしかかっている。「それって、どんな気持ち？」知りたいのかどうかもよくわからないのに、尋ねてしまった。

リュックの唇がジェーンの額を軽くかすめた。「スティックの柄で眉間をバシッと叩かれたような気持ちだ」

君に恋をしているとは言ってくれなかったけど、頭をスティックで叩かれるなんて、なかなかいい。ジェーンは彼を押しのけることはせず、胸に手を滑らせた。「それはいいこと？」

「いいことじゃないみたいだな。君は俺の人生を混乱に陥れた」

よかった。だって、私ものすごく気持ちが混乱しているから。ジェーンはなんとか心の痛みにすがりつこうとしたが、すがりつくどころか、彼のシャツをつかみ、ジーンズのウエストバンドから引っ張りだしていた。青い瞳をじっと見上げ、それから視線を下ろして、口元を丹念に観察する。

「あごの傷跡はどうしたの?」

「一〇歳のとき、自転車から落ちたんだ」

「頰の傷跡は?」彼のシャツの下に手を滑り込ませ、うねのように並んだ筋肉と引き締まった素肌に触れる。

「二三のとき、バーでけんかした」リュックが息を吸い込む。「脱がせる前に、ほかに質問は?」

「タトゥを入れるとき、痛かった?」

「覚えてない」彼はジェーンの口元へ唇を下ろしていった。「あのころは、薬でヘロヘロだったんだ」それ以上の質問はキスで封じ、耐え難いほどゆっくりと、そのキスを深めていく。甘く優しいキスだったが、ジェーンはそんな気分ではなく、リュックを仰向けにして、そこにはい上がった。まるで、以前は征服できなかったが、また探検するのを楽しみにしていた山に登るかのように。キスは激しさを増し、ジェーンがシャツのボタンをはずしていく。リュックは頭の上で手首を交差させ、閉じかけた目で、彼女が手と口を体に滑らせていく様子をじっと見つめている。肩を嚙まれると、彼女の顔にかかる髪を払って、唇をもう一度、自分の口元へ引き寄せた。それから、今度は彼女を仰向けにし、キスをしながら服を脱がせ、裸にする。そして、手で触れた場所は一つ残らず、あとから唇でたどっていった。肩も、喉も、乳房も。二人は裸で抱き合った。もう我慢できなくなったジェーンは、すっかり熱を帯びているものにコンドームをかぶせ、そこにもう一度、馬乗りになって腰を落としていった。リュックは硬くなったものを突き上げ、彼女の奥深くに自分をうずめていく。

「ジェーン」彼があえぎながら言った。「少し、じっとしててくれ」

ジェーンは彼を包んで締めつけていた。リュックが胸の中で低いうめきを上げ、目を閉じる。再び目を開けたとき、そこにはむき出しの欲望が、うっとりさせるような熱い欲望の光が宿り、彼女を照らしていた。リュックは一方の手をジェーンの首の後ろへ回して顔を引き寄せると同時に、もう一方の手を腰に回して、彼女をじっとさせ、唇にそっとキスをした。舌を入れ、彼女の舌を軽く吸う。まるで桃の果汁を吸うように。甘くて、とても美味しいものを味わうように。それから、腰に当てた手を背骨に沿って上へ下へと滑らせて愛撫し、全身に火をつけていく。ジェーンは唇を引き離し、ペースを速めた。情熱できらきら輝く青い目がじっとこちらを見上げている。リュックが優しく愛撫するように彼女の名前をささやいた。激しくなった緊張が渦を巻き、さらにきつくなっていく。ついに抑えがたい快感の熱波に襲われ、ジェーンはばらばらに砕けた。

彼女のオーガズムがリュックを激しく締めつける。彼はジェーンのヒップに指を沈め、何度も何度も自分を押し込み、さらに激しく突き、彼女に与えたのと同じくらい激しいエクスタシーを味わった。

ジェーンが崩れ落ち、リュックは苦しそうに息をしながら彼女をしっかり抱き締めた。当分、君を解放するつもりはないとばかりに、汗ばんだ胸に彼女を強く押しつけている。

「ああ……」ジェーンの耳元で荒い息をする。「この前よりよかった。とんでもないくらい素晴らしかった！」

ジェーンも同じ気持ちだったが、息が切れてしゃべることができない。何かが起きた。前とは違う何かが。とにかく、前よりも素晴らしい何か。肉体的快楽を超えた何か。自分では、ちゃんと説明できそうにない何か。

「ジェーン」

「ん？」

「何でもない」彼が髪にキスするのがわかった。「気を失ってないかどうか確かめたかっただけさ」

ジェーンは微笑み、彼の首に鼻をうずめた。何かは彼の抱き締め方、触れ方に感じられた。これは愛よ、と自分をあざむいたりはしない。でも何かであることに変わりはない。この何かを受け取り、身を任せてみることにしよう。だって、正体が何であれ、何もないよりはずっとましだもの。

16 眠らせる《ライト・アウト》——敵のジャージを引っ張って目を隠し、ぼこぼこにする

次の晩、ジョー・ルイス・アリーナのロッカールームに入っていったとき、ジェーンの気持ちはまだ混乱していた。リュックが私の部屋に泊まった。二人でベッドに入ったまま朝食を取り、その後、彼は試合前の練習に出かけた。ドアのところで私にキスをし、髪に触れ、またあとでと言って出ていった。でも、あとで私に会って、嬉しいと思うのかしら？

「こんばんは」皆にあいさつをし、ロッカールームの真ん中まで歩いていく。

「やあ、シャーキー」

選手が装具をつけているあいだに、さっさと〝パンツは上げとけ〟スピーチを済ませ、リュックのほうに目を走らせる。彼はゴーリー・コーチと話し込んでいて、彼女が中にいることにさえ気づいていないようだ。

それから、ジェーンはブレスラーと握手をした。「試合、頑張ってね、ヒットマン」

「ありがとう」ブレスラーはあごを引き、彼女の顔をしげしげと眺めた。「なんか、今夜はいつもと違うな」

ジェーンは少しマスカラをつけ、目の下のクマを隠し、ピンクのリップグロスを塗ってい

た。ブレスラーが気づいたのはそれだけで、ゆうべの余韻がひどく長引いていることには気づいてないといいんだけど。「いい意味で違うってこと?」

「うん」

そこへフィッシュとサッターも加わり、ジェーンをほめた。それから、彼女はリュックのほうへ向かったが、足を進めるにつれ、恐ろしい不安と、恋をしたときの素晴らしい高揚感とが混ざり合って胃の中を転げ回った。リュックは自分のロッカーの前に立って、相変わらずゴーリー・コーチと話している。ジェーンが近づいていくと、横目でちらっと彼女を見た。その瞬間、心臓がどきどきしたが、彼はまたコーチに目を戻してしまった。

「あのチェコ人は、いつもゴール天井に打ってくる」コーチが言った。「シュートを決めるとすれば、狙ってくるのはそこだ」コーチはクリップボードに挟んだ紙をめくった。「それと、フェドロフはまずリンクを横切り、左のフェイスオフ・サークルの近くから思いっきり打ってくる」

「ありがとう、ドン」リュックは礼を言い、ゴーリー・コーチが行ってからジェーンに顔を向けた。「フィッシュとサッターは君に何を言ってたんだ?」

彼は装具を身につけ、そびえ立っている。「〝今夜はいつもと違う〟ですって」余韻の後遺症かもしれないと言ってあげてもよかったが、突っ込まれたくなかったのでやめておいた。

「君を誘惑してたのか?」

「違うわよ。この、あほんだら」

リュックは周囲を見渡し、ダニエルが通り過ぎるのを待ってから言った。「てっきりそうなのかと思ってた」

「残念でした」

彼は声を落とした。「縁起を担いで、君は毎回、試合の前に俺のタトゥにキスするべきだな」

ジェーンは笑いださないように、顔をしかめた。「私、セクハラされてる気がするんだけど」

彼がにやっと笑う。「そのとおり。どうなんだ？　タトゥにキスしたい？」

「まさか」ジェーンは誰かに立ち聞きされないうちに、その場を立ち去った。記者席に向かい、ダービーの隣に腰を下ろす。彼はジェーンのために、マネジメント・サイドで進展があったという話をしてくれた。約一カ月後に迫った三月一九日のトレード期限前に、ディフェンダーを一人獲得したいのだとか。

「シアトルに戻ったら、キャロラインがデートしてくれるって言ったんだ」仕事の話が終わってから、ダービーが言った。

「どこへ連れていくつもりなの？」

「コロンビア・タワー・クラブ。君に言われたとおりにね」

ジェーンは彼の胸に中途半端に下がっているトウガラシ模様のネクタイを見て微笑んだ。もし、キャロラインがダービーを次なる「要改造人物」にしようと決めたのなら、難しい仕事がどっさり待ち構えてるわね……。ジェーンは付箋を出していくつかメモをし、システム手帳に貼りつけた。それから、試合が始まるとすぐ、ノートパソコンを引っ張り出した。リュックは絶好調で、レガード（膝からすねを覆う防具）を重ね合わせたり、膝を着いたり、高い位置に放たれたパックをキャッチングしたりと、あらゆる手段を見事に駆使してゴールを守っている。ジェーンはなかなか試合のほうに集中できず、チヌークスのゴーリーばかり見ていた。

その晩、トロントへ向かうチーム専用機の中で、頭上のライトに照らされながら『シアトル・タイムズ』向けの記事を書いた。フライトのあいだずっと、リュックの視線は感じており、ジェーンはときどき、通路の反対側に目を走らせた。彼はわきの壁に背中をもたせかけ、頭の後ろで手を組み、彼女の様子をじっと見つめている。何を考えているのだろう？　おそらく知らないのがいちばんだ。そういうことにしよう。

ジェーンはいまだに、昨晩のセックスのときに感じた、前とは違う何かの正体を考えていた。あれは私の想像だったのかしら？　しかし、その晩、ホテルの部屋にリュックがやってきて彼女の手をつかみ、自分の部屋へ連れていったとき、確かにまたあの「何か」を感じた。彼のベッドで過ごした数時間、その正体をつかもうとしたが、うまくいかなかった。ボストンでも、ニューヨークでも、セントルイスでもやってみた。シアトルに戻るころにはもう、答えを出す努力をするのに疲れてしまい、彼の言葉や触れ方をいちいち過剰に分析するのはやめようと心に決めた。何かが続く限り、身を任せていればいい。

その前だって、リュックに恋などするまいと抵抗し、失敗した。よくないと知りつつ、最高のセックス、素晴らしいセックスに身を任せ、仕事を危険にさらしたが、自分のキャリアや心がどうなろうと、止められないのはわかっている。結局、私はリュックに恋をし、彼と一緒にいる以外の選択肢はなくなった。あれから数週間のうちに、その思いはどんどんふくれ上がり、とうとう私を隅々まで満たしてしまった。そう、体も心も。もう深みにはまってしまって抜け出すことができない。

セントルイスから戻って間もないある朝、洗濯を済ませた衣類が入ったバスケットを持って家に帰ると、ポーチでリュックが立って待っていた。山がくっきり見え、空には温かみのある青が広がっている。彼の瞳と同じ色だ。ダークブロンドの髪が手ぐしで整えられていて、まるで〈健康を害する恐れがあります〉と警告文をつけなければいけないような危険な存在に見える。彼は挨拶のキスをし、洗濯物のバスケットを家の中に運ぶのを手伝ってから、縁石の横に止めてある自分のバイクまでジェーンを連れていった。

「これなら誰にも顔を見られない」と言って、ヘルメットを渡す。「だから俺の悪い評判を心配しなくて済む」

彼は気を悪くしていると思うところだけど、私はそんなことを考えるほどばかじゃない。

「あなたの評判というより、私がインタビューをするためにあなたと寝たんじゃないかと思われるのが心配なのよ」

「あのインタビュー記事のことで、君に言おうと思ってたんだ」

「あれがどうかしたの？」

リュックがジェーンのあごの下でヘルメットのストラップを留め、指が喉をかすめた。

「よそよそしいと書いただろ」

「それで?」

「俺はよそよそしいわけじゃない。インタビューを受けないだけだ」

ジェーンはあきれた顔を向けた。「記事のほかの部分はどう思う?」

リュックはひょいと頭を下げ、ジェーンにキスをした。「今度、俺の手の早さを話題にするときは、手がどれくらい大きいかってことを書けばいい。それに、足のことも」

笑ってしまった。「大きな足。大きな手。大きな……心?」

「そのとおり」

ジェーンがバイクの後ろに飛び乗り、二人はスノコルミー滝を目指した。気温は一四度。三〇分のツーリングに備えて、ジェーンはジーンズにセーター、ピーコートという格好だ。滝は特に珍しい場所でもない。もう何度も足を運んでおり、その大半は小学校の遠足だった。しかし、高さ八二メートルの滝の恐ろしいほどの迫力と美しさには決して慣れることがない。

展望台には二人の姿しかなく、リュックはジェーンの後ろに立ち、腕を回した。霧のように見える眼下の水しぶきに真昼の太陽が射し、虹ができている。二人の足元では、自然の威力で展望台が震えていた。リュックに抱かれ、ジェーンの心も震えている。自然の威力で彼に引き寄せられ、どうすることもできない。彼の腕に包まれていると、まるでそこが自分の居場所であるかのように、背中から彼の胸の中に溶けていってしまう。

リュックがジェーンの頭にあごを載せ、二人は滝や今シーズンのホッケーの話をした。チヌークスは今のところ六一試合中、四〇勝しており、完全崩壊でもしない限り、四月一五日までにはスタンレー・カップ・プレーオフ進出が確実な順位に着けているだろう。リュックの平均失点は自己ベストの一・九六。見事な数字を達成している。

マリーの話もした。どうやら友達もでき、数カ月前まではよく知らなかった兄とのシアトル暮らしにも少しずつ順応しているようだ。寄宿学校のことも話題に上り、リュックは、それについてはまだどうするか決めかねていると言った。それから、二人はティーンエージャーのころの話もしたのだが、彼がこれまでずっとリッチで有名だったわけではないとわかり、ジェーンは驚いてしまった。

「錆びたトラックに乗ってたんだ」と彼は言う。「丸一年、金を貯めて、カーステレオと、『プレイボーイ』の新品の泥よけ《マッドフラップ》を買った。俺はたいした男だと思ってたよ。残念ながら、そう思ってたのは自分だけだったけどね」

「まさか、ハイスクールのころは、あまり相手が見つからなかった、なんて言わないでよ」

「ホッケーばかりやってたから、相手なんか見つからなかった。いや、いい相手がいなかった、かな。たぶん君のほうがデートの相手はたくさんいただろう」

ジェーンが笑った。「私は、髪型もひどいし、着る物もひどいし、車はマーキュリー・ボブキャットで、アンテナ代わりにワイヤー・ハンガーをつけてたのよ」

リュックはがっしりした胸にジェーンを強く押しつけた。「俺なら君とデートしてた」

それはどうかしら。「あり得ない。こんな私だって、『プレイボーイ』のマッドフラップをつけた負け犬となんか、デートしなかったもの」

昼食は、『ツイン・ピークス』で有名になったホテル〈サリッシュ・ロッジ〉で取った。リュックはテーブルの下でジェーンの手を握り、彼女が赤くなるのを見たくて、その場にふさわしくない言葉を口にした。そこからの帰り道、ジェーンはリュックの革のジャケットの下に手を突っ込み、平らな腹部に指を広げていた。シャツ越しに彼の筋肉を感じ、リーバイスの上から完全に硬くなったものを感じ取りながら。

アパートに到着すると、リュックはジェーンをバイクから降ろし、ほとんど引っ張り込むようにして玄関の中に入れ、二人分のヘルメットと自分のジャケットをソファに放り出した。

「この三〇分、俺をいじめてやろうと思ってたんだろうけど、後悔することになるからな」

ジェーンは目を丸くし、コートを脱ぎ、ソファに置かれた彼のジャケットの横に放った。

「何をする気？　ランチでもごちそうしてくれるの？」

「ランチはもうごちそうしただろう。今度はもっといいものをごちそうしてあげるよ」

ジェーンが笑った。「サリッシュのバーガーよりいいものなんてあるの？」

「デザートさ」

「ごめんなさい、私、デザートは食べないの。太るから」

「そうか、俺は食べようかと思ってる」リュックはジェーンの顔を手で挟んだ。「君のスイートスポットをね」

そして、リュックはデザートを堪能した。しかも何度も。二日後の晩、彼はマリーと三人で食事をしようと、ジェーンを自宅に招いた。彼がサーモンを料理するあいだ、ジェーンはマリーの英語の宿題を手伝った。その晩、一度だけひやりとしたのは、リュックがマリーにミルクを飲むように言ったときだった。

「私、もう一六よ」妹が言い返す。「ミルクなんか飲む必要ないでしょう」

「ずんぐりになりたいのか？」

マリーは目を細めた。「ずんぐりしてないもん」

「今はな。でも、ルイーズ伯母さんを見てみろ」

どうやら、ルイーズ伯母さんは骨粗しょう症で、相当重症だったに違いない。というのも、マリーはそれ以上、口答えせず、グラスをつかんでミルクを飲んでしまったからだ。すると、リュックはジェーンに注意を向けた。まず、なみなみとミルクが注がれたグラス、次に彼女の顔を見る。

「私はすでにずんぐりだから」

「ずんぐりじゃないよ……まだ大丈夫だ。でも、今より少しでも縮んだら、あとは腰丈まで縮むだけだろうな」そして、口元に美しい笑みを浮かべたかと思うと、黙って彼女のグラスに手を伸ばし、ミルクを飲み干した。

なんてひどい男なんだろう。

一〇日間の遠征に出る前の晩、リュックがジェーンのアパートへやってきた。ドアをノックされたときは、『ハニー・パイの日記』の最新回を書いているところだったが、あまりはかどってはいなかった。主な理由は、リュックのことを考えてしまい、彼を再登場させないようにしようと悪戦苦闘していたから。ジェーンはノートパソコンを閉じ、彼を中に入れた。大雨で髪の毛とジャケットの肩が濡れている。リュックはポケットに手を突っ込み、ジェーンの手に載るくらいの大きさの白い箱を取り出した。「これを見たとき、君を思い出してね」

小さな箱のふたをあけるとき、何が入っているのか見当もつかなかった。男性からプレゼントをもらうなんて、本当に慣れていないから。安っぽい下着を除けば、ということかもしれないけれど、あれは私のためというより、男性のための代物だった。

箱の中で白い薄紙の上に載っていたのは、クリスタルの鮫《シャーク》。食べられる下着でも、クロッチレスの下着でもない。今までもらった中で、いちばん心のこもった贈り物だ。ぐっときてしまったが、彼は私がそこまで感激しているとは思わないだろう。

「すごく素敵」ジェーンはクリスタルをライトにかざした。リュックのジャケットと喉のくぼみに多彩なプリズムが交差する。

「たいしたもんじゃないけど」

そんなことない。全然そんなことない。ジェーンは光のかけらを手でつかんでみたが、魂の奥底のど真ん中ではっきり感じている愛を一緒につかむことはできなかった。リュックがファスナーを下ろし、ジャケットをソファに脱ぎ捨てる様子をじっと見つめながら、『ハニー・パイの日記』のことを打ち明けるべきだと思った。彼に前もって言っておき、いい方向に解釈してもらうようにするべきだ。でも、打ち明けたら、彼を失うことにもなりかねない。今夜、ここで。

やっぱり言えない。言ってしまえば、彼は二人の関係を終わらせるだろう。それに、自分にまつわるこの手の情報を人に知られるわけにはいかない。だからジェーンは黙っていた。胸の内にしまいこんだ真実は良心をむしばんだが、その一方で、なんとか自分に言い聞かせようとした。彼はあれを読んでも平気よ、と。

最終稿を提出して以来、あの原稿は見ていない。もしかすると、自分が記憶しているほど、露骨な書き方はしていないかもしれない。ジェーンはリュックの首に腕を巻きつけた。後悔している、あなたを愛していると伝えたい。「ありがとう。本当に、ものすごく気に入ったわ」それから、彼を寝室に連れていき、唯一自分にできるやり方で彼にお詫びをした。

三月に入り、第一週はたちまち過ぎていった。リュックは『ハニー・パイの日記』を見ていないらしく、ジェーンはだんだん緊張がほぐれてきた。ロサンゼルスに滞在中、PMSでお腹が痛いのでセックスは無理と伝えたのだが、練習のあと、彼はジェーンの部屋へやってきた。一方の手に氷の入ったアイスペール、もう一方の手には温熱パッドとエム・アンド・エムズのピーナッツ・チョコレートを持って。

「トレーナーに頼んでこれをもらってきたよ」彼は温熱パッドを差し出した。「あと、君の好きなお菓子を持ってきた」

牛柄のパジャマを見られたあの晩、私はエム・アンド・エムズのピーナッツ・チョコレートを食べていた。覚えていてくれたんだ。ジェーンは泣きだした。

「いったいどうしたんだ？」リュックはタオルで氷を包みながら尋ねた。

「涙もろくなってるだけ」と答えたが、それだけではなかった。涙のわけはもっとたくさんある。二人はジェーンのベッドに並んで座り、ヘッドボードに背をもたせかけた。リュックは左膝の下に枕を入れている。

「膝が痛むの？」余計なことを訊いてしまった。ジェーンは膝に氷を当てるのを手伝った。リュックがアドヴィルを数錠、飲み込んだ。「今回は左だけだし、少し痛むだけだ」

たぶん、少しどころではないのだろう。氷を持ってきたくらいだから。彼のマンションでインタビューしたときは、古傷は問題ないと言っていた。今は、私を十分信頼してくれているからこそ、出会ってからずっと知りたいと思っていたことを隠さず見せてくれるのだろう。本当は、リュックの膝は彼をときどき苦しめている……。ジェーンは隣にいる彼の手を取った。

「何？」

肩越しに彼を見る。「何でもない」

「その顔でわかるよ、ジェーン。何でもなくないんだろう」

嘘っぽい笑顔を作るのはやめようと思ったが、完全に失敗した。「こっちの膝が痛むこと、誰か知ってるの？」

「いや」リュックの視線がジェーンの口元をとらえ、目のほうへ移動していく。「誰にも言わないでいてくれるだろう？」

ジェーンは彼の肩に頬を載せた。「リュック、あなたの秘密は守る。誰にも言わない」

「わかってる。じゃなきゃ、ここにいないよ」リュックはジェーンの顔のわきに手をあて、頭を唇のほうに引き寄せた。髪にキスをされ、ジェーンは彼の体にゆったり寄りかかった。ひょっとすると、二人の関係は何もかもうまくいくかもしれない。彼は私を信用してくれている。それを思うと、罪悪感で胸がちくっとするけれど、彼とこういう関係になってから初めて希望が持てた。

ひょっとすると、終わりにしなくてもいいのかもしれない。ケンはいつもバービーを選ぶとは限らないのかもしれない。最後には私を選んでくれるのかもしれない。

リュックは最後のプレッツェルを口に放り込み、合成皮革《ナウガハイド》の椅子にもたれた。テーブルの反対側ではヒットマンが鶏の手羽肉にかぶりついている。リュックはキャプテンから目を上げ、ホテルのバーの人気のない入り口に視線を移した。

ホテルの外では、フェニックスの太陽が高い空に輝いている。気温は二六度。ゴルフ場に出かけている者もいれば、その辺をぶらぶらしている者もいる。ジェーンは自分の部屋で『シングルガール・イン・ザ・シティ』の原稿を書いているはずだ。終わったらバーで落ち合おうと言っていた。それは一時間以上前の話で、リュックはふと、部屋に押しかけていきたくなった。でも、そんなことはしない。ジェーンが喜ばないのはわかっているし、もどかしい気持ちはあるものの、彼女にやるべき仕事があることは尊重しているから。

「コバルチャクが出場停止になった話、聞いてるか？」ヒットマンがナプキンで口をぬぐいながら尋ねた。

「何試合？」

「五試合」

「あれは、かなり卑劣なプレーだったよな」キャプテンの隣に座っているフィッシュが言った。「でも、もっとひどいのを見たことがある」

ダニエル・ホルストロムとグリゼルが合流し、話題はNHLの激突プレーのうち、どれが最悪だったかという話になり、チヌークスのエンフォーサー、ロブ・サッターのプレーが断トツだ、ということになった。やがてマンチェスターとリンチもそのテーブルに椅子を引っ張ってきて、話題はホッケーから、ブルース・リーとジャッキー・チェンが対決したら、どちらが勝つかという話になった。リュックは、俺ならブルース・リーに賭けると言ったが、頭では別のことを考えており、議論には加わらなかった。視線は再びがらんとした入り口へと漂っていく。

ジェーンのことを考えずにいるのは、ゴールを守っているときだけだった。ベッドに連れ込んだときに、どういうわけか、彼女が頭の中にこっそり入り込んでしまったらしい。ときどき、頭以外の場所にも入り込んでいるような気がすることがあったし、それを好ましく思っている自分に驚いてしまった。

ジェーンを愛しているのかどうかわからない。「死が二人を分かつまで」と誓う類の愛なのか？　自分が望んでいる、永遠に続く、安らぎを感じられる愛なのか？　母には決して見出せなかった類の愛、父が待っていられなかった類の愛なのか？　わかるのは、ジェーンと一緒にいたいということ。一緒にいないときは彼女を思ってしまうということだけだ。自分の生活や妹の生活に招き入れてしまうほど彼女を信頼している。間違った相手を信頼しているとは思わない。

ジェーンを見つめたり、彼女と話したり、一緒に過ごしたりするのが好きだ。頭の回転が速くて、ああ言えばこう言うところが好きだし、ジェーンがそばにいると自分らしくしていられる。彼女のユーモアのセンスが好きだ。彼女とセックスするのが好きだ。いや、大好きだ。キスをし、体に触れ、ずっと奥まで自分をうずめ、彼女の上気した顔を見下ろすのがたまらなく好きだ。彼女の中にいるともう、次にまたそこへ達するための策略をあれこれ考えてしまう。これまでつきあった女性の中で、本物の相手だと思えたのは彼女だけだ。

ジェーンのかすかなうめき声に耳を澄ますのが好きだし、彼女の触れ方も好きだ。彼女に主導権を握られ、なすがままになるのも大好きだ。ジェーンは手や口をどう動かせばいいのか知っている。彼女のそういうところがとても好きだ。

でも、彼女を愛してるのか？　永遠に続く類の愛なのか？　そうなのかもしれない。こんなことを考えても気が動転しないなんて、驚きだな。

「リュック？」

入り口から目を離し、チームメイトのほうを見る。ほぼ全員、ストロムスターの背後に立ち、テーブルに広げた雑誌を見下ろしている。

「何だよ？」

ダニエルが『FHM』を掲げる。また英語の勉強をしているんだな。

「これ、見たか？」グリゼルが尋ねた。

「いや」

ダニエルは、お気に入りの教材にしているページが開かれた雑誌をリュックに渡した。

「読んで《リード》」

男たちが何やら期待しているかのようにリュックを見ている。そこで、雑誌に目を向け、読んでみた。

ハニー・パイの日記

お気に入りの場所はいろいろあるけど、その一つがシアトルのスペースニードル。夜の展望台。世界の頂点に座っている気分になれる場所。私は頂点にいるのが好き。それは私を知る人なら誰もが承知していること。私は階下のレストランで食事をし、デートの相手を置き去りにしてきた。まったく役立たずな男。今ごろ、テーブルに座ったまま、私が化粧室から戻るのを待っているのだろう。今夜はホルターネックの赤いカクテルドレスを着てきた。首の後ろにゴールドの留め金がついていて、背中の真ん中あたりまで同じくゴールドの細いチェーンが垂れている。一二センチヒールの靴を履いてきたし、カジキマグロだけじゃ物足りない。もっと食べたい気分。デートの相手は、いつもの男たちと同様、ゴージャスだったけど、テーブルの下ではどうしてもしようとせず、すっかりその気になっていた私をうんざりさせた。これはシアトルの男性にとっては危険なこと。

リュックはいったん読むのをやめ、入り口にちらっと目を走らせた。女性が二人、入ってくる。確かめるまでもなく、ホッケー・グルーピーだとすぐにわかった。興味はない。リュックは雑誌に目を戻した。

左側のエレベーターの扉が開き、黒いタキシード姿の男性が現れた。上着についている四つのボタンをたどって、青い瞳へと視線を走らせる。すると彼の目は、赤い布地でかろうじて隠れている私の完璧な乳房に向けられた。口元がカーブを描き、称賛するような笑みが浮かぶ。にわかに、今夜はもっと面白いことになりそうだと思えてきた。

彼が何者かはすぐにわかった。ホッケー選手だ。手の早いゴーリー。噂によれば、とてもみだらな心の持ち主だとか。私はそういう男が好き。彼はアメリカじゅうの女性が憧れる、最高に輝いている男。私の空想の中でも一、二度、主役を演じたことがある。

「やあ。星を眺めるにはうってつけの晩だ」

「私は眺めるのが好きなのよ」彼の名はラッキー。おあつらえ向きの名前ね。だって、彼の笑みに何かしら含みがあるとすれば、今夜の私はラッキーだから。


リュックは読むのをやめ、チームメイトを見上げた。「何だこれ？　俺なわけないだろ」しかし、自分だという悪い予感がした。


スペースニードルに年間、何度落雷があるかと説明している〈トリビア・ボックス〉の一つに両手を置き、私は身を乗り出した。日焼けした長い脚に沿って、ドレスの後ろの部分がするする上がっていく。ほら、手を伸ばせば、楽園はすぐそこよ。横目でちらっと見上げて微笑むと、彼の目は私の胸の谷間に釘づけになった。自分が彼にしようとしていることを考え、少し罪悪感を味わおうとしたけれど、罪悪感なんて、もう二〇年も前に縁を切っている。今の私には、胸のときめきと、脚のあいだがうずく感覚しかわからない。「あなたはどうなの？　眺めるのは好き？」

「むしろ行動派だ」彼が手を伸ばし、私の髪を顔からどけた。「そのほうがずっと面白いだろ」

「行動派は好きよ。それなら、いろんな体位でしてほしい」私は赤い唇をなめた。「面白いと思わない？」

青い目がすっかりとろんとした表情になっている。彼の手が私の背中を下から上へとなで、指先が背骨をかすめると、たちまち全身に火がついた。「君の名は?」

「ハニー・パイ」

「気に入ったよ」彼が背後に立った。それから、両手を私の腹部に滑らせ、耳元でささやいた。「君はどれくらいすごいのかな、ミス・ハニー・パイ?」

私は彼に寄りかかり、少なくとも二〇センチはありそうなものにヒップを押しつけた。彼は才能に恵まれた手を乳房へ動かし、ドレスの薄い生地越しに私を包んだ。

私は目を閉じ、背中をそらした。わかってないんだろうけど、あなたはもう一巻の終わり。「この前、相手にした人は、まだ回復してないわ」それは二日前のこと。フォーシーズンズの業務用エレベーターに置き去りにしたあと、ルーはまだ昏睡から覚めていない。

「そいつに何をしたんだ?」

「頭を吹き飛ばしてあげたのよ……ほかにもいろいろやったけど」

彼の熱い手のひらに触れ、乳首が硬くなる。私は興奮していた。バス一台分の日本人観光客がやってきたって、立派なものを持った、このホッケー選手との情事をやめなかっただろう。「君の赤い唇と赤いドレスを見ていると頭がおかしくなる」彼は私の首のわきを噛み、かすれた声でささやいた。「君は寒いのか?　それとも興奮してるのか?」

そのひと言でリュックの目が止まった。何行か戻り、もう一度読み返す。

「君は寒いのか？　それとも興奮してるのか？」

「何なんだ、いったい？」とつぶやき、続きを読む。

私は熱いの。それに間違いなく興奮している。

「こうしていると、わざと君を傷つけ、そこをまたキスで治したいと思ってしまう」

「そこって、どこ？」私は彼の手を取り、脚のあいだへと導いた。「ここ？」彼はドレスと赤いレースのTバックの上から私を包んだ。

リュックはぼう然として雑誌を落とし、椅子に深く座り直した。猛スピードで飛んできたパックが頭にぶつかった気分だ。こんなの絶対にあり得ない。気のせいさ。幻を見てるんだ。

「ハニー・パイと知り合いなのか？」ブレスラーに訊かれ、気のせいじゃないと思い知らされた。

「まさか」でも、何となくなじみがある。とても個人的な知り合いというか。

「もう有名人だな」ブレスラーが言った。「続きを読んでみろよ。ハニー・パイに昏睡させられてるぞ」

ほかのメンバーも笑ったが、リュックはちっとも笑えないと思った。笑うどころか、いい迷惑だ。

「なんで今回はおまえにしたんだろう?」フィッシュは興味津々だ。「きっとプレーを見て、おまえの装具一式、拝みたくなったんだな」

「ひょっとすると、装具一式、見たことがある女性だったりして」リンチが追い討ちをかける。

胸に怒りがこみ上げてきたが、リュックはなんとかそれを押しとどめた。「装具なんか見られてないよ。保証する」怒りは邪魔になるだけだ。経験からよくわかっている。冷静になって考えなくては。大きな絵が描かれた立体パズルを見ている気分だ。それは自分の人生が描かれたパズルだが、ピースがごちゃごちゃになっている。すべて正しい順番に並べることができれば、何もかもはっきりするのだろう。

「俺だったら、ハニー・パイに昏睡させられたら、最高だよなあ」誰かが言った。

「彼女は実在の人物じゃないだろ」リンチが全員に向かって言う。

「いや、実在するはずさ」スコット・マンチェスターが反論する。「誰かがこれを書いてるんだからな」

たちまち、ハニー・パイがどこでリュックを見たのかという話になり、あれこれ憶測が飛んだ。ハニー・パイはシアトル在住という点で全員の意見は一致したが、性別に関しては意見が分かれた。ハニーは実際にリュックに会ったのか? 本当は男なのか? もし男でないとすれば、男みたいなことを考えている女だ。これが大方の一致した意見だった。

ハニー・パイが男だろうが女だろうが、俺の知ったことじゃない、とリュックは思った。この二年というもの、その手のくだらない話は忘れようと努力してきたのに。またか。こっちが頑張って消そうとしている火にまた油を注ごうとしている。ただ、今度は前よりもはるかにたちが悪い。

「こんなの全部、作り話さ」誰かが言った。しかし、リュックにはそうは思えなかった。不気味なほど身に覚えのあることばかりで、うなじの毛が逆立ってしまう。赤いドレス。硬くなった乳首。寒いのか、興奮してるのかと尋ねた部分。赤いTバック。君を傷つけたいというセリフ。

パズルのピースが一つ、しかるべき場所に収まった。ジェーンだ。誰かが俺とジェーンの話を盗み聞きしていたんだ。でもそれはあり得ない。**こうしていると、わざと君を傷つけ、そこをまたキスで治したいと思ってしまう。**彼女の柔らかい肌に触れたとき、リュックは確かにそう言った。ジェーンが赤いドレスを着ていた晩、彼女にキスマークをつけたいと思った。自分のしるしを残したかった。誰かにあとをつけられていたのか？　頭の中でさらにいくつかのピースを動かしてみたが、はっきりした絵はまだ浮かんでこない。

「どうも。皆、何してるの？」

リュックは男性誌から目を上げ、ジェーンの緑の瞳を見た。彼女に教えてやらないと。パニックになるかもしれないな。

「やあ、シャーキー」男たちが挨拶をする。

リュックを見ると、ジェーンは口元を少しほころばせた。が、次の瞬間、広げてある雑誌に目を落とし、かすかに浮かんでいた笑みが凍りついた。

「『ハニー・パイの日記』って聞いたことある？」サッターが尋ねた。

ジェーンとリュックの視線が絡み合う。「ええ、あるけど……」

「ハニー・パイがリュックのことを書いたんだ」

すでに青くなっている顔からさらに血の気が失せる。「本当に自分のことだと思う？」

「思う」

「リュック、それは気の毒に……」

リュックは椅子から立ち上がった。ジェーンはこれが何を意味するか、俺にとってどんな意味があるかわかっている。ほかのチームメイトにはわからないことを理解している。俺に関することが何かしら書かれているのだとすれば、ハニー・パイは、またしても私生活を解剖する口実を世間に与えることになるだろう。どうでもいいことを根掘り葉掘り調べる口実を。リュックはジェーンのほうに歩み寄り、目をのぞき込んだ。「大丈夫？」

ジェーンはうなずいたが、すぐに首を横に振った。

リュックは思わず彼女の腕をつかみ、バーの外に連れ出した。そのままロビーを突っ切り、エレベーターに乗る。「リュック、本当にこんなことになって……」と、蚊の鳴くような声で言う。

「ジェーン、君のせいじゃないよ」泊まっている階のボタンを押して振り返ると、ジェーンはエレベーターの隅っこにいた。目を見開き、涙があふれている。急に彼女がとても小さく見えた。

自分の部屋にたどり着くころにはもう、涙が頬を伝っていた。俺が抱いたとっぴな疑念を話してもいないのに、彼女はもう泣いている。

「ジェーン」ドアを閉めると同時に切り出した。「本当にばかげた話なんだが……」そこでいったん言葉を切り、頭の中にあることをすべて整理する。「あのくだらない『ハニー・パイの日記』って小説に、いろいろ書いてあってさ。それがあまりにも事実と似ていて、とても偶然とは思えないんだ。俺と君のこと、実際にあったことが書いてある。どうしてそこまで知ってたのかわからない。誰かが俺たちを見張っていて、メモを取ってたみたいなんだ」

ジェーンがベッドの端に座り、膝のあいだに手を突っ込んだ。何もしゃべらないので、リュックは引き続き、自分が理解していないことの説明を試みた。「たとえば、君の赤いドレス。背中にチェーンがついてる、あのドレスのことが書いてある」

「どうしよう……」

リュックは隣に腰を下ろし、ジェーンの肩に腕を回した。小説の作者は俺にまつわる事実をつかんでいる。とても厄介な事実を。彼女はすでに相当動揺しているし、これ以上、詳しい話はやめておこう。必要以上に彼女を怖がらせたくない。「また、こんなことになるなんて信じられない。この手のナンセンスから逃れるために、慎重にやってきたのに」ジェーンをぎゅっと抱き締める。頭の中でいろいろな考えがぐるぐる回っているが、ちっとも理解できない。「頭がどうにかなりそうだ。被害妄想になった気分だよ。ちょっとおかしくなってる。私立探偵を雇って真相を探るべきかもしれないな」

ジェーンはパンツに火がついたかのように立ち上がり、窓辺の椅子まで歩いていった。下唇を噛み、リュックの頭越しにどこかをじっと見つめている。「喜んではいないのね？」

「そんなわけないだろ！　まったく見ず知らずの人間に見張られてたような気がする。俺たちを見張ってたんだ。こそこそ、物陰に隠れたりしながら」

「誰かにつけられていたなら、私たち、気づいたはずよ」

「たぶん、君の言うとおりだ。でも、あの雑誌に書かれていた話は、ほかに説明のしようがない。ばかげたことを言ってるのはわかってるよ」確かにばかげている。自分でもそう思う。でも読んでしまったんだ。「ひょっとすると、チームの誰かが……」首を横に振りながら、考えていたことを口にした。「こんなこと考えたくないけど、チームの誰かが絡んでたんだ。でも、俺たち以外の誰が知ってたって言うんだ？」リュックは肩をすくめた。「俺はどうかしてしまったのかもしれない」

ジェーンはしばらくリュックの顔を見つめ、早口で言った。「書いたのは私」

「え？」

「『ハニー・パイの日記』の連載を書いてるの」

「何だって？」

深呼吸をする。「私がハニー・パイなの」

「もう、わかったよ」

「私なの」ジェーンは泣きながら言った。

「何でそんなこと言うんだ？」

「ああ、もう！　信じられない。あなたにこんなこと証明しなきゃいけないなんて。あなたには絶対ばれたくなかったのに」ジェーンは頬をぬぐい、自分の胸を抱いた。「あなたが〝寒いのか、興奮してるのか〟って訊いたこと、ほかに誰が知ってるって言うの？　アパートには私とあなたしかいなかったでしょう」

それから、パズルのピースが一つ一つ――リュックとジェーンしか知らない事実が――収まるところに収まっていった。そういえば、〝ハニー・パイ〟のことで何かを決めると書かれたメモが彼女の手帳に貼りつけてあるのを見た。ジェーンがハニー・パイだったのか。あり得ない。「嘘だ」

「本当よ」

リュックは立ち上がり、部屋の向こうにいるジェーンを見た。触れたくてたまらない焦げ茶色の巻き毛。キスしたくてたまらない、なめらかな白い肌とピンク色の唇。目の前にいる女性はジェーンに似ているけど、もし本当にハニー・パイなら、俺の知ってる女性じゃない。

「もう、探偵を雇うことないわ」それがせめてもの慰めであるかのような言い方だ。「それに、チームメイトも疑わなくていい」

リュックは信じがたい真実が書かれているのを確かめられるかのように、ジェーンの目をじっと見つめた。そこに映っていたのは罪悪感。突然、胸に穴が開いたような気がした。自分の家や人生に招き入れるほど彼女を信頼していたのに。妹の人生にも立ち入らせてしまった。本当にばかみたいだ。

「あなたにキスされた晩の次の日、あれを書いたの。あなたのおかげでひらめいたと言ってもいい」ジェーンは体のわきに手を下ろした。「書いたのは、二人がこういう関係になるずっと前なのよ」

「ずっとってほどじゃない」自分でも声が変になっているのがわかる。胸と同様、声にも穴が開き、湧き上がる怒りが満ちてくるのを待っている。そのうち怒りがあふれてくるだろう。でも、まだだめだ。「俺が、でたらめな、でっち上げを書かれることをどう思っているか、君は前から知ってたはずだ。その話はしただろう」

「わかってる。でも、怒らないで。いいえ、怒るべきよね。だって、怒って当然だもの。ただ……」再び目に涙があふれ、ジェーンは指先でそれをぬぐった。「ただ、私はあなたにものすごく惹かれていて、あなたが私にキスなんかするから、あれを書いちゃったのよ」

「で、ポルノ雑誌に載せるために送った」

「光栄に思ってくれるだろうと思ったから……」

「俺がそんなふうに思わないのはわかってたはずだ」抑えていた怒りが胸の中でふくらんだ。俺はここから出ていくべきだ。ジェーンから逃れるべきだ。自分が恋をしていると思っていた女性から逃れなくては。「俺が君のことを上品ぶってると思っていたとき、きっと大笑いしてたんだろ。俺が君にショックを与えるような空想をしてると思ってたときもな」

ジェーンが首を横に振る。「違う」

彼女は信頼を裏切っただけじゃない。俺を思いっきりばかにした。「俺は自分のことで、ほかにどんな記事を読まされるんだ？」

「何もないわ」

「ああ、わかったよ」ドアまで歩いていき、ノブに手を伸ばす。

「リュック、待って！ 行かないで」彼の手が止まる。ジェーンの声が耳に届いた。涙にむせぶ声。彼の腹をよじっているのと同じ、刺すような痛みに満ちた声。「お願い」彼女が叫んだ。「二人で解決できるわ。私、ちゃんとこの埋め合わせはするから」

リュックは振り向かなかった。彼女の顔を見たくなかったのだ。「ジェーン、そうは思えないよ」

「あなたを愛してるの」

その言葉がナイフとなって背中をもう一突きし、抑えていた怒りがついに爆発した。このまま取り乱してしまいそうだ。「愛している人間にこれか？ じゃあ、愛してない人間に君がどんな仕打ちをするのか、見たくもないね」リュックはドアを開けた。「もう俺に近づくな。妹にも近づかないでくれ」

廊下を歩いていくと、カーペットのけばけばしい模様がかすんできた。ジェーンがハニー・パイだった。俺のジェーンが。それが真実だとわかっても、ああそうですかと簡単に信じることはできない。

自分の部屋に入り、ドアを閉め、扉に寄りかかる。ジェーンは上品ぶっていると思っていたが、そのあいだずっと、彼女はポルノを書いていた。今までずっと、彼女はぴりぴりしたお堅い女性だと思っていたが、実は俺よりもセックスに詳しかったのだ。二人で一緒にいたあいだずっと、俺は彼女を信頼し、彼女はメモを取り続けていた。

ジェーンは愛していると言った。そんな言葉、ちっとも信じられない。俺は彼女を信頼したが、彼女は俺の背中を一突きにした。ポルノを書くために俺を利用した。俺がどう思うかわかっていたくせに、とにかく書いたんだ。

グルーピーみたいな気分にさせないように気をつけてきたのに、そのあいだ、実は彼女は……。ハニー・パイはいったい何者なんだ？　淫乱女か？

ジェーンは淫乱なのか？　まさか。でもそうなのか？　わからない。彼女のことが何一つわからない。はっきりわかるのは、俺がとんでもないばかだということだけだ。

17 片足を引きずる《オン・ザ・リンプ》——故障者リスト入り

ばかなことをした。しかも何度も。まず、リュックは私の心を引き裂くだろうとわかっていたのに、彼に恋をしてしまった。それから、彼の顔をまともに見て、私がハニー・パイだと言ってしまった。彼は気づいていなかったのに。私が黙っていれば、絶対に気づかなかった可能性が高いのに。

わかってる。私の胸骨のすぐ裏側で真実は練炭のように燃えていた。結局、私は彼の不安を取り除くために真実を話してしまった。彼は、物陰に誰かが隠れていたんじゃないかと思って、ものすごく混乱していたし……私には誰かの正体がわかったから。そう、それは私。事実を話したのは自分のやましい気持ちを取り除くためでもあった。だったら、もっとましな気分になったっていいはずでしょう?

ジェーンはスーツケースを床に放り、わっと泣きだした。それまで、なんとか家にたどり着こうと頑張って、タクシーや空港や飛行機でざっと七時間を過ごしてきた。なんとか自分がばらばらにならないように頑張った。でも、もうだめ。リュックを失った痛みで体がちぎれそうだし、しゃくり上げすぎて、肺が引き裂かれてしまいそう。彼を失ったら傷つくだろうということはわかっていた。でも、こんなにつらいなんて、想像もしなかった。

小さな寝室の窓から月明かりが射し込んでおり、ジェーンはカーテンを閉めて暗闇の中に閉じこもった。その日の午後、いちばん早く取れた便でフェニックスをあとにした。サンフランシスコで乗り継ぎに二時間かかり、その後、シアトルに戻ってきた。体も心もめちゃめちゃだ。立ち去るしかなかった。選択の余地はなかった。あのまま次の日になって、ロッカールームへ入っていき、リュックの顔を見るなんてとても無理だった。きっと、取り乱してしまっただろう。皆の目の前で。

フェニックスを発つ前、ダービーに電話を入れ、家族の緊急の用事ができた、家に帰らなければならない、チームがシアトルに戻ったら合流するからと伝えた。自分には何の得にもならないのに、ダービーはフライトの手配をしてくれた。彼はただの生意気な戦略家ではなかったのだ。あの一〇〇〇ドルのスーツと、悪趣味なネクタイの下には、ちゃんと情け深い心が備わっていた。ひょっとするとキャロラインにはぴったりの相手かもしれない。

それから、カーク・ソーントンにも連絡したが、彼はダービーほど理解を示してくれなかった。どういう類の緊急なのかと訊かれて、嘘をつかざるを得なくなり、父親が心臓発作を起こしたと伝えた。でも、そのとき本当は、自分の心が張り裂けてしまいそうだったのだ。

ジェーンはベッドに倒れ込み、目を閉じた。リュックのことが頭から離れず、ホテルのバーへ入っていったときに目にした彼の顔をどうしても思い出してしまう。レンガで殴られたかのような、ぼう然とした表情だった。どんな耐え難いことでも一つ残らず思い出せる。何よりもつらかったのは、彼が気遣ってくれたこと。でも、私がハニー・パイだという事実をついに受け入れたとき、彼の気遣いは軽蔑へと変わった。その瞬間、私は彼を永遠に失ったと気づいた。

ジェーンは横を向き、わきにある枕に触れた。そこに頭を載せた最後の人物はリュック。柔らかいコットンのカバーに手を滑らせ、鼻へ持っていく。彼のにおいがかげそうな気がした。

心の中で後悔と怒りが痛みと混ざり合い、ぐちゃぐちゃになっている。愛しているなんて言わなければよかった。彼が知らずにいてくれたらよかったのに。もっぱらの願いは彼が私を思ってくれることだった。でも、思ってはくれなかった。

じゃあ、愛してない人間に君がどんな仕打ちをするのか、見たくもないね。彼はそう言ったのだ。

枕を投げ捨てて体を起こし、頬の涙をぬぐう。ぶかっとしたTシャツに着替えてから、暗い部屋を抜けてキッチンへ向かった。冷蔵庫を開けて中をのぞいてみる。掃除をしてから、もうずいぶん経っている。ピクルスが一つだけ浮いている古いビンをつかんでカウンターに置き、空っぽのマスタードと、賞味期限を一週間過ぎたミルクの二リットルパックを手に取って、ピクルスのビンの横に並べた。胸はずきずき痛むし、頭は綿が詰まっているような感じがする。痛みが消えるまで眠っていたい。でも、眠れたとしても、目覚めたときにはまた、同じ痛みと向き合うことになる。

電話が鳴った。やがてベルがやみ、ジェーンは受話器をはずした。冷蔵庫の明かりを頼りに、シンクの下からごみ箱と液体クレンザーを取り出し、わきに置く。掃除をして、とにかく忙しくしていよう。頭が完全におかしくなってしまわないように。でも、掃除は役には立たなかった。というのも、リュック・マルティノーと過ごした素晴らしい瞬間、わくわくするような瞬間、恐ろしい瞬間を一つ残らず頭の中で再現してしまったから。力ずくでも的の中心に当ててやるとばかりに、彼がダーツを投げる様子。バイクに乗っていたときの様子や、彼の後ろに乗っていたときの感触。彼の目と髪の色も正確に思い出した。声の響きや肌のにおい。手や体が押しつけられたときの感触。口の中に入ってきたときの彼の味。セックスをしているときの彼の表情……。

リュックのすべてを愛している。でも彼は私を愛していない。いずれ終わりになることはわかっていた。ついにその日がやってきただけ。『ハニー・パイの日記』は避けられない運命を呼び込むきっかけになっただけ。あの原稿を送らなかったとしても、いいえ、たとえ何も書かなかったとしても、二人の関係はうまくいかなかっただろう。私はその逆を願っていたけれど……。ケンはバービーとつきあっている。そんなものよ。ミック・ジャガーはスーパーモデルとデートをする。つまり、そういうこと。そんなものよ。だめになったのは私のせいじゃない。彼はいずれ去っていく運命だった。今、去ってくれたのは、おそらくいいことなのだろう、と自分に言い聞かせる。さもないと、数カ月のうちに、彼の愛すべきところをもっと見つけてしまったかもしれない。そんなことになったら、余計傷ついてしまう。といっても、今より傷つくことなんて、想像もできないけど。なんだか自分の一部が死んでしまったような気がする。

　ジェーンはクレンザーをカウンターに置き、部屋の奥のコーヒーテーブルに放ったままになっているブリーフケースをちらっと見た。

あのくだらない『ハニー・パイの日記』って小説に、いろいろ書いてあってさ、それがあまりにも事実と似ていて、とても偶然とは思えないんだ。そう彼は言った。

　あれを読んで、彼が自分のことだと気づくだろうとは思っていたけど、私のことに気づくとは思っていなかった。ジェーンはソファに移動し、腰を下ろした。**俺と君のこと、実際にあったことが書いてある。**ノートパソコンを出して立ち上げると、『ハニー・パイの日記』のフォルダーを開け、三月号のファイルをクリックする。今の今まで、これを読む気にはなれなかったのだ。残念ながら、ひどいストーリーだった。自分が最初に意図したほど、彼を喜ばせるような、いい話ではない。読んでいるうちに、これは私だとはっきりわかる書き方をしていることにあ然とした。彼が何も疑わなかったとしたら、そのほうが驚きだ。読めば読むほど、自分はわざと手がかりを残したのではないかと思えてくる。まるで、ページがめくられるたびに、ぴょんぴょん飛び跳ね、手を大きく振りながら叫んでいるかのよう。**私よ、リュック。ジェーンだってば。私がこれを書いたの。**

　私が書いたと彼にわかってもらいたかったの？　まさか。もちろん違う。そんなのばかげている。つまり、わざと関係をぶち壊したってことでしょう。

ソファに深く座り直し、部屋の奥にあるマントルピースに目を向けて、キャロラインと自分の写真を見る。それと、リュックがくれたクリスタルのシャーク。私はいつ、リュックを好きになってしまったのだろう？　パーティーの晩？　彼が初めてキスしてくれた、あの晩だったの？　それとも、ピンクのリボンをかけたホッケーの本を持ってきてくれた日？　どの日であれ、いつもちょっと恋をしていたのかもしれない。

時期はたいして問題ではないのだろう。それよりも、もっと大きな疑問がある。キャロラインがいつも言ってることは本当なの？　私は男性と恋愛関係になると、片足をドアの外に出したままにしているのかしら？　出口の表示に目が向いているのかしら？　私がわざと、あんな露骨な書き方をしたのは、深みにはまる前にリュックとの関係から逃げ出すためだったの？　もしそうなら、逃げ出すのが遅すぎた。もう、かつてないほど、どっぷり深みにはまっていた。あんなに激しく恋に落ちることがあるなんて、知りもしなかった。

玄関のベルが鳴り、ジェーンはソファから立ち上がった。午前二時を回っているのに、いったい誰がポーチに立っているのか思いもつかなかった。リュックであるわけがない、『卒業』のダスティン・ホフマンみたいに、リュックが遠くから追いかけてきてくれたわけじゃないと自分に言い聞かせても、心臓が締めつけられる。

現れたのはキャロラインだった。

「もう、片っ端から病院に電話しちゃったわよ」親友はジェーンを胸にぎゅっと抱き締めた。

「でも、誰も何も教えてくれないんだもの」

「何のこと？」ジェーンはキャロラインの抱擁から抜け出した。

「あなたのお父さん」キャロラインがあごを引き、ジェーンの目をじっとのぞき込む。「心臓発作を起こしたんでしょう？」

ジェーンは首を横に振り、Tシャツの上から冷えた腕をさすった。「起こしてない」

「ダービーが電話してきて、発作だって言ったのよ！」

ああ、大変。「新聞社にはそう言ったけど、うちに帰ってこなきゃいけなかっただけなの。それで、説得力のある口実が必要だったから……」

「じゃあ、お父さんが危ないわけじゃないのね？」

「うん」

「よかった。それに越したことないわ」キャロラインはソファにどさっと腰を下ろした。

「でも、お花を頼んじゃった」

ジェーンは隣に腰を下ろした。「ごめんね。キャンセルできる？」

「さあ、どうかな」キャロラインはジェーンのほうに顔を向けた。「なんで嘘なんかついたの？　どうして帰ってこなきゃいけなかったわけ？　それに、なんで泣いてたのよ？」

「今月号の『ハニー・パイの日記』読んだ？」

キャロラインはあの連載を欠かさず読んでいる。「もちろん」

「あれ、リュックなの」

「そうなんだろうなと思った。彼、喜んでくれた？」

「全然」ジェーンはその理由を話して聞かせた。涙が止まらなかったが、そのまま何もかも友人に話してしまった。最後まで話すと、キャロラインの眉間にしわが寄った。

「私が何を言いたいか、もうわかってるでしょ？」

ええ、わかってる。それに今回初めて、実際に耳を傾けた。いつもは私がお利口さんの役、キャロラインがかわいい子の役だったのに。今夜はキャロラインがかわいい子とお利口さんの二役を務めている。

「修復できそう？」キャロラインが尋ねた。

ジェーンはリュックの目と、彼やマリーに近づくなと言われたことを思い出した。あの言葉は本気だった。「だめ。彼はもう二度と、私の話は聞いてくれない」ソファの背に寄りかかり、天井を見上げた。「男って最低……」頭を回して友人を見る。「ねえ、しばらく男は絶つって誓いを立てよう」

キャロラインが唇を噛んだ。「私は無理。今、ダービーとつきあってるっていうか、そんな感じだから」

ジェーンは背筋を伸ばして座り直した。「本当に？　そんな真剣なことになってたなんて、知らなかった」

「まあ、いつもつきあうタイプとは違うけど、親切にしてくれるし、私、彼が好きよ。話してると楽しいし、私を見るときの彼の様子が好きなの。それに、しょうがないわ。彼には私が必要なんだもの」

確かにね。たぶんダービーなら、一生キャロラインの助けを必要としてくれるでしょう。

翌朝、チヌークスからお見舞いの花が届いた。正午には『シアトル・タイムズ』から、午後一時にはダービーが自分で手配した分の花が届き、三時にはキャロラインの花が配達された。どれもとても豪華で、素晴らしい香りがし、ジェーンは罪悪感でいっぱいになった。これぞ紛れもない因果応報。神様、約束します。お花の配達を止めてくださるなら、もう二度と嘘はつきません。

その晩、チヌークス対コヨーテスの試合をテレビで見た。マスクのワイヤーの向こうから、リュックの青い目がこちらを見ている。足元の氷と同じくらい、硬い、冷たい表情で。ゴールの前で悪態をついていないときは、唇を真一文字に結んでいる。

リュックが顔を上げ、目に宿る怒りをカメラがとらえた。今日は本調子ではない。私生活が試合に響いてしまっている。もし、私が二人の関係を修復できるかもしれないと、ひそかな望みを抱いていたのなら、その望みは消えた。

本当に終わったんだ。


リュックは、クリーズ内に入ってくるばかなプレーヤーには誰であれ、激しい怒りを爆発させ、三つのペナルティを取られた。

「どうした、マルティノー?」最初のペナルティのあと、コヨーテスのフォワードが尋ねた。

「生理が始まったのか?」

「ばかやろう」リュックは相手のスケートにスティックを引っかけ、足元をすくった。

「ふざけんな、マルティノー」リンクに倒れた相手がリュックを見上げて言う。ホイッスルが鳴り、リュックの代わりにブルース・フィッシュがペナルティ・ボックスへ送られた。

リュックはネットの上から水のボトルを取り、顔にかけた。そこへキャプテン、マーク・ブレスラーがやってくる。

「怒りをコントロールできなくなったのか？」ブレスラーが訊く。

「何ばかなことやってんだって思ってるんだろう？」顔とマスクから水がぽたぽた垂れた。

記者席にジェーンの姿はない。もう前のようには思っていないのに、彼女のことが頭から離れない。

「そうだよ」ブレスラーが大きなグローブでリュックの肩を叩いた。「これ以上、ペナルティを取られないようにしろ。勝てる試合なんだぞ」

ブレスラーの言うとおりだ。記者席にいる、というか、いない人間のことよりも、試合に意識を集中させるべきだ。「わかった。もう、ばかげたペナルティはしない」と言ったものの、次のピリオドでは、敵のむこうずねをひっぱたいてしまった。相手はすねを必死でさすっている。

「それぐらい、どうってことないだろ。根性のないやつだ」リュックは、すねを抱えて痛みで身もだえしている男を見下ろした。「下がってろよ。さもないと、本当に痛い目にあわせるぞ」

ホイッスルが鳴り、ブレスラーが首を横に振りながら通り過ぎた。

試合終了後、ロッカールームの雰囲気はいつもより沈んでいた。第三ピリオド終盤に二点挙げたものの、それでは足りず、チヌークスは三対五で敗れた。フェニックスのスポーツ記者がニュース用のコメントを取ろうと、片っ端から選手をつかまえていたが、誰もあまりしゃべらなかった。

ジェーンの父親が心臓発作を起こした……。選手たちは彼女の不在をしみじみ実感している。リュックは心臓発作の話を信じておらず、彼女がしっぽを巻いて逃げたことに驚いていた。こんなの、俺が知ってるジェーンらしくないじゃないか。といっても、本当に彼女をわかっていたわけでもない。本当のジェーンは俺に嘘をつき、俺を利用し、笑いものにした。彼女は俺にまつわる、新聞に載ってほしくない事実を知っている。膝を氷で冷やしていることと、コンディションが完璧じゃないことを知っている。

俺は大ばか者だ。いったいどうして、生意気な口を利く小柄な巻き毛の記者を自分の生活に招き入れてしまったのだろう？　最初は好感さえ持っていなかったのに。どうして、あんなに激しく惹かれてしまったのだろう？　彼女のおかげで俺の人生は混乱し、今や、彼女を頭から追い出す方法を考えるはめになっている。焦点を元に戻さなくては。やればできるさ。前にもなんとかやってのけただろう。ジェーン・オールコットよりも大きな悪魔と戦ったじゃないか。決意と時間が少しあれば、なんとかなる。ダービーは、彼女が復帰するのは来週になってからだと言っていた。

来週か。実物の彼女はもう俺の人生から出ていったのだから、頭の中にいる彼女を追い出し、試合に再び意識を集中させるのに、たいして時間はかからないはずだ。

それから数日が経過した。本人が思ったとおり、リュックは好調を取り戻した。感情にあおられて力任せに動くのではなく、技を駆使したプレーができるようになったが、ジェーンを頭から完全に追い払うことには失敗した。

シアトルに戻ったときには、心も体もぼろぼろになっている気がした。ただソファに座ってくつろぎ、何も考えずにテレビを見たい。そして、マリーが学校から帰ってきたら、何か出前でも取って、二人でゆっくり食事をしよう。

しかし、そんなことを期待するとはばかだった。妹にかかると、今、うまくいっていると思っても、次の瞬間には、何もかもぶち壊しになってしまう。マリーは学校での出来事をこれでもかというほど聞かせてくれたかと思うと、次の瞬間、大きな分厚いセーターを脱いだ。体にぴったりフィットしたTシャツと妹の胸をじっくり見てしまい、リュックは口をぽかんと開けた。一〇日前、遠征に出たときよりも大きくなっている。じろじろ見たわけじゃない。つい違いに気づいてしまったのだ。

「何を着てるんだ?」

「ビビのTシャツ」

「先週より胸がすごく大きくなってるじゃないか。パッド入りのブラをしてるのか?」

マリーは変質者が現れたかのように、胸の上で腕組みをした。「ウォーター・ブラよ」

「家以外の場所で、そんなものしてちゃだめだ」こんなふうに、寄せて上げた胸で、妹を外に出すわけにはいかない。

「先週ずっと、学校にしてってたけど」

なんてこった。学校の男どももきっと、彼女の胸をじっと見ていたはずだ。俺が遠征に出ているあいだずっと。ああ、俺の人生はめちゃくちゃで手に負えない。大鍋の中でくだらないたわ言がぐるぐる回っている。「きっと学校の男の子たちは、そのおっぱいを見て楽しんでただろうな。それに間違いなく、君に関して、あまりいいことは考えてなかったよ」

「おっぱい……」マリーはあえぎながら言った。「ムカつく。リュックって本当に意地悪。いっつも私に意地悪なことばっかり言うんだから」

おっぱいは悪い言葉じゃないだろう。違うのか？「男の子たちがどう思うかって話をしてるんだ。大きなパッド入りのブラをつけて現れて、胸がぽろっと見えでもしたら、みだらな子だと思われてしまうんだぞ」

兄として、学校にいる狼どもから妹を守ってやりたいだけなのだが、マリーの目つきは、兄ではなく、子供に性的虐待をする男でも見ているかのようだ。「リュックは病気よ」

病気？「病気なもんか。俺は本当のことを言ってるだけだ」

「私のママでもパパでもないでしょう。あれこれ指図しないで」

「ああ、そうだよ。俺はパパじゃないし、ママでもない。最高の兄貴でもないよな。でも、君には俺しかいないんだ」

マリーの目から涙があふれ、念入りにしたメイクが台無しになった。「リュックなんか、大嫌い」

「いや、俺のことが嫌いなんじゃない。パッド入りのブラで歩き回らせてもらえないから腹を立ててるだけさ」

「パッド入りのブラで歩き回る女の人が好きなくせに」

実際には、俺が思いを募らせ、取りつかれてしまったのは、小さい胸だった。

「言ってることと、やってることが違うじゃない。リュックのガールフレンドはパッド入りのブラをしてるに決まってる」

今まで知り合った中で、いちばん心を奪われた女性はブラをしていなかった。これはいったいどういうことだ？　気にしないようにしようと思っても考えてしまう。たわ言入りの大鍋がまた少し沸き返った。

「マリー、君は一六だ」と言って聞かせる。「男の子を興奮させるようなブラで歩き回るわけにはいかないんだよ。ほかのブラにしなきゃだめだ。錠前みたいなホックがついてるやつがいいかもな」最後のひと言は笑いが取れるはずだった。が、例によって、妹は兄のユーモアを理解し損ね、わっと泣きだした。

「私、寄宿学校へ行きたい」と泣き叫び、寝室に走っていく。

マリーの口から寄宿学校という言葉が出て、リュックはがく然とした。しばらくそのことは忘れていたのだ。あの子を寄宿学校へ入れれば、遠征で家を留守にするあいだ、パッド入りのブラをしてるんじゃないかと心配する必要はなくなるだろう。人生は今よりシンプルになる。ところが、マリーが出ていくという案に突然、これっぽっちも魅力が感じられなくなった。あの子は悩みの種だし、気分屋だが、俺の妹だ。彼女がそばにいる生活にも慣れてきたし、寄宿学校へ入れるという案はもはや解決策とは思えない。

リュックはマリーを追いかけて寝室へ行き、戸枠に肩をもたせかけた。マリーはベッドに仰向けに横たわって天井をにらみつけ、はりつけにされた殉教者のように左右の腕を投げだしている。

「本当に寄宿学校へ行きたいのか？」

「ここにいてほしくないんでしょう」

「そんなこと一度も言ってないだろう」前にもこういう会話をしたっけな。「それに、俺はそんなこと思ってない」

「私を追い出したいのよ」マリーはしゃくり上げながら言った。「だから、寄宿学校へ行く」

マリーが耳にすべきこと、俺が言うべきことはわかっている。彼女にとっても、俺にとっても同じくらい必要な言葉があるだろう。煮えきらない態度を取るのもいいかげんにしろ。

「もう手遅れだ」リュックは胸の前で腕を組んだ。「君はどこへも行かない。ここで俺と一緒に暮らすんだ。気に入らないなら、かわいそうにとしか言いようがないな」

その瞬間、マリーがリュックに目を走らせた。「私が出ていきたくても？」

「ああ」自分がどれほど本気か思い知り、驚いてしまった。「出ていきたくても、ここを離れられないんだよ。君は俺の妹だし、一緒に暮らしてほしい」リュックは肩をすくめた。

「確かに頭痛の種だけど、そばにいて、俺をてこずらせてほしいんだ」

マリーはしばらく黙っていたが、やがて小声で言った。「わかった。ここにいる」

「よし、じゃあ、そういうことで」リュックは戸枠から離れ、居間へ入っていった。高さのある窓からエリオット湾のほうを見る。妹との関係は最高とは言えないし、二人の生活スタイルは理想的とは言い難い。俺は一年のほぼ半分は家を留守にしている。でも、マリーが大学に入って、大人になる前に、あの子のことを知りたいんだ。

この一六年間、もっとマリーに会っておくべきだった。そうしようと思えば、可能だったはずだ。言い訳はできない。とにかく、真っ当な理由はなかった。自分の生活にどっぷりはまっていて、マリーのことはあまり考えなかったのだ。それを思うと恥ずかしい。というのも、ロサンゼルスに滞在する機会はあっても、マリーに会おうと本気で努力したためしがなかったから。彼女を知る努力をしなかった。これでは身勝手なろくでなしと言われてしまう、ということは前からずっとわかっていた。ただ、身勝手で何が悪いと思っていたのだ。今までは。静かな足音がして振り返ると、マリーがいた。頬は相変わらず涙で濡れており、マスカラが落ちて流れていたが、マリーはリュックに腕を巻きつけ、頭を胸に押しつけた。「私、ここでリュックをてこずらせて暮らすのが好き」

「よかった」リュックは妹を抱き締めた。「ママやパパの代わりになれないのはわかってる。でも、君が幸せになれるように努力するよ」

「今日はすごく幸せだった」

「でも、あのブラはまだしちゃだめだからな」

マリーはしばらく何も言わず、苦しんだ末に、ふーっとため息をついた。「わかった」

二人はずいぶん長いこと外を見ていた。マリーは母親の話をし、ドレッサーの上に枯れた花をいつまでも置いている理由を伝えた。ちょっとぞっとする話ではあるが理解はできる、とリュックは思った。マリーは、この話はジェーンにもした、と言った。ジェーンは、いつかそのときが来たら、花を片づけようと思えるようになると言ってくれたそうだ。

ジェーン。ジェーンをどうするつもりなんだ？　俺が望んでいたのは平穏な生活。それだけだ。でも、ジェーンと出会ってからというもの、平穏だったときはなかったな。いや、それは違う。この数週間、彼女と一緒にいると、覚えている限り、かつてないほど俺の人生は穏やかだった。彼女と一緒にいると、シアトルに越してきて以来初めて、我が家にいるような気持ちになれた。でも、それは幻想だった。

ジェーンは俺を愛していると言った。そんな言葉を信じるほどばかじゃない。それでも、心の奥底では無視できず、あの嘘が嘘じゃないことを望んでいる。おめでたい間抜け野郎だ。明日の晩、久しぶりに彼女に会うが、あらゆる痛みと同様、最初にぐさっと来たら、あとは感覚が麻痺し、それ以上、何も感じなくなるといいのだが。

ところが、翌日の晩、ジェーンがロッカールームに入ってくると、望んだとおりにはならなかった。リュックは目を上げる前から彼女の存在を感じ取り、彼女を目にした途端、胸にバシッと衝撃が走って息ができなくなった。彼女がしゃべると、鉄の意志に反して、まるで乾いたスポンジのように、降り注ぐ声を吸い込んでしまった。彼女を愛している。もう、そうではないと自分に否定することはできない。ジェーンに恋をしていたのだ。でも、この気持ちをどうすればいいのか、さっぱりわからない。リュックはその場に座ってスケート靴に足を押し込み、靴ひもを握ったまま、こちらに歩いてくる彼女を見つめた。一歩近づくにつれ、心臓が激しく鼓動し、胸に穴が開くような気がした。

黒い服、なめらかな白い肌。ジェーンの様子はいつもと変わらない。焦げ茶色の髪が顔の周りでカールしている。リュックは無理やり靴ひもを締めていたが、そのとき本当にしたかったのは、彼女を揺さぶり、きつく抱き締め、すべてを吸い取ってしまうことだった。

ロッカールームを横切ってリュックと向き合うのは、これまででいちばんつらい試練だった。ジェーンが近づいていくと、リュックはスケート靴に目を落とした。しばらくのあいだ、彼が靴ひもを結ぶ様子を見守っていたが、顔を上げようとしないので、ジェーンは彼の頭のてっぺんに向かって「この、あほんだら」と言った。手を伸ばして髪に触れてしまわないように、こぶしをぎゅっと握り締める。「知っておいてほしいの。あなたに関すること、もう二度と書くつもりはないから」

ついにリュックが顔を上げ、動揺の色を隠せない青い目の上で眉根を寄せた。「そんなこと、俺が信じるとでも思ってるのか?」

ジェーンは首を横に振った。心は彼が欲しいと言って泣いている。自分を哀れみ、二人が分かち合えたかもしれないものを求めて泣き叫んでいる。「いいえ。でも、とにかく伝えておこうと思ったの」最後にひと目、彼を見てから、その場を立ち去った。記者席でダービーとキャロラインに合流し、ノートパソコンを開く。

「お父さんの具合はどう？」ダービーが訊き、ジェーンの頭にさらに罪悪感を積み上げた。

「ずいぶんよくなったわ。もう退院して自宅にいるの」

「すごい回復力よね」キャロラインが言い添え、わけ知り顔の笑みを浮かべた。

第一ピリオドが終わった時点で、チヌークスはオタワ・セネターズを相手に一点を挙げたが、第二ピリオドではセネターズが盛り返し、一点を返した。そして試合終了のブザーが鳴り、チヌークスは二点差で勝利した。

再びロッカールームに入っていくとき、ジェーンは思った。こんなこと、あとどれくらい耐えられるのだろう？　絶えずリュックを目にするなんて、心が耐えきれない。これ以上チヌークスの取材を続けられるのかどうかわからない。たとえそれが、これまで手にした中で最高の仕事、より上のキャリアを手にするチャンスをあきらめることを意味しているとしても。

ジェーンは深呼吸をしてロッカールームに入った。リュックはいつもどおり、自分のロッカーの前に座っている。上半身裸だ。胸の前で腕を組み、謎を解こうとするかのようにこちらをじっと見ている。選手への質問はできるだけ手短に済ませ、皆の前で泣きだしてしまわないうちに、大急ぎで外に出た。泣いてしまったら、チヌークスの人々は父親の病気のせいだと思い、また花を送ってくるかもしれない。

ジェーンはほとんど逃げるようにロッカールームを出たが、出口へ向かう途中で足を止めた。ここに踏みとどまって、戦うべきものが何かあるとすれば、リュックこそ、その何かだ。たとえ君を憎んでいると言われたとしても、少なくとも彼の気持ちを知ることはできる。

向きを変え、コンクリートの壁に一方の肩をもたせかけて待った。かつてリュックが待ち伏せをしていた同じ場所で。通路に最初に現れたのは彼だった。二人の視線が絡み合う。こちらに歩いてくる彼は、スーツに赤いネクタイを締めていて、たまらないほどハンサムだ。心臓の鼓動が喉まで伝わってきたが、ジェーンは背筋を伸ばし、彼の前に進み出た。「ちょっと時間もらえる？」

「どうして？」

「話したいの。私、あなたに言わなきゃいけないことがある。すごく大事なことよ」

リュックは後ろを振り返って人気のない通路を見てから、以前、二人がこもった清掃用具室の扉を開け、ジェーンを中に押し込んだ。そして、照明のスイッチを入れて扉を閉め、かつて彼女に情熱的なキスをした、まさに同じ場所に自分たちを閉じ込めた。顔をじっとのぞき込んでも、リュックは微笑むでもなく、眉をひそめるでもない。目が疲れているように思えたが、何の表情も見せてくれない。先ほどロッカールームで目にした感情はいっさいそこにはなかった。

「何か言うべきことがあるだろうとは思ってたよ」

ジェーンはうなずき、閉めた扉に寄りかかった。リュックの肌のにおいがして、自然と、彼との記憶や切なる思いが胸いっぱいによみがえってきた。いざ、このときを迎えると、何から話せばいいのかわからない。だから、とにかく、しゃべり始めた。「『ハニー・パイの日記』のこと、私がどれほど後悔しているか、もう一度言っておきたくて。たぶん、信じてもらえないわね。無理もないと思う」ジェーンは首を横に振った。「あれを書いたとき、あなたに恋をしていたの。それで、あなたのことを空想して、それをぶちまけていただけなのよ。原稿を送るつもりなのかどうかも、よくわかってなかった。ただひたすら書いて、完成したのを見たら、今まで書いた中で、最高の出来に思えたの」扉から離れ、小さな部屋の中で彼のわきをすり抜ける。彼をまともに見られないし、言うべきことをすべて伝えられそうにない。「書き終わったときは、送るべきじゃないと思ってた。あなたは、こんなの気に入らないだろうってわかってたから。事実に反することを書かれたら、あなたがどう思うかわかってたから。はっきり言ってたものね」リュックに背を向け、両手で金属の棚をつかむ。「でも、とにかく送っちゃったのよ」

「どうして？」

どうしてか？　そこが厄介なところ。「私はあなたを愛してたけど、あなたは私を愛してなかったから。私はあなたがつきあうタイプの女じゃない。背は低いし、胸はないし、おしゃれも苦手。私はあなたを思ってるけど、あなたは私と同じような気持ちにはなってくれないんだって思って……」

「だから、仕返しをするためにやったのか?」

ジェーンは振り返り、無理やりリュックに顔を向けた。彼の目に再び宿っているであろう軽蔑の表情と向き合うために。「ううん。愛してもらえない仕返しをしたかっただけなら、誰が書いたかわからないようにしたわ」こうすれば心の痛みを床にこぼさずにいられるとばかりに、腕を自分の胸に巻きつける。「関係が始まる前に終わらせようと思って送ったの。そうすれば、だめになっても『ハニー・パイの日記』のせいにできるし、深入りしなくて済むから」

リュックが首を横に振る。「わけがわからないよ」

「ええ。そうでしょうね。でも私はわかってる」

「こんなめちゃくちゃな言い訳、聞いたことがない」

心が沈んだ。彼は信じてくれない。「この一週間ずっと考えて、気づいたの。今まで、どの男性とつきあっても、私はいつも非常口に片足を突っ込んでた。自分が傷つかないようにするためにね。『ハニー・パイの日記』は私の非常口だったのよ。問題は、今回はさっさと逃げられなかったこと」ジェーンは深く息を吸い、吐き出した。「リュック、あなたを愛してる。あなたに恋をしてしまったけど、あなたは愛してくれるわけないって、すごく怖くなっちゃったの。あなたとの関係は終わる運命だと考えるんじゃなくて、うまくいくように頑張ればよかった。努力すべきだった……。何をすべきだったのかはよくわからないけどね。でも、悲劇に終わったってことはわかってる。悪いのは私よ。ごめんなさい」リュックは何も言ってくれず、気持ちがいっそう落ち込んでいく。もう言うべきことはこれしか残っていなかった。「まだ友達でいられたらいいなって思ってたんだけど」

リュックは疑わしそうに一方の眉を上げた。「友達になりたいのか？」

「ええ」

「だめだ」

ほんのひと言がこれほどこたえるなんて、思ってもみなかった。

「ジェーン、君の友達にはなりたくない」

「そりゃそうよね」ジェーンはうつむき、リュックを通り越してドアに向かった。もう流す涙は残っていないと思っていたのに。もう泣くだけ泣き尽くしたと思っていたのに。それは間違いだった。チヌークスのほかのメンバーが通路にいようと構わない。取り乱してしまう前にここを出なくちゃ。ドアノブをひねったが、何の手ごたえもない。さらに強く引いたが、扉はびくともしなかった。鍵を回してみたが、やっぱり開かない。顔を上げると、頭の上でドアを押さえているリュックの手が目に入った。

「何してるの？」ジェーンは振り返り、リュックと向き合った。すぐそばに立っているので、自分の鼻と彼の胸とのすき間はわずか数センチ。綿のドレスシャツのさわやかなにおいと、デオドラントの香りが混ざって漂ってくる。

「いいかげんなこと言うなよ、ジェーン」

「言ってない」

「じゃあ、なんで俺を愛してると言ったそばから、友達になりたいなんて言うんだ?」リュックはジェーンのあごの下に指を入れ、目を自分のほうに向けさせた。「友達なら何人もいる。君からはそれ以上のものをもらいたい。ジェーン、俺はわがままな男だ。君の恋人になれないなら、君のすべてを手にできないなら、そのときは何もいらない」彼が顔を下ろし、ジェーンにキスをした。唇がそっと重なり、必死で抑えていた涙がまたあふれてきた。両手で彼のシャツの前をつかみ、すがりつく。リュックの恋人になる。今度は逃げる言い訳なんか考えない。こうなりたくてたまらなかったんだもの。

リュックが唇を頰へ滑らせ、耳元でささやいた。「ジェーン、愛してる。君が恋しかった。君がいないあいだ、俺の人生は最低だった」

ジェーンは体を引き、彼の顔をのぞき込んだ。「もう一度、言って」

リュックは彼女の顔を包み、親指で頰をさすった。「愛してる。君と一緒にいたい。君がいてくれると、俺の人生はよくなるから」ジェーンの髪を耳にかけてやる。「前に、将来のことを考えた場合、自分はどうなってると思うかと訊いただろう?」手のひらを彼女の肩に滑らせ、手を握る。「俺は君と一緒にいる」そう言って、手の甲にキスをした。

「怒ってるんじゃないの?」

リュックが首を横に振り、唇がジェーンの指をかすめた。「そう思ってた。一生、許せないと思ってたよ。でも違った。君があの話を雑誌社に送った理由はよくわからないけど、もうどうでもいいんだ。話そのものよりも、自分がばかみたいに思えることに腹を立ててたんだろうな」彼はジェーンの手のひらを自分の胸に当てた。「さっき、俺を待ってる君を見たとき、怒りがすっと消えたんだ。そして、君のことを手放したら、俺はばかみたいどころか、大ばか者になってしまうと気づいた。この先一生、君の秘密を知りながら過ごしたい」

「もう秘密はないわ」

「少なくとも一つ、あるんじゃないのか？」リュックはジェーンの背中に腕を回し、首にキスをした。

「たとえば？」

「君は淫乱な女性《ニンフォマニア》だった、とか」

「本気でそう思ってる？」

「まあ……そうだな」

ジェーンは首を横に振り、か細い声でなんとか「違うってば」と言ったが、たちまち笑いだした。

「シーッ」リュックは体を引き、彼女の顔をのぞき込んだ。「外に聞こえるだろう。人が急に入ってきたらどうする？」

それでも笑いを止められずにいると、彼の唇で口を封じられてしまった。温かい歓迎に応え、ジェーンはニンフォマニアの本領を発揮し、そのキスに身を任せた。というのも、人生にはこんなこともある、ケンはいつもバービーを選ぶとは限らないのだとわかったから。それなら、ちゃんとお礼をしなくちゃね。

エピローグ――シュート！　ゴール！

リュックはエレベーターを降りてスペースニードルの展望台に出ると、左側に目をやった。赤いドレスを着た女性が一人、シアトルのダウンタウンをきらきらと彩るスカイラインを見渡している。肩まで届く、ふんわりした焦げ茶色の巻き毛が八月の温かい風に吹かれ、顔のあたりで揺れている。二人は階下のレストランで夕食を済ませたところで、彼が精算を待っているあいだに、彼女は上の展望台に行ってしまったのだ。

近づいてくる彼を見つめながら、彼女は口元をほころばせ、官能的な笑みを浮かべた。

「星を眺めるにはうってつけの晩だ」

彼女は下唇を噛み、かろうじて聞こえるような声でささやいた。「眺めるのが好きなの？」

「むしろ行動派だ」リュックは彼女に腕を回し、背中を自分の胸に押しつけた。「今は、それを妻に証明したいと思ってる」

「それは台本にないセリフだわ」ジェーンは彼に寄りかかった。

二人が結婚して五週間。彼女と毎朝一緒に目覚めるようになって五週間だ。夕食のテーブル越しに彼女を見つめ、一緒に食器を片づけるようになって五週間。彼女が歯を磨き、靴下をはくのを眺めるようになって五週間。こういった平凡でありきたりなことが、こんなにもセクシーだなんて、思ってもみなかった。

何よりも好きなのは、仕事中の彼女を眺めること。頭の中であのようなエロチックなストーリーを作っている彼女、飾らないナチュラル・ガールの顔の裏側にいる、本物の女性の姿を眺めるのが好きだ。

婚約をして以来、ジェーンはもうシアトルのシングルガールに関するコラムは書いていない。病気で休職していたクリス・エヴァンズが復帰し、『シアトル・タイムズ』はジェーンの職を完全に解いたが、目下、彼女はライバル紙『シアトル・ポスト・インテリジェンサー』のいちばん新しいスポーツ記者として働いている。

二人は、ちょうどスタンレー・カップ・プレーオフのころに結婚式の準備をしなくてはならなかった。その間、リュックはほぼ半分、留守にしていたから、ジェーンとマリーとキャロラインは自分たちだけでほとんどの計画を立てたが、リュックはそれで構わなかった。自分は当日タキシードを着て登場し、「誓います」と言うだけでよかったのだ。それは難なくやってのけた。披露宴でチヌークスの面々が一人残らずジェーンとダンスをする様子を眺めるのはつらいものがあったけれど……。

結婚式の数カ月前、チヌークスはカンファレンス・ファイナルに駒を進めたが、コロラド・アバランチに敗れていた。リュックが顔を下ろし、ジェーンの髪に鼻をうずめる。また来年があるさ。

「ほかに行きたいところはある?」ジェーンが尋ねた。

シアトルの街はもうさんざん探険して回った。リュックとジェーンとマリーの三人で。ジェーンはお薦めの場所、近寄らないほうがいい場所をいろいろ知っている。「うちに帰りたい」リュックが言った。今夜、マリーはハンナのうちに泊まるので、妻と二人きりになれる時間を有効に使いたかったのだ。「どう思う?」

ジェーンは向きを変え、リュックに腕を回した。「うちは私のお気に入りの場所よ」

そこはリュックのお気に入りの場所でもある。でも彼にとって、ジェーンがいてくれれば、そこが我が家だった。これまでの人生、ジェーンを愛するように誰かを思ったことは一度もない。あまりにも愛しくて、ときどき自分でも怖くなる。

リュックはジェーンを抱き寄せ、街を見渡した。妻を愛している。もちろん、人からどう噂されているのかも知っている。あいつも終わったな、一生、足かせをはめられて過ごすんだろう、小さいくせに態度のでかいかみさんの尻に敷かれて……。

そのとおり。でも何を言われたって構うもんか。

訳者あとがき

レイチェル・ギブソンの新作『幸運の女神』(原題　See Jane Score) をお届けします。本作では『大好きにならずにいられない』に登場したアイスホッケーチーム、シアトル・チヌークスの選手が再び活躍します。今回のヒーローはゴールキーパー、アイスホッケーの世界では「ゴーリー」と呼ばれるポジションに就くリュック・マルティノーです。クールでハンサム、リンクの上でも外でも「手が早い」と評判のリュックは、ゴージャスな女性との噂が絶えません。インタビュー嫌いで知られ、スポーツ記者のあいだでは「横柄でうんざりする選手」とのレッテルを貼られています。ひょんなことから、そんなリュックが所属するチームの番記者を務め、遠征にも同行することになってしまったのが、ヒロイン、ジェーン・オールコットです。普段は新聞に女性向けのコラムを書いており、アイスホッケーに関する知識はど素人並み。それを見透かすように意地悪な態度を取るリュックに腹を立てつつも、謎めいたセクシーなゴーリーに興味を覚え、徐々に惹かれていきます。一方、もともとマスコミ嫌いのリュックにとって、小柄で地味なジェーンは女性としても「対象外」。しかし、当頭の回転が速く、ああ言えばこう言う彼女のことがどうも気になってしかたありません。

初、縁起を担ぐ選手たちはジェーンを疫病神扱いし、いろいろと嫌がらせをします。しかし、しっぽを巻いて逃げるどころか、肝の据わったところを見せるジェーンに感心し、態度を一変、チームに受け入れていきます。あるホッケー関連のパーティーが行われた晩、赤いドレスで見事に変身して現れたジェーンに目を奪われ、リュックはその帰りに思わず彼女にキスしてしまいます。ジェーンの妄想はふくらむばかり。そのはけ口として彼女が取った手段とは……？　実は、ジェーンには人に言えない秘密があったのです。

再びアイスホッケーを取り上げたギブソンが今回スポットライトを当てたのは、ゴーリー。確かに孤独なポジションではありますが、ゴーリーに対するチームメイトの信頼は絶大です。NHL（ナショナル・ホッケー・リーグ）の中継を見ていると、試合終了後、勝利したチームの選手が全員、真っ先にゴーリーのもとに駆け寄り、一人一人、「お疲れさん」とばかりにヘルメットをこつんとぶつけ、労をねぎらう光景を毎回目にします。北米、特にカナダでは、ゴーリーを対象にしたキャンプが行われ、そこでは「ゴールは家。自分の家に侵入者は絶対に許すな」との哲学を叩き込まれるそうです。チームの他のプレーヤーたちも「俺たちのゴーリーは俺たちで守る」という意識が強く、相手チームの選手がゴーリーに接触でもしようものなら、「おまえは手を出すな、俺たちが守ってやる」となり、そのままゴール前で乱闘勃発……という場面が展開されることも少なくないのだとか。NHLでは、センター・フォワードで、なおかつキャプテンを務めるような選手がいちばんの花形だとしたら、ゴーリーはそれに次ぐ地位にあると言っても過言ではないほど、人気、報酬ともにとても高いのです。作者がそのようなポジションの選手を主役に据えたのは、当然といえば当然の成り行きだったのかもしれません。それに、リュックが異母妹のマリーを引き取り、守ろうとする姿は、ゴールを家のごとく守るゴーリーの姿と重なります。

本作品でもギブソンのユーモアは健在。ホッケーに疎いジェーンならではの視点で、スポーツ選手の異常ともいえる験担ぎのおかしさを紹介してくれます。ちなみに、リュックのライバルとして登場するパトリック・ロワは残念ながらもう引退していますが、NHL史上に残る名ゴーリーで、彼にも、ラインを踏まずにまたぐ、試合中ゴール・ポストに話しかけるなど、数々の験担ぎがあったようです。また、スウェーデン人ルーキーのダニエルがだんだんチームになじみ、少しずつおしゃべりになっていく様子がさりげなく描かれているのも微笑ましいですね。ほかにも、おしゃれ下手人間を改造することに生きがいを感じる、スーパーモデルのような親友キャロライン、服の趣味は最悪、しかもその自覚がないオタクくん、ダービーなど、今回もユニークな脇役が主役をサポートしています。

なお、物語の設定は二〇〇一年ごろと思われ、NHLのルール、アリーナの名称など、現在と異なる場合もありますが、どうぞご了承ください。

二〇〇九年八月

ライムブックス

幸運《こううん》の女神《めがみ》

著　者　レイチェル・ギブソン
訳　者　岡本《おかもと》千晶《ちあき》

2009年9月20日　初版第一刷発行

発行人　成瀬雅人
発行所　株式会社原書房
〒160-0022東京都新宿区新宿1-25-13
電話・代表03-3354-0685　http://www.harashobo.co.jp
振替・00150-6-151594
ブックデザイン　川島進(スタジオ・ギブ)
印刷所　中央精版印刷株式会社

落丁・乱丁本はお取り替えいたします。

定価は、カバーに表示してあります。

©Poly co., Ltd ISBN978-4-562-04369-9　Printed in Japan